U0111683

大展好書　好書大展
品嘗好書　冠群可期

大展好書　好書大展

品嘗好書　冠群可期

語文特輯 22

英語溝通
必備基本單字
2800 字

（全民英檢 初級／中級 字彙考試必備）

王嘉明／編著

大展出版社有限公司

序

　　很多人學英語，總覺得記得再多單字仍覺得不夠用，因為國內一般英語學習教材內容沒有一定範圍，而學習者也忽略了自己學習英語的目標和決心，因而對英語的學習產生畏懼感，而失去信心。

　　如果你學習英語，只是希望能像英美人士一樣，應付每天日常生活中所需的聽、說、讀、寫其實並不難。但是，如果你想把英語學得精通，不是不可能，而是很難。甚至以英語為母語的人士也不可能學會所有的英語。

　　那麼，到底要學會多少英語基本單字才算夠用，才能達到最基本的英語聽、說、讀、寫的能力呢？

　　根據英語語言專家的研究，一位受過良好教育以英語為母語的人士，他可能認識成千上萬的英文單字，但是，在實際日常生活當中，他卻可能只用到常用的基本單字二仟餘字左右。而這些單字也正是聽、說、讀、寫英語最基本的，也正是每天生活必備的。

　　筆者乃以此為基礎，並根據留學美國期間實際日常生活必用單字精心編著此書。因此，如果你能把這些基本的二仟餘單字的發音及正確用法記住，那麼，如果有一天你到英語的國家中生活，或旅行，就可以通行無阻，並且對於應付全民英檢初級或中級字彙考試，也綽綽有餘。

　　這基本的二仟八佰個單字，正是學習英語最基本的，如果你連這樣有限範圍的單字都不肯用心去背，我想勸你不用再學英語了，以免浪費寶貴時間。筆者花費年餘精心編著此書，謹希望對有心學好英語者有所助益。

編著者　王嘉明

目　錄

Ⅰ 認識基本單字的重要性

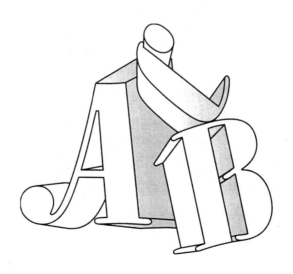

　　學習英語最頭痛的是背單字，但是，實際上單字非常重要。不論說英語或讀英語，我們都可發現英文最簡單的意義就是單字。幾個單字可以組成具有某種意義的片語。由單字或片語組合而成能完整表達某種意義的即是句子。所以，單字是組成片語，句子的基礎。因此認識單字，熟記單字並能正確的發音及正確使用單字，才是學會英語的第一步。但國內一般英語教材內容，沒有一定範圍，學習者總覺得學得再多仍覺得不夠用。

　　那麼，到底要學會多少英文單字才算夠用，才能達到最基本的英語聽、說、讀、寫的能力呢？

　　實際上根據語言專家的研究，一位受過良好教育以英語為母語的人士，他可能認識成千上萬的英文單字，因此當他聽到或讀到這些字時，沒有理論上的困難。但是，在實際的日常生活當中，他卻可能只用到常用的基本單字二千多字左右，而這些單字也正是聽、說、讀，學英語最基本的要素。本書乃是根據這個理論基礎編著而成的。

　　學習英語你不一定要完全認識每一個單字的意義，但卻要記住足夠的基本單字，才能從上下文作合理的猜測，了解文章或對方所說的話。所以熟記這基本的二仟餘單字是培養英語溝通能力最基本的必要條件。

Ⅱ　快速有效學習單字要訣

(1)學會單字的正確發音——

(a) K.K. 音標的重要性

我們常會覺得當和英美人士說英語時會聽不懂，但當他們把所說的話寫下時，你卻恍然大悟，而且你都看得懂。這是因為你對聽到的英語發音和所看到的英語單字無法相應對照的關係，對英語單字的發音不熟悉所致。所以，學習英語單字，應先從單字的正確發音開始，學會聽懂英文單字的聲音。

對於英語為非母語的外國人士，學習 K.K.音標，其實對英語的正確發音有很大的幫助。因為音標是忠實記載發音的符號，它本身並不是文字。如能將英語的發音和音標結合在一起背熟的話，以後當你查字典，對英文單字的發音會相當的方便。由於我們國內學的是美式英語，所以，有必要學好 K.K.音標。

K.K.音標是由十四個母音字和三個雙母音以及二十四個子音所組成，共四十一個 K.K.音標符號。其發音的拼法如同國語注音符號一樣。看似複雜困難，其實只要學好二十六個英文字母的 K.K.音標發音，已經把音標學會了大半。

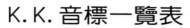

K.K.音標一覽表

I. 母音

符號　範例

1.	[i]	bee	蜜蜂
2.	[ɪ]	sit	坐
3.	[e]	name	名字
4.	[ɛ]	ten	十
5.	[æ]	cat	貓
6.	[ɑ]	hot	熱
7.	[ɔ]	dog	狗
8.	[o]	home	家
9.	[ʊ]	book	書
10.	[u]	too	也
11.	[ʌ]	cup	杯子
12.	[ə]	ago	以前
13.	[ɝ]	girl	女孩
14.	[ɚ]	mother	母親

雙母音

15.	[aɪ]	five	五
16.	[aʊ]	now	現在
17.	[ɔɪ]	boy	男孩

II. 子音

1.	[p]	pen	鋼筆
2.	[b]	bed	床
3.	[t]	tea	茶
4.	[d]	door	門
5.	[k]	key	鑰匙
6.	[g]	go	去
7.	[f]	fall	秋天
8.	[v]	vote	投票
9.	[s]	see	看
10.	[z]	zoo	動物園
11.	[θ]	three	三
12.	[ð]	they	他們
13.	[ʃ]	she	她
14.	[ʒ]	usual	通常
15.	[tʃ]	chair	椅子
16.	[dʒ]	jog	慢跑
17.	[l]	long	長
18.	[r]	read	讀
19.	[m]	me	我
20.	[n]	nine	九
21.	[ŋ]	king	國王
22.	[j]	Yes	是
23.	[w]	we	我們
24.	[h]	hand	手

(b)英文字母的讀法和 K. K. 音標

　　每個人學英語總是從 A,B,C 字母發音開始，二十六個英語字母大家都會念，但是，你是否曾好好的把這二十六個字母的 K.K.音標正確發音學好。其實，在這二十六個字母的發音中，我們就可以學到四十一個 K.K.音標符號中的九個母音和十七個子音符號。

❛ 英文字母的唸法 ❜

	字母	音標		字母	音標
1.	A	[e]	14.	N	[ɛn]
2.	B	[bi]	15.	O	[o]
3.	C	[si]	16.	P	[pi]
4.	D	[di]	17.	Q	[kju]
5.	E	[i]	18.	R	[ar]
6.	F	[ɛf]	19.	S	[ɛs]
7.	G	[dʒi]	20.	T	[ti]
8.	H	[etʃ]	21.	U	[ju]
9.	I	[aɪ]	22.	V	[vi]
10.	J	[dʒe]	23.	W	['dʌblju]
11.	K	[ke]	24.	X	[ɛks]
12.	L	[ɛl]	25.	Y	[waɪ]
13.	M	[ɛm]	26.	Z	[zi]

⑵ 單字劃分成幾個音節，方便發音及記憶

　　所有的單字都是由一個或一個以上的音節(Syllable)所組合而成的。對於比較複雜或比較長的單字，我們可以將這個

單字劃分成幾個音節來發音及記憶。音節的形成，原則上每個音節會有一個母音或由二個母音與子音合成一個音節。如此將長的單字簡化為由二至三個字母組成一個音節，再由幾個音節集合成一個單字來發音及背誦會比較容易記住。

例如：

　　1. for-get　　〔 fəˈgɛt 〕　　　　　忘記
　　2. pro per　　〔 ˈprapɚ 〕　　　　　正當的
　　3. in vite　　〔 inˈvaɪt 〕　　　　　邀請
　　4. in for mation　〔 infəˈmeʃən 〕　消息，訊息

⑶ 注意單字重音的位置

　　重音的位置影響每個單字正確發音，重音即單字音節重讀的部份。發音較重的音節就是重音所在。英文單字重音位置大致不是在第一音節，就是在第二音節，而第三音節的字較少，較容易發錯音，須特別注意。所以拼音時注意其重音記號，標準的念出來。

例如：

　　1. Ca shier　　〔 kæˈʃir 〕　　出納員
　　2. vo lun teer　〔 valənˈtir 〕　義工，自願者
　　3. em plo yee　〔 ˌɛmplɔɪˈi 〕　職員，被雇員工

⑷ 單字快速記憶法

　　記單字時，先將一個音節一個音節地念出注音，並注意重音位置重讀，如此在念出單字發音的同時，也能將單字記住。同時於背誦一個單字時如能同時練習此一單字的例句，

可幫助你記住及應用此一新的單字。

　　因為如果能從一段句子中，從上下文中去了解單字的意義，並了解使用方法，反而容易記住。所以，總結來說背單字的方法，是要先正確的發出單字的發音，再從發音中拼出單字，而不是死背單字。其次再來背例句，由例句中學習單字的正確用法。

例 1. em'bar ras sing 〔ɪm'bærəsɪŋ〕(adj.)令人困擾的或難堪的
　　　It was really an embarrassing experience.
　　　這真是一個令人難堪的經驗。

例 2. kan ga'roo 　〔kæŋgə'ru〕(n.)袋鼠
　　　You can see many kangaroos in Australia.
　　　在澳洲你可以看到許多的袋鼠。

Ⅲ 英文單字八大詞類的名稱及其功用——

英文單字是構成片語，句子的最基本元素。英文單字依其在句子中的功用，可分為如下八種詞類：

1. 名詞(noun) —— 用來表示人、事、物、動物、地方等字。

   例：I am a <u>student</u>. (名詞)

   我是一位學生。

2. 代名詞(pronoun) —— 用來代表名詞的字。

   例：It's <u>my</u> book. (代名詞)

   這是我的書。

3. 形容詞(adjective) —— 用來修飾名詞或代名詞的字。

   例：She is a <u>beautiful</u> girl.(形容詞)

   她是一位美麗的姑娘。

4. 動詞(verb) —— 用來表示動作或狀態的字。是句子的靈魂。

   例：She <u>runs</u> fast. (動詞)

   她跑的很快。

5. 副詞(adverb) —— 用來修飾動詞，形容詞或其他副詞的字，有時也用於修飾全句、子句、片語等。

   例：He plays tennis <u>very</u> well. (副詞)

   他網球打的很好。

6. 介系詞(preposition) —— 用來表示名詞或名詞相等語和句中其他字之間關係的字，通常放在名詞或名詞相關語之前。

   例：I live <u>at</u> Taipei.(介系詞)

   我住在台北。

7. 連接詞(conjunction) —— 用來連接單字、片語、子句或句子的字。

   例：She is so honest <u>that</u> everybody trusts her. (連接詞)

   她很誠實所以每個人都信任她。

8. 感嘆詞(Interjection) —— 用來表示強烈的情緒或感情的一種聲音或喊與句中其他部份並無文法上的連繫。

例：Oh! My god!

❧ 詞類縮寫表 ❧

詞類		縮寫
1. adjective	形容詞	(adj.)
2. adverb	副詞	(adv.)
3. article	冠詞	(art)
4. auxiliary	助動詞	(aux)
5. conjuction	連接詞	(conj)
6. interjection	感嘆詞	(interj)
7. noun	名詞	(n.)
8. preposition	前置詞	(prep)
9. pronoun	代名詞	(pron)
10. transitive verb	及物動詞	(v.t)
11. intransitive verb	不及物動詞	(v.i)
12. verb	動詞	(v)

Ⅳ 重要基本單字 2800 字

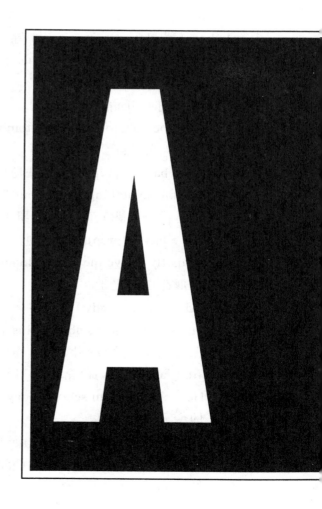

1. **a**〔e；ə〕(adj.)(article)一(個，本，張，隻等)。
     This is <u>a</u> book.
     這是一本書。

2. **abandon**〔ə'bændən〕(v.t)放棄。
     The ship was badly damaged, so they <u>abandoned</u> it.
     這船損害嚴重，所以他們放棄了。

3. **ability**〔ə'bɪlətɪ〕(n.)能力，才幹。
     He had great <u>ability</u> as a general.
     他有當將領的才能。

4. **able**〔'ebl〕(adj.)能，能夠。
     I will be <u>able</u> to come here tomorrow.
     我明天可望能到達這裡來。

5. **about**〔ə'baut〕(prep.)關於，對於。
     Tell me something <u>about</u> your family.
     告訴我一些關於你家人的事。

6. **above**〔ə'bʌv〕(prep)(adv.)在上。
     Birds fly <u>above</u> the white clouds.
     鳥飛在白雲之上。

7. **abroad**〔ə'brɔd〕(adv.)在國外。
     Mr. Wang is going <u>abroad</u> this summer.
     王先生夏天將要到國外去。

8. **absent**〔'æbsnt〕(v)缺席的，不存在的。
     He is <u>absent</u> from school today.
     他今天上課缺席。

9. **absolutely**〔'æbsə'lutlɪ〕(adv.)絕對地，完全地。
     Your answer are <u>absolutely</u> right.
     你的回答完全地正確。

10. accent〔'æksɛnt〕(n.)腔調，聲調。

He speaks English with foreign <u>accent</u>.

他說英語有外國腔。

11. accept〔ək'sɛpt〕(v.t)接受，領受，答應。

He <u>accepted</u> a present from his friend.

他接受他朋友的禮物。

12. accident〔'æksədənt〕(n.)意外之事。

There was a terrible car <u>accident</u> yesterday.

昨天有一樁可怕的車禍意外。

13. accompany〔ə'kʌmpənɪ〕(v.t)伴隨；陪伴。

Please <u>accompany</u> me on my walk.

請陪著我一起散步。

14. according〔ə'kɔrdɪŋ〕(adv.)依照；依據。

<u>According</u> to the report, adults need about eight hours
of sleep everyday.

根據報告，成人每天約需要睡八小時。

15. account〔ə'kaunt〕(n.)報告，記事，帳戶。

Please give me an <u>account</u> of your trip.

請告訴我你旅行的情形。

16. accurate〔'ækjərit〕(adj.)正確的，準確的。

Your answer is <u>accurate</u>.

你的答案是正確的。

17. achievement〔ə'tʃivmənt〕(n.)成就。

Flying across the Atlautic for the first time was a great
<u>achievement</u>.

首次飛越大西洋是一項偉大的成就。

18. across〔ə'krɔs〕(prep.)橫過，越過，在對面。

He lives across the street.

他住在馬路對面。

19. action〔'ækʃən〕(n.)行為，行動。

The time has come for action.

已經到了該行動的時候了。

20. active〔'æktɪv〕(adj.)活動的，活潑的。

Most children are more active than most adults.

大部份小孩比大部份成人活潑。

21. activity〔æk'tɪvəti〕(n.)活動。

Many children are interested in outdoor activities.

許多小孩對戶外活動有興趣。

22. actor〔'æktə〕(n.)男演員。

He is a popular actor.

他是一位有名的演員。

23. actress〔'æktrɪs〕(n.)女演員。

Who is your favorite movie actress?

誰是你最喜歡的電影女演員？

24. actually〔'æktʃuəli〕(adv.)真實地，實際地。

Believe it or not, but he actually won!

信不信由你，但他真的贏了！

25. addition〔ə'dɪʃən〕(n.)增加，加法。

There is no room for additions.

沒有增加空間的餘地了。

26. address〔ə'drɛs〕(n.)住址　(n.)發表演說。

① Write the name and address on the letter.

請在信上寫上姓名和住址。

② The president gave an <u>address</u> over the radio.

總統在廣播發表演說。

27. **admire** 〔əd'maɪr〕(v.t)羨慕，欽佩。

I <u>admire</u> your frankness.

我欽佩你的坦白。

28. **admission** 〔əd'mɪʃən〕(n.)准入，入場費。

<u>Admission</u> to the school is by examination.

入學許可是要經過考試。

29. **advantage** 〔əd'væntidʒ〕(n.)利益，便利。

His education gave him many <u>advantages</u>.

他的教育讓他受益良多。

30. **adventure** 〔əd'ventʃə〕(n.)遇險，奇遇。

Boys are usually fond of <u>adventure</u>.

男生通常喜歡冒險。

31. **advertisement** 〔,ædvə'taizmənt〕(n.)廣告。

<u>Advertisement</u> helps to sell goods.

廣告幫助推銷貨物。

32. **advice** 〔əd'vais〕(n.)勸告，忠告。

My <u>advice</u> to you is to work hard.

我對你的忠告是努力工作。

33. **advise** 〔əd'vaiz〕(v.t)勸告，忠告。

The doctor <u>advise</u> him not to drink wine.

醫師勸他不要喝酒。

34. **adviser** 〔əd'vaizə〕(n.)顧問。

He is my student <u>adviser</u>.

他是我的學生顧問。

35. **affair** 〔ə'fɛr〕(n.)事件，事務。

This is my <u>affair</u>, not yours.

這是我自己的事，不關你的。

36. **affect** 〔ə'fɛkt〕(v.t)影響。

He isn't <u>affected</u> by emotion.

他不受情緒影響。

37. **afford** 〔ə'ford〕(v.i)力足以，能堪。

I would like to buy a new car, but I can't <u>afford</u> it.

我想買部新車，卻買不起。

38. **afraid** 〔ə'fred〕(adj.)害怕的，畏懼的。

She is <u>afraid</u> of dog.

她害怕狗。

39. **after** 〔'æftɚ〕(prep)繼～之後。

Winter comes <u>after</u> Fall.

冬天繼秋天之後來。

40. **afternoon** 〔,æftɚ'num〕(n.)下午，午後。

What do you do on Sunday <u>afternoon</u>?

你星期天下午做什麼？

41. **again** 〔ə'gen〕(adv.)再，復，再次。

Say it <u>again</u>.

請再說一遍。

42. **against** 〔ə'gænst〕(prep)反對，靠著。

I have nothing <u>against</u> him.

我對他沒有反感。

43. **age** 〔edʒ〕(n.)年齡。

They are the same <u>age</u>.

他們同樣年紀。

44. **agent** 〔'edʒənt〕(n.)代理人；代理商。

We are their sale <u>agent</u>.

我們是他們的銷售代理商。

45. ago 〔ə'go〕(adj.)以前的，已往的。

He went to Japan a year <u>ago</u>.

他一年前去日本。

46. **agree** 〔ə'grɪ〕(v.i)同意，贊同。

I <u>agree</u> with you.

我同意你的意見。

47. **agreement** 〔ə'grɪmənt〕(n.)同意，相合，意見一致。

We came to an <u>agreement</u> at last.

我們最後達成協議。

48. **ahead** 〔ə'hɛd〕(adv.)在前地。

You go <u>ahead</u>.

你先走吧。

49. **aim** 〔em〕(v.i)瞄準。

He <u>aimed</u> at the target, than fired.

他先瞄準目標，然後射擊。

50. **air** 〔ɛr〕(n.)空氣。

We can't live without <u>air</u>.

我們沒有空氣無法生存。

51. **air-conditioned** (adj.)裝有冷氣設備的。

An <u>air-conditioned</u> bedroom.

有冷氣臥室

52. **airplane** 〔'ɛr,plen〕(n.)飛機。

The <u>airplane</u> is taking off.

飛機正在起飛。

53. **airport** 〔'ɛr,port〕(n.)飛機場。

I'll see you off at <u>airport</u>.

我會到機場給你送行。

54. **alarm** 〔ə'lam〕(n.)警報，警號裝置。

The <u>alarm</u> clock went off at 6 A.M.

鬧鐘早上六點響了。

55. **alike** 〔ə'laik〕(adv.)同樣地，相似地。

All the houses looked <u>alike</u>.

所有的房子看起來都一樣。

56. **all** 〔ɔl〕(adj.)所有的，完全的。

I gave him <u>all</u> the money.

我把所有的錢給他。

57. **allow** 〔ə'lau〕(v.t)允許。

Smoking is not <u>allowed</u> here.

此處不准吸煙。

58. **all right** 是的，好的(=yes)。

問：Can you come here at once?你能馬上來一下嗎？

答：<u>All right</u>, Sir!好的，先生！

59. **almost** 〔'ɔl,most〕(adv.)差不多，幾乎。

It is <u>almost</u> fire o'clock now.

現在差不多快五點了。

60. **along** 〔ə'lɔŋ〕(prep)沿著，循著。

We drove <u>along</u> the river.

我們沿河開車。

61. **alphabetical** 〔,ælfə'bɛtikl〕(adj.)依字母順序的。

The words in a dictionary are arranged in <u>alphabetical</u> order.

字典中的單字是依字母順序排列的。

62. **already**〔ɔl'rɛli〕(adv.)早已，已經。

  Bill has <u>already</u> gone to bed.

  比爾已經就寢了。

63. **also**〔'ɔlso〕(adv.)並且，又，亦。

  We ate and we <u>also</u> drank.

  我們又吃又喝。

64. **although**〔ɔl'ðo〕(conj)雖然；縱使。

  <u>Although</u> I am poor, I am honest.

  我雖然窮，但我很誠實。

65. **altitude**〔'æltə,tjud〕(n.)高度。

  Our plane is flying at a great <u>altitude</u>.

  我們的飛機飛得很高。

66. **always**〔'ɔlwez〕(adv.)總是，永遠。

  He is <u>always</u> at home in the morning.

  他上午總是在家。

67. **am**〔æm〕(v.)be 動詞的第一人稱（與 I 連用）。

  I <u>am</u> a boy.

  我是男生。

68. **amateur**〔,æmə'tɝ〕(adj.)業餘的，(n.)業餘。

  He is an <u>amateur</u> in boxing.

  他是個業餘拳擊手。

69. **amaze**〔ə'mez〕(v.t)使驚愕，使吃驚。

  I'm <u>amazed</u> at his rapid progress in English.

  我很驚訝他的英語快速進步。

70. **ambassador**〔æm'bæsədɝ〕(n.)大使。

  He is an <u>ambassador</u>.

  他是一位大使。

71. **American**〔ə'mɛrikən〕(adj.)美國人。

Susan is an <u>American</u> girl.

蘇珊是位美國女孩。

72. **among**〔ə'mʌŋ〕(prep)在…中。

That book is the best <u>among</u> modern novels.

那本書在現代小說中是最好的。

73. **amount**〔ə'maunt〕(n.)總數。

The <u>amount</u> of today's sales is considerable.

今天的銷售總數很可觀。

74. **an**〔ən〕(adj.)一，一個，每；各。名詞母音之前用 an。

This is <u>an</u> apple.

這是一顆蘋果。

75. **analyst**〔'ænlɪst〕(n.)分析者，分析家。

She is a famous news <u>analyst</u>.

她是一位時事分析家。

76. **ancient**〔'enʃənt〕(adj.)古代的。

He is interested in the <u>ancient</u> history of Egypt.

他對埃及的古代歷史有興趣。

77. **and**〔ɛnd〕(conj)及，和，又。

Mary <u>and</u> Tom are good friends.

瑪麗和湯姆是好朋友。

78. **angel**〔'endʒəl〕(n.)天使，可愛的人。

I saw an <u>angel</u> in my dream.

我在夢中看見天使。

79. **angry**〔'æŋgrɪ〕(adj.)忿怒的，怒的。

What is he so <u>angry</u> about?

他幹嘛那麼生氣？

80. **animal** 〔'ænəml〕(n.)動物。

She is afraid of wild <u>animal</u>.

她害怕野生動物。

81. **ankle** 〔'æŋkl〕(n.)腳踝。

He hurt his left <u>ankle</u> at broad jump.

他跳遠時傷了左腳腳踝。

82. **anniversary** 〔,ænə'vɝsərɪ〕(n.)週年，週年紀念

(adj.)年年的，每年的。

Today is our wedding <u>anniversary</u>.

今天是我們結婚紀念。

83. **announce** 〔ə'nauns〕(v.t)正式宣告，發表，宣稱。

The results of the examination will be <u>announced</u>

tomorrow.

考試的結果將在明天發表。

84. **announcement** 〔ə'naunsmənt〕(n.)發表；佈告；通知。

We interrupt this program for a special <u>announcement</u>.

為了特別報導，我們把節目中斷一下。

85. **annual** 〔'ænjuəl〕(adj.)一年一次的；一年一回的。

<u>Annual</u> report, <u>annual</u> income

年報　　　　年收入

86. **another** 〔ə'nʌðə〕(adj.)別的，其他的。

(pron)另一；不同的東西。

Please give me <u>another</u> cup.

請再給我另外一個杯子。

87. **answer** 〔'ænsɚ〕(n.)回答；答覆。(v.t)回答；答覆。

I don't know how to <u>answer</u> his question.

我不知如何回答他的問題。

88. ant〔ænt〕(n.)螞蟻。

A lot of <u>ants</u> have gathered around the dead worm.

許多螞蟻聚集在死蟲的周圍。

89. antique〔æn'tik〕(n.)古董；古物。

(adj.)古代的；過時代的。

This <u>antique</u> chair was made in 1750.

這張古董椅是 1750 年做的。

90. anxious〔'æŋkʃəs〕(adj.)不安的；渴望的。

Don't be <u>anxious</u> if I'm late.

如果我遲到了，請稍安勿燥。

91. any〔'ɛnɪ〕(adj.)任何一個；任何。(prep)任何一個

Do you have <u>any</u> pencils?

你有沒有鉛筆？

92. anybody〔'ɛnɪ,badɪ〕(pron)(n.)任何人。

Is there <u>anybody</u> home?

有人在家嗎？

93. anything〔'ɛnɪ, θiŋ〕(n.);(pron)任何事物。

Is there <u>anything</u> for me?

有什麼東西給我嗎？

94. apartment〔ə'partmənt〕(n.)[美]公寓。

He lives in a three-room <u>apartment</u> on Fifth Ave.

他住在第五街上一層三間房的公寓。

95. apologize〔ə'palə,dʒaiz〕(v.i)道歉；謝罪。

He <u>apologized</u> for breaking the window.

他為打破窗戶賠不是。

96. apology〔ə'palədʒɪ〕(n.)道歉；謝罪。

I own him an <u>apology</u>.

我應向他道歉。

97. **appear**〔ə'pɪr〕(v.i)出現;呈現。

The pianist <u>appeared</u> on the stage.
鋼琴師出現在舞台上。

98. **appearance**〔ə'pɪrəns〕(n.)1.外表;外觀;儀表
2.出現。

Never judge anyone by <u>appearance</u>.
不要以外貌判斷任何人。

99. **appetite**〔'æpə,tait〕(n.)食慾。

David has a good <u>appetite</u>.
大衛食慾很好。

100. **applaud**〔ə'plɔd〕(v.i)鼓掌或歡呼以稱讚許。

When he finished his speech, the audience <u>applauded</u>.
當他演講完畢時,聽眾鼓掌讚許。

101. **apple**〔'æpl〕(n.)蘋果。

I like <u>apples</u>.
我喜歡蘋果。

102. **appliance**〔ə'plaiəns〕(n.)用具;器具。

A can opener is an <u>appliance</u> for opening tin cans.
罐頭起子是用來開啟錫罐的用具。

103. **application**〔'æplə'keʃən〕(n.)1.申請,志願
2.應用,適用。

May I have an <u>application</u> form, please?
請給我一張申請表好嗎?

104. **apply**〔ə'plaɪ〕(v.t)1.申請;志願 2.適用,應用。

I <u>applied</u> for admission to the university.
我申請大學入學許可。

105. appointment〔ə'pɔintmənt〕(n.)1.約會
2.任命，職位。

I have an <u>appointment</u> with Mr. Brown at three o'clock.

我和布朗先生約好三點見面。

106. appreciate〔ə'priʃi,et〕(v.t)重視；感激；感謝。

I <u>appreciate</u> your kind letter.

感謝你親切的來信。

107. approach〔ə'protʃ〕(v.t)逼近，接近 (n.)接近。

We'll soon <u>approach</u> Chiago international airport.

我們即將抵達芝加哥國際機場。

108. appropriate〔ə'proprieit〕(adj.)適合的，適的。

an <u>appropriate</u> example.

一個適當的例子。

109. approve〔ə'pruv〕(v.t)1.贊成 2.核准；批准。

I don't <u>approve</u> of this plan.

我不贊成這個計劃。

110. April〔'eprəl〕(n.)四月。

<u>April</u> is the fourth month of the year.

四月是一年裏的第四個月。

111. apron〔'eprən〕(n.)圍巾；圍裙。

Mother is working in the kitchen wearing an <u>apron</u>.

母親穿著圍裙正在廚房裡工作。

112. aquarium〔ə'kwɛriəm〕(n.)水族館。

There are a lot of different kind of fish in the <u>aquarium</u>.

水族館裡有許多不同種類的魚。

113. are〔ar〕(v.)be 動詞的現在式第二人稱。

You are a student.

你是個學生。

114. **area**〔'ɛrɪə〕(n.)地區；地域；地方。

There are large areas in Australia still unpopulated.

澳洲有許多地區仍無人居住。

115. **argue**〔'ɑrgju〕(v.i)爭論；辯論。

They argued with each other about the best place for a holiday.

他們互相爭論關於度假最佳去處。

116. **arm**〔ɑrm〕(n.)手臂。

Tom has a bat under his arm.

湯姆腋下夾著一支球棒。

117. **army**〔'ɑrmɪ〕(n.)軍隊。

John has served in the army for two years.

約翰已在軍中服役二年。

118. **around**〔ə'raund〕(prep)在四周，在…附近。

There was nobody around.

附近空無一人。

119. **arrange**〔ə'rendʒ〕(v.t)佈置；排列；整理；安排。

The travel agency arranged everything for our trip to Europe.

旅行社替我們安排到歐洲旅行的一切事宜。

120. **arrest**〔ə'rɛst〕(v)逮捕 (n.)逮捕。

You're under arrested!

你被逮捕了！

121. **arrive**〔ə'raiv〕(v.i)抵達；到達（指目的地）。

The train arrived Boston at two o'clock.

火車兩點抵達波士頓。

122. **arrow**〔'æro〕(n.)箭；矢。

An <u>arrow</u> is shot from a bow.

箭是由弓射出的。

123. **art**〔ɑrt〕(n.)藝術。

Mary is studying <u>art</u> and music.

瑪麗正在研究藝術和音樂。

124. **article**〔'ɑrtɪkl〕(n.)1.文章；論文　2.條款；條目。

I read a good <u>article</u> on today's newspaper.

今天我在報上讀到一篇好文章。

125. **as**〔æz〕1.(adv.)相等；相同　2.(conj)同樣；像。

Jenny is <u>as</u> tall as Susan.

珍妮和蘇珊一樣高。

126. **assault**〔ə'sɔlt〕(n.)攻擊，　　(v.t)攻擊；襲擊。

The enemy <u>assaulted</u> us at darkness.

敵人趁黑攻擊我們。

127. **assignment**〔ə'saɪnmənt〕(n.)課業；分派或指定（的
工作）。

What's today's <u>assignment</u>?

今天的作業是什麼？

128. **association**〔ə,sosɪ'eʃən〕(n.)協會；團體；會。

Young men's Christian <u>Association</u> (YMCA)

基督教青年會。

129. **assure**〔ə'ʃur〕(v.t)1.保證 2.使相信。

I can <u>assure</u> you that he is honest.

我向你保證他是誠實的。

130. **at**〔æt〕(prep)在；近。

I live <u>at</u> Taipei.

我住在台北。

131. **ask**〔æsk〕(v.t)詢問，問，請求。

May I <u>ask</u> you a question?

我可以請教一個問題嗎？

132. **athlete**〔'æθlit〕(n.)運動員；運動家。

I think Dick is a good <u>athlete</u> because he swims well.

因為迪克游泳很好，我想他是一位好的運動員。

133. **Atlantic**〔ət'læntik〕(n.)大西洋。

The <u>Atlantic</u> Ocean.

大西洋。

134. **atmosphere**〔'ætməs,fir〕(n.)大氣；空氣；環境。

The warm <u>atmosphere</u> in the theater made me feel faint.

戲院內溫暖的空氣讓我覺得頭暈。

135. **attack**〔ə'tæk〕(v.t)攻擊(n.)攻擊。

They <u>attacked</u> the enemy in the midnight.

他們午夜攻擊敵人。

136. **attempt**〔ə'tɛmpt〕(v.t)企圖；嘗試；試為。

He <u>attempt</u> to do a hard task.

他嘗試做一件困難的工作。

137. **attend**〔ə'tɛnd〕(v.t)出席(會議)；參加；到。

I have to <u>attend</u> an international conference.

我必須參加一項國際會議。

138. **attention**〔ə'tɛnʃən〕(n.)注意；專心。

May I have your <u>attention</u>, please!

各位請注意！

139. attitude〔'ætə,tjud〕(n.)1.態度 2.姿勢。

What is your <u>attitude</u> towards this problem?

你對這件問題的態度如何？

140. attract〔ə'trækt〕(v.i)吸引；勾引；引誘。

He shouted to <u>attract</u> attention.

他大聲呼喊，以引人注意。

141. attraction〔ə'trækʃən〕(n.)吸引力；吸引的東西，誘惑物。

The movies have a lot of <u>attraction</u> for me.

電影對我有很大的吸引力。

142. auction〔'ɔkʃən〕(n.)拍賣(v.t)拍賣。

He sells his furniture by <u>auction</u>.

他用拍賣方式來賣他的傢俱。

143. **audience**〔'ɔdiəns〕(n.)觀眾，聽眾。

   The TV <u>audience</u> all over the country heard his speech.

   全國的電視觀眾都收聽到他的演說。

144. **August**〔'ɔgəst〕(n.)八月。

   The temperature is cool on <u>August</u>.

   八月的氣溫很涼爽。

145. **aunt**〔ɑnt〕(n.)姨母，姑母，舅母。

   <u>Aunt</u> Susan is my mother's sister.

   蘇珊姨媽是家母的妹妹。

146. **author**〔'ɔθɚ〕(n.)作者；著作人。

   Mark is my favorite <u>author</u>.

   馬克是我喜歡的作家。

147. **authority**〔ə'θɔrəti〕(n.)1.當局；2.權威；專家；3.有
   權威的人。

He is an <u>authority</u> on Chinese history.

他是中國歷史的權威。

148. autobiography〔ˌɔtəbaiˈagrəfɪ〕(n.)自傳。

His <u>autobiography</u> will be published soon.

他的自傳即將出版。

149. automatic〔ˌɔtəˈmætɪk〕(adj.)自動的。

Many modern stores have <u>automatic</u> doors.

許多現代化商店都有自動門。

150. autumn〔ˈɔtəm〕(n.)秋天。

Winter comes after <u>autumn</u>.

秋去冬來。

151. available〔əˈveləbl〕(adj.)1.可用的，可利用的

2.有效力的。

This swimming pool is <u>available</u> for the members only.

這游泳池祇有會員可以使用。

152. average〔ˈævərɪdʒ〕(n.)平均，(v.t)平均之，求平均數。

The <u>average</u> of 7 and 9 is 8.

7 和 9 的平均數為 8。

153. avoid〔əˈvɔid〕(v.t)避免。

Try to <u>avoid</u> danager.

試著避免危險。

154. away〔əˈwe〕(adv.)離去；不在。

Go <u>away</u>! I don't want to see you again.

走開！我不想再見到你。

155. awful〔ˈɔfl〕(adj.)極壞的[俗]極差的，可怕的。

Take a look at the sink. It's <u>awful</u>.

瞧那水槽，太髒了。

1. **baby**〔'bebɪ〕(n.)嬰兒；小孩。

   That <u>baby</u> is always sleeping.

   那小嬰兒老是睡覺。

2. **baby-sitter**〔'bebɪ,sitɚ〕(n.)臨時褓姆。

   Mary is a <u>baby-sister</u>, She is taking care of Mr.Smith's little boy.

   瑪麗是個臨時褓姆，她正照顧史密斯先生家的小兒子。

3. **bachelor**〔'bætʃəlɚ〕(n.) 1.未婚男子 2.學士學位。

   He is still a <u>bachelor</u>.

   他還是一個獨身漢。

4. **back**〔bæk〕(n.)背後，後面 (v.t)支持，擁護。

   There is a garden at the <u>back</u> of the house.

   這房子後面有一座花園。

5. **background**〔'bæk,graund〕(n.)背景。

   He has a strong political <u>background</u>.

   他有強大的政治背景。

6. **backward**〔'bækwɚd〕(adj.)向後的。

   He stepped <u>backward</u> to avoid the car.

   他為避開車子向後退。

7. **bacon**〔'bekən〕(n.)培根；醃薰豬肉片。

   I usually eat <u>bacon</u> and eggs for breakfast.

   早餐我通常吃培根和蛋。

8. **bacteria**〔bæk'tiriə〕(n.)細菌。

   The doctor is studing <u>bacteria</u>.

   醫師正在研究細菌。

9. **bad**〔bæd〕(adj.)不好的，不良的。

You are a <u>bad</u> boy, Bill.

比爾，你是個壞孩子。

10. badage〔'bædʒ〕(n.)徽章；記號。

The policeman have distinctive <u>badages</u> on their caps.

警察常有特殊的徽章釘在帽子上。

11. bag〔bæg〕(n.)袋子，手提包。

I bought a <u>bag</u> of flour.

我買了一袋麵粉。

12. baggage〔'bægidʒ〕(n.)行李。

I'll take your <u>baggage</u> to the hotel.

我將把你的行李送到飯店。

13. bail〔bel〕(n.)保釋，保釋金(v.t)准予交保。

The prisoner was granted <u>bail</u>.

犯人被准予交保。

14. bait〔bet〕(n.)餌。

Most people use worms as <u>bait</u> in fishing.

多數人用蚯蚓為餌釣魚。

15. bake〔bek〕(v.t)烘，焙。

Mother <u>bakes</u> bread and cake in the oven.

母親在烤箱烘焙麵包和餅乾。

16. balance〔'bæləns〕(n.)平衡，天秤。

The old man lost his <u>balance</u> and fell down.

這個老人失去平衡而跌倒。

17. ball〔bɔl〕(n.)球，球狀物。

I passed the <u>ball</u> to him.

我把球傳給他。

18. ballet〔'bælɪ〕(n.)巴蕾舞。

There have a <u>ballet</u> performance in this theather.

這戲院有一場巴蕾舞表演。

19. **balloon**〔bə'lun〕(n.)氣球；輕氣球。

His <u>balloon</u> went up into the sky.

他的氣球飛上天空。

20. **ban**〔bæn〕(v.t)禁止。

Swimming is <u>banned</u> in this lake.

禁止在這個湖裡游泳。

21. **banana**〔bə'nænə〕(n.)香蕉。

I like <u>bananas</u> and peachs very much.

我非常喜歡香蕉和桃子。

22. **band**〔bænd〕(n.)樂隊；一群人。

The <u>band</u> was playing our national anthem.

樂隊正在奏我們的國歌。

23. **bandage**〔'bændɪdʒ〕(n.)繃帶。

The doctor puts a <u>bandage</u> on my leftarm.

醫師用繃帶縛在我的左手臂上。

24. **bank**〔bæŋk〕(n.)銀行。

You'd better put all the money in the <u>bank</u>.

你最好把所有錢存在銀行裏。

25. **banquet**〔'bæŋkwɪt〕(n.)宴會，酒宴。

We gave him a farewell <u>banquet</u> yesterday.

昨天我們為他餞別。

26. **bar**〔bɑr〕(n.)酒吧，酒館。

He invited me to a <u>bar</u> for a drink.

他請我到酒吧喝一杯。

27. **barber**〔'bɑrbɚ〕(n.)理髮師，理髮店。

I had my hair cut at a <u>barber</u> shop yesterday.

我昨天在理髮店剪頭髮。

28. barely〔'bɛrlɪ〕(adv.)僅，幾不能。

She is <u>barely</u> sixteen.

她只有十六歲。

29. bargain〔'bɑrgin〕(n.)廉售或廉買的東西 (v.i)議價。

I bought this picture at a <u>bargain</u>.

我廉價買到這幅畫。

30. bark〔bɑrk〕(v.i)狗叫，吠。

That dog <u>barks</u> from morning till right.

那隻狗從早吠到晚。

31. base〔bes〕(n.)底，根據地(軍事)。

There was an air <u>base</u> in the western part of the city.

市區的西部有一座空軍基地。

32. baseball〔'bes'bɔl〕(n.)棒球。

I like to watch <u>baseball</u> games on TV.

我喜歡在電視看棒球賽。

33. basement〔'besmənt〕(n.)地下室（房屋）。

Washing machines are usually in the <u>basement</u>.

洗衣機通常放在地下室。

34. basically〔'besikəlɪ〕(adv.)基本地；主要地。

<u>Basically</u>, honest is very important.

基本上誠實是很重要的。

35. basket〔'bæskɪt〕(n.)籃子，筐。

She bought a <u>basket</u> of peachs.

她買了一籃的桃子。

36. basketball〔'bæskɪt,bəl〕(n.)籃球。

The two teams played <u>basketball</u> yesterday.

這兩隊昨天比賽籃球。

37. bat〔bæt〕(n.)1.棒 2.蝙蝠。

Bill hit the ball with a <u>bat</u>.

貝爾用球棒擊球。

38. bath〔bæθ〕(n.)沐浴。

He takes a <u>bath</u> every morning.

他每天早晨洗澡。

39. bathroom〔'bæθ,rum〕(n.)浴室，盥洗室。

I washed my face in the <u>bathroom</u>.

我在浴室洗臉。

40. battle〔'bætl〕(n.)戰爭，戰鬥。

They were killed in the <u>battle</u>.

他們戰死了。

41. be〔bɪ〕(v.i)是～；在，有。am,are,is 等都是 be 動詞

I <u>am</u> a student.

我是學生。

42. beach〔bitʃ〕(n.)海濱。

We took a walk along the <u>beach</u>.

我們沿著海濱散步。

43. bean〔bin〕(n.)豆。

<u>Bean</u> is rich in protein.

豆類富含有蛋白質。

44. bear〔bɛr〕1.(v.t)負荷，忍受　　2.(n.)熊。

A camel can <u>bear</u> a heavy burden.

駱駝能負重。

45. beat〔bit〕(v.t)打，打擊。

He <u>beats</u> the carpet with a stick.

他用棒子打地氈。

46. beautiful〔'bjutəfəl〕(adj.)美麗的，漂亮的。

Jenny is a <u>beautiful</u> girl.

珍妮是位漂亮女孩。

47. because〔bɪ'kɔz〕(conj)因為。

He didn't pass the exam <u>because</u> he didn't study hard.

因為他沒有努力用功，所以沒有通過考試。

48. become〔bɪ'kʌm〕(v.i)變為，成為。

He has <u>become</u> quite a famous man.

他已經成為名人。

49. bed〔bɛd〕(n.)床。

Go to <u>bed</u> early and get up early.

早睡早起。

50. bedroom〔'bɛd,rum〕(n.)臥房，臥室。

She has a large <u>bedroom</u>.

她有一間大臥室。

51. bee〔bɪ〕(n.)蜜蜂。

He was sting by a <u>bee</u>.

他被蜜蜂刺到了。

52. beef〔bɪf〕(n.)牛肉。

I like <u>beef</u> better than pork.

我喜歡牛肉勝於豬肉。

53. beer〔bɪr〕(n.)啤酒。

There is about five percent of alcohol in <u>beer</u>.

啤酒大約含有百分之五的酒精。

54. before〔bɪ'for〕(adv.)(prep)在…前面，以前。

I have met him <u>before</u>.

我以前遇見過他。

55. **beg** 〔bɛg〕(v.t)懇求，乞求。

The poor man <u>begged</u> for food.

這窮人乞討食物。

56. **begin** 〔bɪˈgɪn〕(v.i)(v.t)開始。

The meeting <u>began</u> at three o'clock.

會議三點開始。

57. **behavior** 〔bɪˈhevjə〕(n.)行為，品行。

His good <u>behavior</u> made a good impression.

他良好的態度給人好的印象。

58. **behind** 〔bɪhaind〕(prep)(adv.)在後。

Today you come here <u>behind</u> your usual time.

今天你來過裡比平常晚些。

59. **believe** 〔bɪˈlɪv〕(v.t)相信，信任。

I <u>believe</u> what he says.

我相信他所說的。

60. **bell** 〔bɛl〕(n.)鈴，鐘，鐘聲。

They made a big <u>bell</u> for the temple.

他們為寺廟做了一個大鐘。

61. **belong** 〔bəˈlɔŋ〕(v.i)屬於。

These books <u>belong</u> to me.

這些書屬於我的。

62. **below** 〔bəˈlo〕(prep)在...以下；在...下面。

The subway runs <u>below</u> the ground.

地下鐵在地下行駛。

63. **bench** 〔bɛntʃ〕(n.)長板凳。

They sit on a <u>bench</u>.

他們坐在板凳上。

64. benefit〔'bɛnəʃɪt〕(n.)利益，恩惠。

He received <u>benefit</u> from his father-in-law.

他從他岳父得到一些恩惠。

65. besides〔bɪsaidz〕(adv.)此外，並且。(prep)於⋯之外。

<u>Besides</u> English, he also study French.

除了英文，他也學法文。

66. best〔bɛst〕(adj.)最好的，最佳的。

This is the <u>best</u> book I have ever read.

這是我讀過最好的書。

67. bet〔bɛt〕(v.t)打賭。

He <u>bet</u> ten dollars on that horse.

他以十美元賭那匹馬。

68. betray〔bɪ'tre〕(v.t)出賣。

They <u>betrayed</u> their country.

他們出賣了他們的國家。

69. better〔'bɛtɚ〕(adj.)更好的，較好的。

I like summer <u>better</u> than spring.

我喜歡夏天勝於春天。

70. between〔bi'twɪn〕(prep)兩者之間。

It's a secret <u>between</u> you and me.

這是你我之間的秘密。

71. beverage〔'bɛvrɪdʒ〕(n.)飲料。

What kind of <u>beverage</u> do you like to drink?

你喜歡喝那一種飲料。

72. beyond〔bɪ'jand〕(prep)超過，超乎⋯之外。

He asks a price <u>beyond</u> what I can pay.

他要求的價格超乎我能付出的。

73. Bible〔'baɪbl〕(n.)聖經。

He reads the <u>Bible</u> every day.

他每天讀聖經。

74. bicycle〔'baɪsɪkl〕(n.)腳踏車，自行車。

Can you ride a <u>bicycle</u>?

你拿騎腳踏車嗎？

75. bid〔bid〕(v.i)出價，叫價，命令。

I <u>bid</u> ten dollars for that picture.

那幅畫我出價十元。

76. big〔big〕(adj.)大的。

This is a <u>big</u> tree.

這是一棵大樹。

77. bike〔baɪk〕(n.)[俗]腳踏車。

He came here by <u>bike</u>.

他騎腳踏車來的。

78. bill〔bil〕(n.)1.賬單 2.議案。

Give me the <u>bill</u>, please.

請給我帳單。

79. bingo〔'bingo〕(n.)賓果遊戲（一種賭博性遊戲）。中
獎，猜中。

<u>Bingo</u>! I got it.

賓果！我猜中了。

80. biography〔baɪ'ɑgrəfɪ〕(n.)傳記。

I like reading <u>biography</u>.

我喜歡閱讀傳記。

81. biologist〔‚baɪˈɑlədʒɪst〕(n.)生物學家。

His father is a famous biologist.

他父親是有名的生物學家。

82. bird〔bɝd〕(n.)鳥。

To kill two birds with one stone.

一箭雙鵰。（一石二鳥）

83. birth〔bɝθ〕(n.)出生。

The baby weighed six pounds at birth.

這嬰兒出生時重六磅。

84. birthday〔ˈbɝθ‚de〕(n.)生日。

When is your birthday?

你的生日是什麼時候？

85. biscuit〔ˈbɪskɪt〕(n.)餅乾。

I like biscuit.

我喜歡餅乾。

86. bit〔bɪt〕(n.)一塊，少許。

Give me a bit of cotton.

給我一點棉花。

87. bite〔baɪt〕(n.)一咬，一口，(v.i)咬。

The dog try to bite the cat.

這隻狗想要咬貓。

88. bitter〔ˈbɪtɚ〕(adj.)苦的。

A good medicine tastes bitter.

良藥苦口。

89. black〔blæk〕(n.)黑色 (adj.)黑色的。

She has black hair.

她有一頭黑色的頭髮。

49

90. blackboard〔'blæk,bord〕(n.)黑板。

　　Write your name on the <u>blackboard</u>.

　　把你的名字寫在黑板上。

91. blame〔blem〕(vt.)譴責；歸咎。

　　Don't <u>blame</u> me, It's not my fault.

　　別責怪我，不是我的錯。

92. blank〔blæŋk〕(n.)空白處；空白。

　　Fill in the <u>blank</u>.

　　填寫在空白處。

93. bleed〔blid〕(v.i)流血。

　　I cut my finger, it won't stop <u>bleeding</u>.

　　我割傷手指頭，血流不止。

94. bless〔blɛs〕(v.t)祝福。

　　God <u>bless</u> you!

　　上帝祝福你！

95. blind〔blaind〕(adj.)瞎的，盲的。

　　I helped a <u>blind</u> man across the road yesterday.

　　我昨天幫助一位盲人過馬路。

96. block〔blak〕(n.)1.[美]兩條街間的距離　2.一塊。

　　Go straight ahead for two <u>blocks</u>, and you'll see the subway station on the left.

　　一直往前走兩條街，就可以看到在左邊的地下鐵車站。

97. blonde〔bland〕(adj.)金髮碧眼的。

　　Miss Smith is <u>blonde</u>.

　　史密斯小姐是金髮小姐。

98. blood〔blʌd〕(n.)血液；血。

His face is covered with <u>blood</u>.

他血流滿面。

99. **blow** 〔blo〕(v.i)吹氣;吹風。

The wind is <u>blowing</u> hard.

風刮得很厲害。

100. **blue** 〔blu〕(n.)藍色。

She has beautiful <u>blue</u> eyes.

她有漂亮的藍眼睛。

101. **boast** 〔bost〕(v.i)誇言;自誇。

He <u>boasted</u> of what he had done.

他自誇他自己所做的事。

102. **boat** 〔bot〕(n.)船。

We rowed a small <u>boat</u> on the lake.

我們在湖中划著小舟。

103. **body** 〔'bɑdɪ〕(n.)身體。

We wear clothes to keep our <u>bodies</u> warm.

我們穿衣服使我們的身體保暖。

104. **bodyguard** 〔'bɑdɪ,gɑrd〕(n.)保鏢;扈從。

He never goes out without a <u>bodyguard</u>.

他沒有保鏢從不出門。

105. **boil** 〔bɔil〕(v.i)煮沸 (n.)沸。

Water <u>boils</u> at 100 degrees Centigrade.

水在攝氏100度煮沸。

106. **bomb** 〔bam〕(n.)炸彈。

The policeman used tear gas <u>bomb</u> to dispel the crowds.

警察使用催淚彈驅散群眾。

107. bone〔bon〕(n.)骨骼。

　　　He broke his rib bone.

　　　他跌斷了肋骨。

108. book〔buk〕(n.)書。　(v.t)預定。

　　　I borrowed two books from library.

　　　我從圖書館借來兩本書。

109. bookstore〔'buk,stor〕(n.)書店。

　　　I bought this book at that bookstore.

　　　我在那書店買了這本書。

110. boot〔but〕(n.)長靴；長統鞋。

　　　We wear boots in the snow.

　　　我們在雪地穿長統鞋。

111. border〔'bordɚ〕(n.)邊界，邊境。

　　　The man tried to escape over the border.

　　　那人試圖逃越邊界。

112. bore〔bor〕(v.t)(n.)令人厭煩。

　　　It is borning to hear his speech.

　　　聽他的演講令人厭煩。

113. born〔bɔrn〕(adj.)生，天生的。

　　　He was born in Taiwan.

　　　他在台灣出生。

114. borrow〔'baro〕(v.t)借。

　　　May I borrow your dictionary?

　　　我可以借你的字典嗎？

115. boss〔bɔs〕(n.)老板。

　　　He is fired by his boss.

　　　他被老板開除了。

116. both〔boθ〕(adj.)二者，兩方的。

The passengers came down from <u>both</u> sides of the train.

旅客從火車的兩側走下來。

117. bother〔'baðɚ〕(v.t)困擾，麻煩。(n.)麻煩，困擾。

He is studing, don't <u>bother</u> him.

他正在讀書，不要打擾他。

118. bottle〔'batl〕(n.)瓶子。

He drank two <u>bottles</u> of wine.

他喝了兩瓶酒。

119. bottom〔'batəm〕(n.)底部。

There is a hole at the <u>bottom</u> of the flower pot.

花盆底下有一個洞。

120. bowl〔bol〕(n.)碗。

He ate three <u>bowls</u> of rice.

他吃了三碗飯。

121. box〔baks〕(n.)箱子。

He made a <u>box</u> with paper board.

他用紙板做一個箱子。

122. boxing〔'baksiŋ〕(n.)拳擊。

Do you like <u>boxing</u>?

你喜歡拳擊嗎？

123. boy〔bɔɪ〕(n.)男孩。

She has a <u>boy</u> and two girls.

她有一個男孩和兩個女孩。

124. brain〔bren〕(n.)腦，智慧。

Don't be silly! Use you <u>brains</u>.

不要傻了！用你的智慧。

125. brave〔brev〕(adj.)勇敢的。

He is a brave soldier.

他是一個勇敢的士兵。

126. bread〔brɛd〕(n.)麵包。

He bought a loaf of bread from the baker.

他從麵包店買了一條麵包。

127. break〔brek〕(v.t)打破(n.)中斷，休息。

He broke his leg.

他跌斷了腿。

128. breast〔brɛst〕(n.)胸，胸部。

The thief stabbed him on the breast.

小偷在他胸部刺了一刀。

129. breath〔brɛθ〕(n.)呼吸。

Take a deep breath before you enter the house.

進房子前深深吸一口氣。

130. bribe〔braib〕(n.)(v.t)賄賂。

He accepted a bribe from a merchant.

他接受商人的賄賂。

131. brick〔brik〕(n.)磚。

This wall was made of brick.

這道牆是用磚砌成的。

132. bride〔braid〕(n.)新娘。

My sister will be a bride next spring.

我姊姊明年春天要當新娘。

133. bridegroom〔'braid,grum〕(n.)新娘。

The bride and bridegroom are classmate.

新娘和新郎是同學。

134. bridge〔bridʒ〕(n.)橋。

They put up a temporary bridge across the river.

他們在河上造一座臨時的橋樑。

135. brief〔brɪf〕(n.)摘要，綱要。(adj.)簡單的。

He drew up a brief for his speech.

他起草演講的摘要。

136. bright〔braɪt〕(adj.)1.光明的 2.聰明的。

The garden is bright with sunshine.

這花園陽光普照。

137. bring〔brɪŋ〕(v.t)帶來；取來。

Would you bring me something to eat?

請帶給我一些吃的東西吧？

138. broadcast〔'brɔd,kæst〕(n.)廣播 (v.i)廣播。

These broadcasts will be heard all over the world.

這項廣播全世界都會收聽到。

139. broken〔'brokən〕(adj.)破碎的。

Don't let broken glasses hurt your hand.

不要讓碎玻璃割傷你的手。

140. brother〔'brʌðɚ〕(n.)兄弟。

How many brothers do you have?

你有幾個兄弟？

141. brown〔braun〕(n.)棕色，褐色。

The leaves color has become brown.

樹葉的顏色已經變成棕色。

142. bruise〔bruz〕(v.t)瘀傷，打傷。

He bruised his finger with a hammer.

他的手指被鐵鎚打傷。

143. brush〔brʌʃ〕(n.)刷子 (v.t)拂拭，用刷子刷。

I <u>brush</u> my teeth before I go to bed.

我在睡覺前刷牙。

144. bubble〔'bʌbl〕(n.)泡沫；氣泡。

He blows <u>bubbles</u> with soap water.

他用肥皂水吹氣泡。

145. bucket〔'bʌkɪt〕(n.)水桶。

We used <u>bucket</u> to carry water.

我們用水桶去提水。

146. bud〔bʌd〕(n.)芽，花蕾。

The flowers are now in <u>buds</u>.

花現在正含苞待放。

147. budget〔'bʌdʒɪt〕(n.)預算。

Everyone must have a <u>budget</u> of his own.

每一個人都應該有他自己的預算。

148. buffalo〔'bʌflo〕(n.)水牛。

North American has a lot of <u>buffalos</u>.

北美有許多水牛。

149. build〔bild〕(v.t)建築，建造。

We <u>build</u> a house of four bedroom.

我們建造一座有四間臥房的房子。

150. building〔'bildɪŋ〕(n.)建築物。

This is a tall <u>building</u>.

這是一棟高的建築物。

151. bullet〔'bulɪt〕(n.)子彈。

He was hit by a stray <u>bullet</u>.

他被流彈打中。

152. bulletin〔'bulətɪn〕(n.)告示；公報；佈告。

ICRT bulletin board have update news.

台北國際社區電台佈告板有最新消息。

153. bump〔bʌmp〕(v.t)撞，碰。

He bumped his head against the wall.

他的頭撞到牆。

154. bureau〔'bjuro〕(n.)辦公室，政府機關，局。

Bureau of Education

教育局。

155. burglar〔'bɝglə〕(n.)竊賊。

Burglars broke into his house last night.

昨晚竊賊闖入他的家中。

156. burn〔bɝn〕(v.t)燃燒。

Dry wood burns easily.

乾木柴易燃。

157. bus〔bʌs〕(n.)公共汽車。

I have to get off the bus at the next stop.

我須在下一站下車。

158. business〔'bɪznɪs〕(n.)商業，營業。

After his father's death, he took over the whole business.

他父親死後，他接掌他所有的事業。

159. businessman〔'bɪznɪs,mæn〕(n.)商人，從事商業者。

He is a businessman.

他是個商人。

160. busy〔'bɪzɪ〕(adj.)忙碌的。

Don't talk to me, I'm busy.

我很忙，別跟我說話。

161. but〔bʌt〕(conj)但是，然而。

He is poor, but he is honest.

他窮但他誠實。

162. butcher〔'butʃɚ〕(n.)屠夫，屠宰商。

Bob's father is a butcher.

鮑伯的父親是肉販。

163. butter〔'bʌtɚ〕(n.)牛油。

Butter is made from milk.

乳油是從牛乳製成的。

164. butterfly〔'bʌtɚ,flaɪ〕(n.)蝴蝶。

His hobby is collecting butterflies.

他的嗜好是收集蝴蝶。

165. button〔'bʌtŋ〕(n.)鈕扣，按鈕。

A button fell of his coat.

他的大衣鈕扣掉了。

166. buy〔baɪ〕(v.t)買。

I want to buy a book and a map.

我要買一本書和一張地圖。

167. by〔baɪ〕(prep)過於，傍於，賴以。

He is standing by the door.

他正站在門邊。

168. bystander〔'baɪ,stændɚ〕(n.)旁觀者。

A car explosion hurted an innocent bystander.

汽車爆炸傷到一位無辜的旁觀者。

1. **cab**〔kæb〕(n.)出租汽車。

    Let's take a <u>cab</u>!

    我們坐計程車吧！

2. **cabbage**〔'kæbɪdʒ〕(n.)包心菜。

    He doesn't like <u>cabbage</u>.

    他不喜歡包心菜。

3. **cafeteria**〔,kæfə'tɪrɪə〕(n.)自助餐廳。

    We ate dinner at school <u>cafeteria</u>.

    我們在學校的餐廳用晚餐。

4. **cage**〔kedʒ〕(n.)籠子。

    There is a bird in the <u>cage</u>.

    鳥籠中有一隻鳥。

5. **cake**〔kek〕(n.)餅；糕。

    My mother made a big birthday <u>cake</u> for me.

    母親為我做了一個大的生日蛋糕。

6. **calculate**〔'kælkjə,let〕(v.t)計算。

    Can you <u>calculate</u> the velocity of light?

    你會計算光速嗎？

7. **calculation**〔,kælkjə'leʃən〕(n.)計算。

    He made a mistake in his <u>calculation</u>.

    他的計算有錯誤。

8. **calendar**〔'kæləndɚ〕(n.)日曆。

    She tore off the last page of the <u>calendar</u>.

    她撕掉日曆的最後一頁。

9. **call**〔kɔl〕(v.t)1.呼叫 2.打電話。

    I'll <u>call</u> you back later.

    我待會再打電話給你。

10. camel〔'kæml〕(n.)駱駝。

   <u>Camels</u> can carry goods walked in the desert.

   駱駝可運送貨物在沙漠中行走。

11. camera〔'kæmərə〕(n.)照相機。

   Japanese <u>camera</u> has high quality.

   日本相機有高品質。

12. camp〔kæmp〕(n.)帳棚，營地。(v.i)紮營。

   They made <u>camp</u> in the park.

   他們在公園搭帳棚。

13. campus〔'kæmpəs〕(n.)校園。

   The dormitory is on <u>campus</u>.

   宿舍在校園內。

14. can〔kæn〕(v)能夠 (n.)罐頭。

   He <u>can</u> play basketball.

   他會打籃球。

15. canal〔kə'næl〕(n.)運河。

   The Suez and Panama <u>canals</u> are two important <u>canals</u> in the world.

   蘇黎士和巴拿運河是世界上兩座重要的運河。

16. cancel〔'kænsl〕(v.t)取消，刪除。

   We <u>canceled</u> our appointment.

   我們取消了約會。

17. candidate〔'kændə'det〕(n.)候選人。

   He is one of the <u>candidates</u> for president of the United States.

   他是美國總統候選人之一。

18. candle〔kændl〕(n.)蠟燭。

Jimmy lighted <u>candles</u> on the birthday cake.

吉米在生日誕糕點上蠟燭。

19. **cannon** 〔'kænɔn〕(n.)大砲。

We used <u>cannon</u> to destroy enemy air base.

我們使用大砲摧毀敵人的空軍基地。

20. **cap** 〔kæp〕(n.)便帽。

Policemen and mailmen wear <u>caps</u>.

警察和郵差都戴著帽子。

21. **capital** 〔'kæpətl〕(n.)1.首都 2.資本。

Washington, D.C. is the <u>capital</u> of United States.

華盛頓特區是美國的首都。

22. **car** 〔kɑr〕(n.)車，汽車。

There are many <u>cars</u> in Taipei.

台北有許多汽車。

23. **card** 〔kɑrd〕(n.)卡片，明信片，名片。

Send me a post <u>card</u> when you get to Boston.

當你抵達波士頓時寄張明信片給我。

24. **care** 〔kɛr〕(n.)照顧，關心。

She will take <u>care</u> of you.

她會照顧你的。

25. **career** 〔kə'rɪr〕(n.)生涯，經歷；職業。

His <u>career</u> was full of miracles.

他的一生充滿奇蹟。

26. **careful** 〔'kɛrfəl〕(adj.)小心的；謹慎的。

You must be <u>careful</u> when you stay home alone.

當你獨自在家時，你要特別小心。

27. **cargo** 〔'kɑrgo〕(n.)船貨，載貨。

A <u>cargo</u> of rice will send to Africa.

一貨艙的米將送到非洲去。

28. **carpet** 〔'kɑrpɪt〕(n.)地毯，毛毯。

Mr. Brown had a new <u>carpet</u> put on their living room floor.

布朗先生在家客廳地板上舖上新地毯。

29. **carriage** 〔'kærɪdʒ〕(n.)馬車。

That <u>carriage</u> is being pulled by two horse.

那輛馬車正由二匹馬拉著。

30. **carrot** 〔'kærət〕(n.)紅蘿蔔。

Rabbits like <u>carrot</u> very much.

兔子非常喜歡紅蘿蔔。

31. **carry** 〔'kærɪ〕(v.t)運送，搬運，攜帶。

Would you help me <u>carry</u> this big box?

請你幫我搬運這個大箱子好嗎？

32. **cartoon** 〔kɑr'tun〕(n.)漫畫。

Most of children like <u>cartoon</u>.

大部份小孩喜歡卡通漫畫。

33. **case** 〔kes〕(n.)事件；情形，案件。

A similar <u>case</u> might happen again.

相同事件可能一再發生。

34. **cash** 〔kæʃ〕(n.)現金，現款。

I have no <u>cash</u> on me, May I pay by check?

我身上沒有現金，我可以用支票付款嗎？

35. **cashier** 〔kæ'ʃɪr〕(n.)出納員

She works at bank as <u>cashier</u>.

她在銀行當出納員。

36. casino〔kə'sɪno〕(n.)賭城，俱樂部。

    Atlantic casino is a famous entertainment place.

    大西洋賭城是一處有名的娛樂場所。

37. cast〔kæst〕(n.)電影演員的陣容。

    This movie has an all-star cast.

    這部電影是一部大卡司電影。

38. castle〔'kæsl〕(n.)城堡，堡壘。

    There are many old castles in Europe.

    歐洲有許多古老的城堡。

39. cat〔kæt〕(n.)貓。

    My sister has two cats.

    我妹妹有兩隻貓。

40. catch〔kætʃ〕(v.t)補捉，接住。

    The policeman has caught the suspect.

    警察已經捉到懸疑犯。

41. catchup〔'kætʃəp〕(n.)番茄醬。

    I like to put some catchup on hamburger.

    我喜歡在漢堡放些番茄醬。

42. category〔'kætə,gorɪ〕(n.)類；種；部門。

    We usually devided people into two categories, the good

    people and the bad people.

    我們通常將人們分成兩種，好人和壞人。

43. cattle〔'kætl〕(n.)家畜，牲口。

    These cattle are from Holland.

    這些家畜是從荷蘭來的。

44. caution〔'kɔʃən〕(n.)謹慎，小心，警告。

    The judge gave the prisoner a caution and set him free.

法官給予犯人警告後釋放他。

45. ceiling〔'silɪŋ〕(n.)天花板。

The ceiling is leaking right now.

天花板正在漏水。

46. celebrate〔'sɛlə,bret〕(v.t)慶祝，紀念。

He celebrated his birthday with a banquet.

他舉辦宴會來慶祝他的生日。

47. celebration〔,sɛlə'breʃən〕(n.)慶祝典禮。慶祝。

A new year celebration often include fire works.

新年的慶祝活動時常包括放煙火。

48. celebrity〔sə'lɛbrətɪ〕(n.)名人，聞人。

He became a celebrity on business.

他成為商界名人。

49. cell〔sɛl〕(n.)小的，動植物細胞。

The cell phone is popular right now.

手機現在已經很普遍。

50. cement〔sə'mɛnt〕(n.)水泥。

Cement is mixed with sand and water to make concrete.

水泥混和沙和水可成混凝土。

51. cent〔sɛnt〕(n.)分，一分銅幣。

It's two dollars and fifty cents.

它是二美元五十分。

52. center〔'sɛntə〕(n.)中心，中央。

The museum is located in the center of the city.

博物館位在市中心。

53. central〔'sɛntrəl〕(adj.)中央的，中心的。

The bus terminal is in the central part of the city.

汽車總站在市區中心。

54. **century**〔'sɛntʃərɪ〕(n.)百年，一世紀。

A <u>century</u> is a hundred years.

一世紀是一百年。

55. **ceremony**〔'sɛrə,monɪ〕(n.)典禮，儀式。

The graduation <u>ceremony</u> is held in June in the U.S.

美國通常在六月舉行畢業典禮。

56. **certain**〔'sɝtɪn〕(adj.)確實的，無疑的。

I'm <u>certain</u> that she'll come.

我確定她會來的。

57. **certainly**〔'sɝtɪnlɪ〕(adv.)確實地，無疑地。

<u>Certainly</u> our team will win the game.

我們的隊伍必然地贏得比賽。

58. **chair**〔tʃer〕(n.)椅子。

This is a <u>chair</u>.

這是一張椅子。

59. **chairman**〔'tʃermən〕(n.)主席，會長，委員長。

He was <u>chairman</u> of the meeting.

他是會議的主席。

60. **chalk**〔tʃɔk〕(n.)粉筆。

He is writing on the blackboard with a piece of <u>chalk</u>.

他用粉筆在黑板上寫字。

61. **challenge**〔'tʃælɪndʒ〕(v.t)向～挑戰 (n.)挑戰。

They <u>challenge</u> us to a swimming contest.

他們向我們挑戰游泳比賽。

62. **champion**〔'tʃæmpɪən〕(n.)奪得錦標者，冠軍。

This white horse is the <u>champion</u> of the race.

這匹白馬是比賽的冠軍。

63. chance〔tʃæns〕(n.)機會

He has a chance to go to college.
他有機會上大學。

64. change〔tʃendʒ〕(v.t)改變，變更。

Betty changed her clothes.
貝蒂換了衣服。

65. chapter〔'tʃæptɚ〕(n.)章，篇。

The book consists of ten chapters.
這本書分為十章。

66. character〔'kærɪktə〕(n.)角色，性質，特性，文字。

There are only three characters in this play.
在這齣戲祇有三種角色。

67. charge〔tʃardʒ〕(v.t)充電，索價，要價 (n.)負責。

He charged eight dollars for this dictionary.
這本字典他索價八元。

68. charity〔'tʃrətɪ〕(n.)慈善，慈善捐款，慈善機關。

We will have a charity show tomorrow.
我們明天將有一場慈善表演。

69. chase〔tʃes〕(v.t)追逐。

Dogs like to chase cats in the house.
狗喜歡在房子追逐小貓。

70. chat〔tʃat〕(n.)閒聊。

I had a chat with him.
我與他閒聊。

71. cheap〔tʃɪP〕(adj.)便宜的，價廉的。

Train tickets are cheap, but airplane tickets are

expensive.

火車票很便宜，但飛機票很貴。

72. cheat〔tʃit〕(v.t)欺騙。

The student should not <u>cheat</u> on the examination.

學生不應在考試時作弊欺騙。

73. check〔tʃɛk〕(v.t)核對 (n.)支票。

<u>Check</u> your answer before you hand in to your teacher.

在交給老師前先核對你的答案。

74. cheer〔tʃɪr〕(n.)喜悅，愉快，(v.t)令人愉快。

Let's give three <u>cheers</u> for the visitors.

讓我們給來賓三次歡呼。

75. chemistry〔'kɛmistrɪ〕(n.)化學。

Tom is interesting in <u>Chemistry</u> class.

湯姆對化學課有興趣。

76. cherry〔'tʃɛrɪ〕(n.)櫻桃。

Japan is famous for it <u>cherry</u> blossoms.

日本以櫻花聞名。

77. chess〔tʃɛs〕(n.)西洋象棋。

I like to play <u>chess</u>.

我喜歡玩西洋棋。

78. chicken〔'tʃikɪn〕(n.)小雞，雞肉。[俗]膽小鬼。

The former raises a lot of <u>chickens</u>.

農夫養了許多雞。

79. chief〔tʃif〕(n.)首長，首領。(adj.)主要的。

Mr. Brown is the <u>chief</u> of a police station.

布朗先生是警察局長。

80. child〔tʃaild〕(n.)小孩

The <u>child</u> stops crying at the sight of her mother.

小孩一看見她的母親就不哭了。

81. **children** 〔'tʃildrən〕(n.)pl of child, 小孩。

Mrs. Brown have three <u>children</u>.

布朗太太有三個小孩。

82. **china** 〔'tʃaɪnə〕(n.)瓷器；陶器。大寫 China 指中國。

Cups and saucers are generally made of <u>china</u>, not glass.

杯子和茶碟通常是由瓷器製成的，不是玻璃。

83. **choice** 〔'tʃɔis〕(n.)選擇。

You have two <u>choices</u>; to stay here or to go away.

你有兩選擇；留下來或走開。

84. **choose** 〔tʃuz〕(v.t)選擇。

<u>Choose</u> your friend carefully.

慎選你的朋友。

85. **chopsticks** 〔'tʃop,stiks〕(n.)筷子。

We eat dinner with <u>chopsticks</u>.

我們用筷子吃晚餐。

86. **Christmas** 〔'krisməs〕(n.)聖誕節。

Merry <u>Christmas</u> and Happy New Year.

聖誕快樂並賀新禧。

87. **church** 〔tʃɜtʃ〕(n.)教堂。

Mary went to <u>church</u> every Sunday.

瑪麗每禮拜天上教堂。

88. **cider** 〔'saɪdɚ〕(n.)蘋果汁。

I like to drink <u>cider</u> in Summer.

我喜歡在夏天喝蘋果汁。

89. **cigar** 〔si'gar〕(n.)雪茄煙。

My father likes to smoke cigars.

我父親喜歡抽雪茄煙。

90. cigarette〔͵sɪgə'rɛt〕(n.)香菸。

Don't smoke cigarette inside the house!

在室內不要抽香菸！

91. cinema〔'sɪnəmə〕(n.)電影，電影院。

There are eight cinemas in the city.

市內有八家電影院。

92. circle〔'sɝkl〕(n.)圓，圓圈。(v.t)環繞，環行

My teacher drew a circle on the blackboard.

我的老師在黑板劃個圓圈。

93. circulate〔'sɝkjəlet〕(v.i)流通，傳佈。

Blood circulates in human body.

血液在人體內循環。

94. circumstance〔'sɝkəm͵stæns〕(n.)情況，狀況；環境。

His financial circumstance is from bad to worse.

他的財務狀況每況愈下。

95. circus〔'sɝkəs〕(n.)馬戲團。

Most children like circus.

大多數小孩喜歡馬戲團。

96. citizen〔'sɪtəzn〕(n.)市民，公民。

Many Chinese in the Unite State have become American citizens.

許多在美國的中國人已經成為美國公民。

97. city〔'sɪtɪ〕(n.)城市 (adj.)城市的。

New York is a big city.

紐約是個大都市。

98. **civilian**〔sə'viljən〕(n.)平民。

In modern wars <u>civilians</u> are killed as well as soldiers.
在現代戰爭中，平民和士兵一樣被殺。

99. **civilization**〔,sivlə'zeʃən〕(n.)文明，文化，文明的國家。

Western <u>civilization</u>
西方文化。

100. **class**〔klæs〕(n.)班；級；上課。

Do you have English <u>class</u> this afternoon?
你今天下午有英文課嗎？

101. **classical**〔'klæsikl〕(adj.)古典的。

She likes <u>classical</u> literature and music.
她喜歡古典的文學和音樂。

102. **classmate**〔'klæs,met〕(n.)同班同學。

Susan is my <u>classmate</u>.
蘇珊是我的同班同學。

103. **classroom**〔'klæs,rum〕(n.)課堂，教室。

How many students in your <u>classroom</u>?
你們教室裏有多少學生？

104. **clause**〔klɔz〕(n.)子句，即具有主詞和動詞，但不能獨立的句子。

main <u>clause</u>　　　　主要子句
subordinate <u>clause</u>　　從屬子句

105. **clean**〔klin〕(adj.)清潔的，潔淨的。(v.i)打掃，除污。

She always keeps her hands <u>clean</u>.
她時常保持手的清潔。

106. clear〔klɪr〕(adj.)清晰的，透明的，明白的。

It's <u>clear</u> that our team is going to win the game.

明顯的我隊將會贏得比賽。

107. clerk〔klɝk〕(n.)店員，辦事員。

Hs is a <u>clerk</u> of that department store.

他是那間百貨公司的職員。

108. clever〔'klɛvɚ〕(adj.)聰明的。

She is a <u>clever</u> girl.

她是一位聰明的女孩。

109. climate〔'klaimɪt〕(n.)氣候。

The <u>climate</u> in Taiwan is humid and hot.

台灣的氣候熱而且潮濕。

110. climb〔klaim〕(v.t)攀高；登高。

I like to <u>climb</u> a mountain on holiday.

我喜歡假日登山。

111. close〔kloz〕(v.t)關閉，結束。

<u>Close</u> the window before you leave.

離開前把窗戶關起來。

112. clothes〔kloðz〕(n.)衣服。

She spent too much money on <u>clothes</u>.

她在衣服上花太錢。

113. cloud〔klaud〕(n.)雲。

The plane climbed into the <u>cloud</u>.

飛機爬升到雲中。

114. cloudy〔'klaudɪ〕(adj.)多雲的，有雲的。

It is <u>cloudy</u> today.

今天是多雲的天氣。

115. club〔klʌb〕(n.)俱樂部，會所。

I'm going to the tennis <u>club</u>.

我正要去網球俱樂部。

116. coach〔kotʃ〕(n.)教練。

He is a basketball <u>coach</u>.

他是一位籃球教練。

117. coast〔kost〕(n.)海岸。

Boston is on the eastern <u>coast</u> of the United States.

波士頓位在美國的東海岸。

118. coat〔kot〕(n.)外衣，大衣。

Please take off your <u>coat</u>.

請脫掉大衣。

119. cocktail〔'kak,tel〕(n.)雞尾酒。

The restaurant will serve <u>cocktail</u> at party.

飯店將會在酒會時供應雞尾酒。

120. coffee〔'kɔfɪ〕(n.)咖啡。

I always drink a cup of <u>coffee</u> at breakfast.

我經常在早餐時喝一杯咖啡。

121. coincidence〔ko'ɪnsədəns〕(n.)一致，相合，偶然的。

[註]如與久違的老朋友巧遇時使用。

What a <u>coincidence</u>!

真巧，真意外！

122. coin〔kɔin〕(n.)硬幣，錢幣。

He is collecting <u>coins</u>.

他正收集硬幣。

123. cold〔kold〕(adj.)寒冷的。

It is <u>cold</u> today.

今天很冷。

124. collapse〔kə'læps〕(v.i)倒塌。

The house <u>collapsed</u> on account of earthquake.

這房屋因地震而倒塌。

125. collar〔'kalɚ〕(n.)衣領。

He turned his coat <u>collar</u> up to keep himself warm.

他把衣領翻起保暖。

126. colleague〔'kalig〕(n.)同事，同僚。

His is my <u>colleague</u> at bank.

他是我銀行工作的同事。

127. collect〔kə'lekt〕(v.t)收集，集合。

The teacher <u>collects</u> all the student in the gymnasium.

老師把所有學生集合在體育館。

128. collection〔kə'lɛkʃən〕(n.)收集，收集的東西。

He has a lot of <u>collection</u> of stamps.

他有許多郵票的收集品。

129. college〔'kalidʒ〕(n.)大學內的學院，學院，大專。

Susan is a <u>college</u> student.

蘇珊是個大專學生。

130. colony〔'kalənɪ〕(n.)殖民地。

Canada and South Africa used to be British <u>colonies</u>.

加拿大和南非曾經是英國的殖民地。

131. color〔'kʌlɚ〕(n.)顏色，色彩，面色。

I like blue <u>color</u> shirt.

我喜歡藍色系的襯衫。

132. comb〔kom〕(n.)梳子 (v.t)梳頭。

Do you have a <u>comb</u>?

你有梳子嗎？

133. combine〔kəm'baɪn〕(v.i)結合，聯合。

  We try to combine theory with practice.
  我們試著將理論與實踐合而為一。

134. come〔kʌm〕(v.i)來，到。

  Come this way, please!
  請往這裡走！

135. comedy〔'kɑmədɪ〕(n.)喜劇。

  I prefer comedy to tragedy.
  我喜歡喜劇勝於悲劇。

136. comfortable〔'kʌmfɚtəbl〕(adj.)舒適的，愉快的，舒服的。

  This chair is very comfortable.
  這椅子坐起來很舒服。

137. comic〔'kɑmɪk〕(n.)連環漫畫，

      (adj.)有趣的，好笑的。

  I like to read a comic book at my free time.
  在空閒時我喜歡看漫畫書。

138. command〔kə'mænd〕(v.t)命令，指揮。

  The captain commanded the soliders to fire.
  連長命令士兵開火。

139. commander〔,kə'mændɚ〕(n.)指揮官，司令官。

  He is the commander of this troops.
  他是這軍隊的指揮官。

140. comment〔'kɑmənt-〕(n.)批評，評論。

  He made no comment on the subject.
  他對這主題不做評論。

141. commercial〔kə'mɝʃəl〕(adj.)商業的。

                                      (n.)電台的商業廣告。

    New York is a <u>commercial</u> city.

    紐約是一個商業城市。

142. common〔'kɑmən〕(adj.)普通的，常見的。

    Snow is quite <u>common</u> in winter at Boston.

    波士頓冬天下雪很普遍。

143. communicate〔kə'mjurə,ket〕(v.t)傳達，溝通。

    I will <u>communicate</u> the news to Mr. Brown.

    我要把這消息傳遞給布朗先生。

144. communication〔kə,mjunə'keʃən〕(n.)傳達，聯絡，交通。

    All <u>communications</u> with the eastern city has been stopped by the earthquake.

    所有與東部城市的交通都因地震已中斷。

145. community〔kə'mjunətɪ〕(n.)社區團體，社會，公眾。

    There are many different culture <u>community</u> in New York city.

    在紐約市有許多不同文化的社區團體。

146. company〔'kʌmpənɪ〕(n.)1.公司行號 2.同伴，伴侶。

    He is working in a shipping <u>company</u>.

    他在一家運輸公司上班。

147. compare〔kəm'pɛr〕(v.t)比較，相比

    He <u>compared</u> his new cap with the old one.

    他把新的帽子和舊的做比較。

148. comparison〔kəm'pærəsn〕(n.)比較。

    He is rather dull in <u>comparison</u> with the others.

他和別人比較起來有一點遲鈍。

149. compass〔'kʌmpəs〕(n.)指南針。

Compasses tell us direction.

指南針指示我們方向。

150. compensate〔'kɑmpən,set〕(v.t)賠償，償還。

He compensated Mr. Brown ten dollars for breaking his window.

他為打破布朗先生窗戶賠償他十美元。

151. compensation〔,kɑmpən'seʃən〕(n.)補償，賠償。

The company payed one thousand dollars compensation to the employee for injuries.

公司付給受傷的員工一仟美金賠償。

152. compete〔kəm'pɪt〕(v.i)競爭，比賽。

Tom and Peter competed in the race for the champion.

湯姆和彼得在賽跑中競爭冠軍。

153. competition〔,kɑmpə'tiʃən〕(n.)競爭，角逐。

Competition is getting harder in the market.

市場競爭逐漸激烈。

154. complain〔kəm'plen〕(v.i)抱怨，訴苦。

He complained of his bad memory.

他抱怨自己記憶不好。

155. complete〔kəm'plɪt〕(adj.)完全的，全部的。

The result was a complete success.

結果是完全成功。

156. complex〔kəm'plɛks〕(adj.)複雜的；複合的。

A car is a very complex machine.

汽車是很複雜的機械。

157. complicate〔'kɑmplə,ket〕(v.t)使複雜。

The matter was complicated by his sudden illness.
由於他突然生病，使事情變得複雜。

158. composer〔kəm'pozɚ〕(n.)作曲家。

He is a famous composer in United States.
他是美國有名的作曲家。

159. composition〔,kɑmpə'ziʃən〕(n.)1.作文
2.組成，成分。

The entrance of examination has to take English composition.
入學考試必須考英文作文。

160. compound〔'kɑmpaund〕(n.)化合物，混合物。
(adj.)混合的，複合的。

Water is a compound of hydrogen and oxygen.
水是氫和氧的化合物。

161. comprehend〔,kɑmprɪ'hɛnd〕(v.t)了解，領悟。

If you can use a word correctly and effectively, you comprehend it.
如果你能正確且有效地使用一個字，你就了解它了。

162. comprehension〔,kɑmprɪ'hɛnʃən〕(n.)理解，理解力。

The listen comprehension test is tough for foreign student.
聽力理解測驗對外國學生是困難的。

163. computer〔kəm'pjutɚ〕(n.)計算機，電腦。

The use of computer is popular right now.

現在使用電腦已經很普遍了。

164. concentrate〔'kɑnsn,tret〕(v.t)集中，專心，注意。

> You have to <u>concentrate</u> your mind on doing work.
> 在工作時，你必須要專心。

165. concentration〔'kɑnsn'treʃən〕(n.)集中，注意，專心。

> He reads with deep <u>concentration</u>.
> 他專心讀書。

166. concept〔'kɑnsɛpt〕(n.)觀念，概念。

> The <u>concept</u> of human equality is correct.
> 人人平等的觀念是正確的。

167. concern〔kən's₃n〕(v.t)關注，關心，關懷。

> I am <u>concerned</u> about you health.
> 我關心你的健康情形。

168. conclude〔kən'klud〕(v.t)結論，推論。

> He <u>concluded</u> that the plan was not workable.
> 他的結論認為這計劃不可行。

169. conclusion〔kən'kluʒən〕(n.)結論。

> The <u>conclusion</u> is that Brown has to leave school.
> 結論是布朗必須離開學校。

170. condition〔kən'diʃən〕(n.)情形，情況，狀態。

> Weather <u>conditions</u> were good.
> 天氣情形很好。

171. conduct〔'kɑndʌkt〕(n.)行為，舉動。
> 　　　　　　　　　　(v.t)指揮（樂團等），處理。

> Tom <u>conducts</u> his school band.
> 湯姆指揮學校的樂隊。

172. conference〔'kɑnfərəns〕(n.)會議，討論會。

   There are many international <u>conference</u> were held in Taipei.

   有許多國際會議在台北舉行。

173. confidence〔'kɑnfədəns〕(n.)自信，信任。

   She has great <u>confidence</u> in her success.

   她自信她能成功。

174. confirm〔kən'fɝm〕(v.t)證實，認可。

   You have to <u>confirm</u> your airplane ticket early.

   你必須提早確認你的機票。

175. confirmation〔,kɑnfɚ'meʃən〕(n.)認可，證實，確定。

   We are waiting for <u>confirmation</u> of the report.

   我們正等待這報告的確認。

176. conflict〔kən'flikt〕(n.)(v.t)衝突；爭執。

   The <u>conflict</u> between south Korea and North Korea lasted many years.

   南北韓的衝突已經延續許多年了。

177. confuse〔kən'fjuz〕(v.t)使混亂。

   So many people talking to me at once <u>confused</u> me.

   許多人同時對我說話使我慌亂了。

178. congratulation〔kən,grætʃə'leʃən〕(n.)祝賀，慶祝。

   His success deserves <u>congratulation</u>.

   他的成功值得慶祝。

179. congress〔'kɑŋgrəs〕(n.)國會，集會，會議。

   The international <u>congress</u> of pharmacy will hold in Taipei on March.

   國際藥學會議三月將在台北舉行。

180. conjunction〔kən'dʒʌŋkʃən〕(n.)連結，連接。

The highway and railway have <u>conjunction</u> in Tainan.

高速公路和鐵路在台南連接。

181. concert〔'kɑnsɝt〕(n.)音樂會，演奏會。

We went to a <u>concert</u> last Sunday.

上星期日我們去聽音樂會。

182. connect〔kə'nɛkt〕(v.t)連接，聯合，結合。

The two towns are <u>connected</u> by a railway.

這兩個市鎮由鐵路連接。

183. connection〔kə'nɛkʃən〕(n.)連接，聯繫。

There is a close <u>connection</u> between Taiwan and the United States.

台灣和美國有密切的關係。

184. conquer〔'kɔŋkɚ〕(v.t)征服，克服。

Hitler tried to <u>conquer</u> the world, but he had failed.

希特勒想要征服世界，但他失敗了。

185. consider〔kən'sidɚ〕(v.t)考慮，思考。

Everyone must <u>consider</u> the matter well before deciding.

每一個人做決定之前必須把事情考慮清楚。

186. construction〔kən'strʌkʃən〕(n.)建築，構造。

The <u>construction</u> of the boat took more than a year.

這艘船的建造費了一年以上。

187. contact〔'kɑntækt〕(n.)接觸，接近。

I always make <u>contacts</u> with Tom.

我一直跟湯姆保持聯繫。

188. contain〔kən'ten〕(v.t)包含；容納。

Books <u>contain</u> knowledge.

書中含有知識。

189. content〔'kɑntɛnt〕(n.)內容，含量。

I don't know the <u>contents</u> of his speech.

我不知道他演說的內容。

190. continue〔kən'tɪnju〕(v.t)繼續，連續。

Will you <u>continue</u> to study English in the future?

將你會繼續學英語嗎？

191. continous〔kən'tinjuəs〕(adj.)不斷的，連續的。

His English ability is <u>continous</u> progress because he studied very hard.

因為他努力用功，他的英文能力不斷的進步。

192. contract〔kən'trækt〕(n.)合約；合同。(v.i)訂約。

He signed a <u>contract</u> of cooperation with John.

他和約翰簽了合作契約。

193. contrary〔'kɑntrɛrɪ〕(adj.)相反的。

(n.)相反的事物；矛盾。

Everyone thinks he is stupid, On the <u>contrary</u> he is very smart.

大家以為他很笨，正好相反他是非常聰明的。

194. contribute〔kən'trɪbjut〕(v.i)貢獻，損助。

We all <u>contribute</u> food and clothing for the relief of the poor.

我們大家一起捐助食物和衣服來解救貧民。

195. control〔kən'trol〕(v.i)管理，監督，控制。

(n.)管理，監督。

A captain <u>controls</u> his ship and it crew.

艦長管理他的船和船員。

196. controversial〔,kɑntrə'vɝ∫əl〕(adj.)引起爭論的，爭論的。

This problem still have controversial.
這個問題一直有爭論。

197. convenience〔kən'vinjəns〕(n.)方便。

It is convenience to live in the city.
住在城市很方便。

198. convenient〔kən'vinjənt〕(adj.)方便的，便利的。

We can see the convenient store everywhere in Taipei.
在台北我們可見到處都是便利商店。

199. convention〔kən'vɛn∫ən〕(n.)集合，會議。

He joined the convention on wireless telegraphy.
他參加無線電報會議。

200. conversation〔,kɑnvɚ'se∫ən〕(n.)會話，會談，談話。

I had a pleasant conversation with Jenny.
我和珍妮談的很愉快。

201 cook〔kuk〕(v.t)煮，烹調。

She had to cook three meals a day for her family.
她必須為她的家人每天煮三頓飯。

202 cooking〔'kukiŋ〕(n.)烹調，烹調法。

Jane likes cooking and sewing.
珍喜歡烹飪和裁縫。

203. cool〔kul〕(adj.)涼爽的。[俗]酷的；瀟灑的。

It is cool in the evening.
晚間天氣涼爽。

204. cooperate〔ko'ɑpə,ret〕(v.i)合作，協力。

All the students <u>cooperated</u> with each other cleaning the house.

所有學生互相合作打掃房子。

205. cooperation〔koˏɑpəˈreʃən〕(n.)合作。

We need your <u>cooperation</u>.

我們需要你們的合作。

206. copy〔ˈkɑpɪ〕(n.)複本，抄本 (v.t)抄寫，摹倣。

Is this an exact <u>copy</u> of the textbook?

這是正確的教科書的複本嗎？

207. copyright〔ˈkɑpɪˏrait〕(n.)版權，著作權。

He retained the <u>copyright</u> of his book.

他保留他的書的著作權。

208. core〔kor〕(n.)果仁，核心。

The <u>core</u> of the apple is rotten.

這顆蘋果的核心爛掉了。

209. corner〔ˈkɔrnə〕(n.)角落，隅。

There's a camera repairshop on the <u>corner</u>.

有一家照相機修理店就在轉角。

210. correct〔kəˈrɛkt〕(adj.)正確的，無誤的。

Your answers are <u>correct</u>.

你的答案是正確的。

211. cost〔kɔst〕(n.)價值，費用(v.t)值(若干)費。

How much this souvenirs <u>cost</u>?

這紀念品值多少錢？

212. cotton〔ˈkɑtn〕(n.)棉花。

Taiwan imports raw <u>cotton</u> and exports <u>cotton</u> goods.

台灣進口生棉花而輸出棉製品。

213. couch〔kautʃ〕(n.)長椅。

There were several <u>couches</u> in the hall.

大廳有幾張長椅子。

214. cough〔kɔf〕(v.i)咳嗽。

He <u>coughs</u> badly.

他咳得很厲害。

215. count〔kaunt〕(v.t)數。

The child can <u>count</u> number one to ten.

這個小孩會數一到十。

216. country〔'kʌntrɪ〕(n.)國家，家鄉，鄉村。

I love my <u>country</u>.

我愛我的國家。

217. couple〔'kʌpl〕(n.)1.一對，一雙　2.配偶夫婦。

She'll come back in a <u>couple</u> of days.

她幾天就會回來了。

218. coupon〔'kupɑn〕(n.)商家的優待券。

He collected <u>coupons</u> to exchange gifts.

他收集優待券去交換禮品。

219. course〔kors〕(n.)1.方向，方針，前進　2.課程。

The captain made up his mind to change the ship's

<u>course</u>.

船長決定改變船的航線。

220. court〔kort〕(n.)法庭，法院。

The prisoner was brought to <u>court</u> for trial.

囚犯被帶到法庭受審。

221. cousin〔'kʌzn〕(n.)堂兄弟，表兄弟。

My <u>cousin</u> will visit me this summer.

我的堂兄這個夏天會來拜訪我。

222. cover〔'kʌvɚ〕(v.t)蓋起，遮蔽。

Snow <u>covered</u> the ground.

雪蓋住大地。

223. coward〔'kauɚd〕(n.)膽小的人，膽怯者。

He is a <u>coward</u>.

他是一個膽怯的人。

224. cowboy〔'kau,bɔɪ〕(n.)牛仔。

The <u>cowboys</u> ride horses on the farm.

牛仔在農場騎馬。

225. crack〔kræk〕(n.)爆裂聲，裂縫。

The ground was full of <u>cracks</u> after the earthquake.

地震以後地上到處都是裂縫。

226. crawl〔krɔl〕(v.i)爬行。

Worms and snakes <u>crawl</u>.

昆蟲和蛇類爬行。

227. crazy〔'krez〕(adj.)瘋狂，狂熱的。

He is <u>crazy</u> about her.

他為她痴迷。

228. cream〔krim〕(n.)乳酪，乳脂。

Children like ice <u>cream</u> very much.

小孩子們非常喜歡冰淇淋。

229. create〔krɪ'et〕(v.i)創造，製造。

She <u>created</u> this garden in the desert.

她在沙漠中創造這座花園。

230. creation〔krɪ'eʃən〕(n.)創造，創造物。

Television is a great <u>creation</u> of modern civilization.

電視是現代文明的偉大產物。

231. credit〔'krɛdit〕(n.)信任，信託，信用。

Your credit will be injured if you don't pay your debt in time.

如果你沒有即時償債，你的信用將受損。

232. crew〔kru〕(n.)組員(飛機或船)。

The crew abandoned the ship after a hard struggle.

經過努力搶救後，全體船員棄船。

233. crime〔kraim〕(n.)罪惡。

He was very sorry for his crime.

他為他的罪行後悔不已。

234. criminal〔'krimənl〕(n.)罪犯，犯罪者。

The criminal was sentenced to life imprisonment.

這罪犯被判終生監禁。

235. crisis〔'kraisis〕(n.)危機，難關。

He was very calm during the crisis.

他在危機之際非常鎮靜。

236. critic〔'kritik〕(n.)評論家，批評家。

He is a literary critic.

他是一位文學評論家。

237. criticism〔'kritə,sizəm〕(n.)批評，吹毛求疵。

Thank you for your helpful criticism.

謝謝你善意的指教。

238. cross〔krɔs〕(n.)十字形，十字記號。(v.t)越過，渡過。

It is dangerous to cross a wide city street.

穿越寬廣的市區街道是危險的。

239. crowd〔kraud〕(n.)群眾 (v.t)擁擠。

A big <u>crowd</u> gathered on the street.

一大群人聚集在街上。

240. crown〔kraun〕(n.)王冠，皇冕。

The <u>crown</u> was bright with jewels.

王冠的寶石閃耀著。

241. cry〔kraɪ〕(v.i)哭喊，哭泣。

He was <u>crying</u> because he had lost all his money.

他正在痛哭，因為他掉了所有錢。

242. crystal〔'krɪstl〕(n.)水晶，結晶體。

I bought a <u>crystal</u> necklace for my wife.

我買了一條水晶項鍊給我太太。

243. cucumber〔'kjukʌmbɚ〕(n.)黃瓜。

He is cool as a <u>cucumber</u>.

(註：cool as a cucumber 為片語，冷靜之意)

他很冷靜。

244. culture〔'kʌltʃɚ〕(n.)文化，文明。

Chinese <u>culture</u> have had more than five thousand years.

中華文化已經超過五仟年了。

245. cup〔kʌp〕(n.)杯，酒杯。

He bought a set of <u>cups</u>.

他買了一組杯子。

246. cure〔kjur〕(v.t)治癒，治療。

The doctor <u>cured</u> my bad headache.

醫師治好我嚴重的頭痛。

247. curiosity〔,kjuri'ɑsətɪ〕(n.)好奇，好奇心。

He has lost his <u>curiosity</u> about new things.

他對新事物失去了好奇心。

248. currency〔'kɝənsɪ〕(n.)貨幣，現鈔。

I paid him ten dollars U.S. <u>currency</u>.
我付他十元美金貨幣。

249. current〔'kɝənt〕(adj.)現在的，目前的。

This magazine is the <u>current</u> issue.
這本雜誌是最新出版的。

250. curse〔kɝs〕(v.t)咒詛。

He <u>cursed</u> the man who stole his money.
他咒詛偷他錢的人。

251. curtain〔'kɝtn〕(n.)幕，帳。

The <u>curtain</u> went up slowly when the performance
began.
當表演開始時，布幕慢慢拉起。

252. curve〔kɝv〕(n.)曲線。

He tried to draw a <u>curve</u>.
他試著畫出一條曲線。

253. custom〔'kʌstəm〕(n.)習慣。

It is the Japanese <u>custom</u> to take hot spring baths.
泡熱溫泉浴是日本人的習慣。

254. customer〔'kʌstəmɚ〕(n.)顧客。

There are so many <u>customer</u> in the department store.
百貨公司裏有好多顧客。

255. cut〔kʌt〕(v.t)切，割。

She <u>cut</u> her finger while cooking.
當煮飯時她割傷了指頭。

256. cute〔kjut〕(adj.)可愛的。

Your little daughter is very <u>cute</u>.

你的小女兒很可愛。

257. cycle〔'saɪkl〕(n.)週期，循環。

The seasons of the year-spring, summer, autumn, and winter-make a <u>cycle</u>.

一年中春、夏、秋、冬成為一循環。

258. cylinder〔'sɪlɪndɚ〕(n.)汽缸。

This car is a six-<u>cylinder</u> motorcar.

這部車是六汽缸的汽車。

1. **dad** 〔dæd〕(n.)[俗]爸爸，爹爹。

   <u>Dad</u>, may I go out?

   爹，可以外出嗎？

2. **daddy** 〔'dædɪ〕(n.)[俗語]爸爸，爹地。

   Good morning ,<u>daddy</u>.

   爹地，早安。

3. **daily** 〔'deli〕(adj.)每日的。

   The New York Times is a <u>daily</u> newspaper.

   紐約時報是每日刊出的報紙。

4. **damage** 〔'demɪdʒ〕(n.)損害，傷害。

   Earthquake sometimes causes great <u>damage</u>.

   地震有時導致大的損害。

5. **dance** 〔dæns〕(v.i)跳舞。

   She <u>dances</u> very well.

   她跳舞很棒。

6. **danger** 〔'dendʒɚ〕(n.)危險。

   He is in <u>danger</u>.

   他在危險中。

7. **dangerous** 〔'dendʒərəs〕(adj.)危險的。

   It's <u>dangerous</u> to play on the street.

   在街上遊玩是危險的。

8. **dare** 〔dɛr〕(v.i)敢，膽敢。

   I don't know whether he <u>dare</u> to try.

   我不知道他是否敢於嘗試。

9. **dark** 〔dɑrk〕(adj.)黑暗的，暗的。

   This room is too <u>dark</u>.

   這個房間太暗了。

10. **darling** 〔'dɑrlɪŋ〕(n.)親愛的人。

　　Darling, I love you.

　　親愛的，我愛你。

11. **date** 〔det〕(n.)日期，年月日。

　　What is the date today?

　　今天是幾月幾號？

12. **daughter** 〔'dɔtɚ〕(n.)女兒。

　　His daughter is very pretty.

　　他女兒很漂亮。

13. **dawn** 〔dɔn〕(n.)天剛亮，破曉，黎明。

　　He got up at dawn.

　　他黎明就起床。

14. **day** 〔de〕(n.)日間，一日。

　　There are seven days in a week.

　　一星期有七天。

15. **daydream** 〔'de,drɪm〕(n.)白日夢，妄想。

　　There are many people who are fond of spinning
　　daydreams.

　　有許多人他們喜歡編織幻想。

16. **dead** 〔dɛd〕(adj.)死的，無生命的。

　　This dog has been dead for three hours.

　　這隻狗已經死了三個小時。

17. **deadline** 〔'dɛd,laɪn〕(n.)期限，最後時間。

　　Today is the deadline to return the book.

　　今天是還書的期限。

18. **deaf** 〔dɛf〕(adj.)聾的。

　　He is a deaf man.

他是一位聾人。

19. deal〔dil〕(v.i)處理，交易。

The committee will <u>deal</u> with these problems.

委員會將處理這些問題。

20. dean〔din〕(n.)主任，教務主任，系主任。

He is the <u>dean</u> of the University.

他是這間大學的系主任。

21. dear〔dɪr〕(adj.)　親愛的；可愛的。

Come here, may <u>dear</u>.

親愛的，來這裡。

22. death〔dɛθ〕(n.)死，死亡。

Give me liberty, or give me <u>death</u>.

不自由毋寧死。

23. debate〔dɪ'bet〕(v.i)辯論，討論 (n.)討論，辯論。

After a long <u>debate</u>, the bill was passed in congress.

經過冗長的辯論，這法案在國會獲得通過。

24. debt〔dɛt〕(n.)債務，債。

You should pay your <u>debts</u>.

你必須賞還債款。

25. December〔dɪ'sɛmbɚ〕(n.)十二月。

<u>December</u> is the last month of the year.

十二月是一年的最後一個月。

26. decide〔dɪ'saɪd〕(v.t)決定。

We <u>decided</u> to take a walk along the shore.

我們決定沿岸散步。

27. decision〔dɪ'sɪʒən〕(n.)決定，決斷。

What is your <u>decision</u>?

你的決定為何？

28. declaration〔,dɛklə'reʃən〕(n.)宣言，宣告。

He made a declaration of his mistakes.
他宣告自己的錯誤。

29. declare〔dɪ'klɛr〕(v.t)公告，宣告。

The umpire declared that we won the game.
裁判宣佈我們贏得比賽。

30. decorate〔'dɛkə,ret〕(v.t)裝飾。

We decorated the house for Christmas.
我們為過聖誕節裝飾房子。

31. decoration〔,dɛkə'reʃən〕(n.)裝飾，裝飾品，勳章。

David spent a lot of money for the decoration of his house.
大衛花了大筆錢裝修房子。

32. decrease〔dɪ'krɪs〕(v.t)減少，使減少。

The worker want to decrease the number of working hours and to increase pay.
工人要求減少工時而增加工資。

33. deep〔dip〕(adj.)深的。

The lake is very deep.
這湖非常深。

34. deer〔dɪr〕(n.)鹿。

There are many deer in Zoo.
動物園有許多鹿。

35. defense〔dɪ'fɛns〕(n.)防禦，自衛，守備。

We fought in defense of our country.
我們為保衛我們國家而戰。

36. define〔dɪ'faɪn〕(v.t)下定義，解釋。

A dictionary <u>defines</u> words.
字典闡釋字的意義。

37. definition〔,dɛfə'nɪʃən〕(n.)定義，確定，明定。

Numerous <u>definitions</u> of leadership have been proposed.
許多有關領導統御的定義已經被提出。

38. degree〔dɪ'grɪ〕(n.)1.程度，等級，階段。2.度數。

His work has reached a high <u>degree</u> of excellence.
他的工作已經達到極優越的高階段。

39. delay〔dɪ'le〕(v.t)延期；延後；延誤。

The train was <u>delayed</u> three hours.
火車延誤了三小時。

40. delegate〔'dɛlə,get〕(n.)代表。

He is a <u>delegate</u> to a conference.
他是參加會議的代表。

41. delicious〔dɪ'lɪʃəs〕(adj.)美味的，精美的。

I had a <u>delicious</u> meal.
我吃了美味的一餐。

42. deliver〔dɪ'lɪvɚ〕(v.t)遞送，交付，交給。

A postman <u>delivers</u> letters and parcels.
郵差遞送信件和郵包。

43. demand〔dɪ'mend〕(v.t)要求，需要，請求。

He <u>demanded</u> immediate payment.
他要求立刻付款。

44. democracy〔də'mɑkrɚsɪ〕(n.)民主國家，民主政治。

America is a <u>democracy</u> country.
美國是民主國家。

45. dentist〔'dɛntɪst〕(n.)牙醫師。

His father is a dentist.

他的父親是一位牙醫師。

46. deny〔dɪ'naɪ〕(v.t)否認，否定。

She denied the fact.

她否認了事實。

47. depart〔dɪ'pɑrt〕(v.i)出發，離開。

The train departs at 8 A.M.

火車早上八點出發。

48. department〔dɪ'pɑrtmənt〕(n.)部門，部分。

The police department is part of the city government.

警察局是市政府的一個部門。

49. departure〔dɪ'pɑrtʃə〕(n.)離開，出發。

Do you know the departure time of his plane?

你知道他飛機離開的時間嗎？

50. depend〔dɪ'pɛnd〕(v.i)依賴，依靠。

We depend on the newspapers to get information.

我們依靠報紙來獲得資訊。

51. depress〔dɪ'prɛs〕(v.t)使愁苦，使沮喪。壓下，降低。

The rainy days always depress me.

雨天總是使我沮喪。

52. depression〔dɪ'prɛʃən〕(n.)沮喪，愁苦，憂鬱。

He is in a deep depression because of sick.

他因為生病而很沮喪。

53. depth〔dɛpθ〕(n.)深度

The depth of the river is three meters.

這條河的深度是 3 公尺。

54. describe〔dɪ'skraɪb〕(v.t)敘述，記述，描寫。

He <u>describes</u> what he saw.

他描述他所看到的。

55. desert〔'dɛzɚt〕(n.)沙漠。

To cross the <u>desert</u> is dangerous.

橫越沙漠是危險的。

56. deserve〔dɪ'zɝv〕(v.t)應得，應受。

If you do wrong, you <u>deserve</u> punishment.

如果你做錯事，你應受罰。

57. design〔dɪ'zaɪn〕(v.t)設計，做圖案。

Mary <u>designs</u> all her own dresses.

瑪麗設計她自己所有的衣服。

58. desk〔dɛsk〕(n.)書桌。

There are many <u>desk</u> and chairs in this classroom.

這教室有很多書桌和椅子。

59. dessert〔dɪ'zɝt〕(n.)餐後的甜點心。

They will serve <u>dessert</u> after meal.

他們在餐後供應甜點。

60. destination〔,dɛstə'neʃən〕(n.)目的地。

Where is your <u>destination</u>? Boston?

你的目的地是那裡？波士頓嗎？

61. destroy〔dɪ'strɔɪ〕(v.t)毀滅，破壞。

All his hopes were <u>destroyed</u>.

所有他的希望都破滅了。

62. detail〔'ditel〕(n.)細節，瑣碎，細事。

David told me all the <u>details</u>.

大衛告訴我所有的細節。

63. detective〔dɪ'tɛktɪv〕(n.)偵探。

He likes to read <u>detective</u> stories.

他喜歡閱讀偵探故事。

64. determination〔dɪ'tɝmə'neʃən〕(n.)決心，決定，決斷。

You must carry out your plan with <u>determination</u>.

你必須有決心實行你的計劃。

65. determine〔dɪ'tɝmin〕(v.t)決心，決斷。

He <u>determined</u> to learn English well.

他下決心要學好英語。

66. develop〔dɪ'vɛləp〕(v.t)發展，進展。

He try to <u>develop</u> his business.

他試著去發展他的事業。

67. development〔dɪ'vɛləpmənt〕(n.)發展，擴張，發展的事。

The <u>development</u> of sightseeing is good for our country.

發展觀光對國家有利。

68. devil〔'dɛvl〕(n.)魔鬼；惡魔。

Satan is the <u>Devil</u>.

撒旦是惡魔。

69. dial〔'daɪəl〕(v.t)撥電話。

I <u>dialed</u> the wrong number.

我打錯電話了。

70. dialect〔'daɪəlɛkt〕(n.)方言。除了正試語言外，某些區域常用的語言。

He speaks several <u>dialects</u>.

他會說好幾種方言。

71. **dialogue**〔'daɪə,lɔg〕(n.)對話。

　　The novel contains some good writing, but the <u>dialogue</u> is poor.

　　這小說有些地方寫得很好，但對話寫得不佳。

72. **diamond**〔'daɪəmənd〕(n.)鑽石，金剛鑽。

　　She wears a <u>diamond</u> ring.

　　她戴一只鑽石戒指。

73. **diary**〔'daɪərɪ〕(n.)日記，日記簿。

　　Tom always keeps a <u>diary</u>.

　　湯姆經常寫日記。

74. **dictionary**〔'dɪkʃən,ɛrɪ〕(n.)字典；辭典。

　　I have an English <u>dictionary</u>.

　　我有一本英文字典。

75. **die**〔daɪ〕(v.i)死亡，死。

　　He fought to <u>die</u> for his country.

　　他為國打仗而死。

76. **diet**〔'daɪət〕(n.)飲食，規定的飲食。

　　Don't give him any cake. He is on a <u>diet</u>.

　　不要給他餅吃，他正在節食。

77. **difference**〔'dɪfərəns〕(n.)不同，差異。

　　What's the <u>difference</u> between night and day?

　　白天和黑夜有什麼不同？

78. **different**〔'dɪfərənt〕(adj.)不同的，差異的。

　　There are three <u>different</u> answers.

　　這裡有三種不同的答案。

79. **difficult**〔'dɪfəklt〕(adj.)困難的，費力的。

　　This is a <u>difficult</u> problem.

這是一個難題。

80. **difficulty** 〔'dɪfə,kʌltɪ〕(n.)困難，難事。

You will find the bank without any <u>difficulty</u>.
你將毫無困難的找到銀行。

81. **dinner** 〔'dɪnɚ〕(n.)主餐，晚餐。

Have you had your <u>dinner</u> yet?
你吃過晚餐沒有？

82. **dinosaur** 〔'daɪnə,sɔr〕(n.)恐龍。

<u>Dinosaur</u> have disappeared from the earth long time ago.
恐龍很早以前已經就從地球消失了。

83. **direct** 〔də'rɛkt〕(adj.)直接的，直的。

There is no <u>direct</u> train from here to Taipei.
沒有直達的火車從這裡到台北。

84. **direction** 〔də'rɛkʃən〕(n.)方向，指引，指導。

An explorer should have good sense of <u>direction</u>.
一位探險家應具備敏銳的方向感。

85. **director** 〔də'rɛktɚ〕(n.)導演，管理者，主任。

Ann lee is a movie <u>director</u>.
李安是電影導演。

86. **dirty** 〔'dɝtɪ〕(adj.)髒的，不潔的，污穢的。

Your hands and face were very <u>dirty</u>.
你的手和臉都很髒。

87. **disagree** 〔,dɪsə'grɪ〕(v.i)不一致，不合，意見不合。

The conclusions <u>disagree</u> with the facts.
結論與事實不一致。

88. **disappear** 〔,dɪsə'pɪr〕(v.i)不見，不存在，消失。

A ship <u>disappeared</u> below the horizon.

一艘船消失在地平線下。

89. disappoint〔,dɪsə'pɔɪnt〕(v.t)使失望，失敗，挫折。

I was very <u>disappointed</u> that may friend could not come.

我的朋友不能來讓我很失望。

90. discover〔dɪ'skʌvɚ〕(v.t)發現。

Columbus <u>discovered</u> American.

哥倫布發現美洲。

91. discovery〔dɪ'skʌvərɪ〕(n.)發現，發明。

He made several important <u>discoveries</u> in science.

他在科學上完成幾件重要的發現。

92. disease〔dɪ'zɪz〕(n.)病，疾病，不適

<u>Disease</u> is usually cause by bacteria.

疾病通常由細菌所引起。

93. dish〔dɪʃ〕(n.)盤，碟，皿。

The girls fixed the meal and the boys did the <u>dish</u>.

女生做飯而男生洗盤子。

94. distance〔'dɪstəns〕(n.)距離，遠處。

The <u>distance</u> from Tainan to Taipei is about three hundred kilometer.

從台南到台北距離約三百公里。

95. district〔'dɪstrɪkt〕(n.)行政區，地方，區域。

This place is a purely agricultural <u>district</u>.

這地方純粹是農業區域。

96. disturb〔,dɪ'stɝb〕(v.t)妨礙，擾亂，打擾。

Please do not <u>disturb</u>.

請勿打擾。

97. divide〔də'vaɪd〕(v.t)分割，分開，分配。

The company <u>divided</u> the profit to their employees.

公司分配利潤給他們的員工。

98. divorce〔də'vors〕(n.)離婚，分離。

Mr. and Mrs. Smith agreed to <u>divorce</u>.

史密斯先生和太太同意離婚。

99. do〔du〕(v.t)做，實行，執行。

What are you <u>doing</u> now?

你現在正在做什麼？

100. dock〔dɑk〕(n.)碼頭，船塢。

The ship crashed into the <u>dock</u>.

船撞進了船塢。

101. doctor〔'dɑktɚ〕(n.)醫師。

If you are sick, go to see a <u>doctor</u> at once.

如果你生病了，趕緊去看醫師。

102. dog〔dɔg〕(n.)狗。

Do you like <u>dog</u>?

你喜歡狗嗎？

103. dollar〔'dɑlɚ〕(n.)元；圓。

It's two <u>dollars</u> fifty cents.

它是二美元五十分。

104. dolphin〔'dɑlfɪn〕(n.)海豚。

<u>Dolphin</u> is a smart animal.

海豚是聰明的動物。

105. domestic〔də'mɛstɪk〕(adj.)本國的，國內的。

This is a <u>domestic</u> airline.

這是國內航線。

106. donate〔'donet〕(v.t)捐贈，贈與。

He <u>donated</u> a large sum of money to that orphanage.

他捐贈了一大筆錢給那所孤兒院。

107. **donkey**〔'dɑŋkɪ〕(n.)驢，頑固的人，頑強的人。

A <u>donkey</u> is an animal somewhat like a small horse.

驢子是有點像小馬的動物。

108. **door**〔dor〕(n.)門，戶。

I heard a knock on the <u>door</u>.

我聽到有敲門聲。

109. **dormitory**〔'dɔrmə,torɪ〕(n.)宿舍（學校等的，常用簡寫 dorm）

Our <u>dormitory</u> is on campus.

我們的學生宿舍就在校園。

110. **double**〔'dʌbl〕(adj.)雙重的，雙層的，加倍的。

He was given <u>double</u> pay for working overnight.

他通宵工作領了兩倍的工資。

111. **doubt**〔daut〕(v.t)懷疑，猶疑，不信。

I <u>doubt</u> the truth of this story.

我懷疑這故事的真實性。

112. **down**〔daun〕(adv.)在下邊地，由上而下地。

The soldiers laid <u>down</u> their arms.

士兵們放下他們的武器。

113. **dream**〔drim〕(n.)夢，幻想，夢想。

My <u>dream</u> has come true.

我的夢想實現了。

114. **dress**〔drɛs〕(n.)衣服，服裝。

Mrs. Smith went upstairs to change her <u>dress</u>.

史密斯太太上樓去換衣服。

115. **dressing** 〔'drɛsɪŋ〕(n.)調味品，調味料。

This is a salad <u>dressing</u>.

這是一種沙拉調味品。

116. **drive** 〔draɪv〕(v.t)驅使，駕駛，推動。

Mary can't <u>drive</u> a car.

瑪莉不會開車。

117. **drop** 〔drɑp〕(n.)滴，點。

A few <u>drops</u> of rain fell on my coat.

幾滴雨點滴到我的外衣。

118. **drown** 〔draun〕(v.t)淹溺，溺死。

He fell into the sea and was <u>drowned</u>.

他掉入海中而淹死了。

119. **drug** 〔drʌg〕(n.)藥，藥物（一般指麻藥，毒品）。

Marihuana is a <u>drug</u>.

大麻是一種毒品。

120. **dry** 〔draɪ〕(adj.)乾的，乾燥的。

The land is <u>dry</u> because it has not rained for six months.

因為半年沒有下雨，土地都乾了。

121. **duck** 〔dʌk〕(n.)鴨。

The <u>ducks</u> were swimming around the pond.

鴨子正在繞著池塘游泳。

122. **due** 〔dju〕(adj.)由於，起因於。

The accident was <u>due</u> to careless driving.

這起意外起因於不小心的駕駛。

123. **dumb** 〔dʌm〕(adj.)啞的，沈默的，不說話的。

Some people are born deaf, and they remain <u>dumb</u>

because they cannot hear speech.

有些人天生耳聾，因為他們聽不到別人說話，而也變啞了。

124. during〔'djurɪŋ〕(prep.)在⋯⋯期間，當⋯⋯時。

The sun gives us light <u>during</u> the day.

白天太陽給我們陽光。

125. dust〔dʌst〕(n.)灰塵，塵埃。

His clothes were covered with <u>dust</u>.

他的衣服佈滿了灰塵。

126. duty〔'djutɪ〕(n.)職務，義務，任務，本分。

The <u>duty</u> of a student is to study hard.

學生的本份就是努力用功。

127. dynasty〔'daɪnəstɪ〕(n.)朝代，王朝。

King tried to establish a <u>dynasty</u>.

國王試圖建立王朝。

1. **each**〔itʃ〕(adj.)每個，各個，每一。

   <u>Each</u> one of us has his duty.

   我們每個人都有自己的責任。

2. **eagle**〔'igl〕(n.)鷹。

   An <u>eagle</u> is called the king of the birds.

   老鷹被稱為是鳥中之王。

3. **ear**〔ɪr〕(n.)耳，聽覺，聽力。

   We have two <u>ears</u>.

   我們有兩個耳朵。

4. **early**〔'ɝlɪ〕(adv.)早，較早地。

   Don't come too <u>early</u>.

   不要來得太早。

5. **earn**〔ɝn〕(v.t)賺（錢），謀生，獲得。

   He <u>earned</u> money by delivering news papers.

   他以送報賺錢。

6. **earphone**〔'ɪr,fon〕(n.)耳機。

   I used <u>earphone</u> to listern music.

   我用耳機聽音樂。

7. **earth**〔ɝθ〕(n.)地球，地，泥土。

   This is the longest river on <u>earth</u>.

   這是全世界最長的河流。

8. **earthquake**〔'ɝθ,kwek〕(n.)地震。

   Japan suffers from <u>earthquake</u>.

   日本承受地震之苦。

9. **east**〔ist〕(n.)東方，東部。

   The sun rises from the <u>east</u>.

   太陽從東方升上來。

10. **easy**〔'izɪ〕(adj.)容易的，輕易的，不難的。

It's <u>easy</u> to get to that place.

到那地方是很容易的。

11. **eat**〔it〕(v.t)吃，食。

I <u>eat</u> breakfast at seven o'clock.

我在七點吃早餐。

12. **economic**〔,ikə'namɪk〕(adj.)經濟的，經濟上的。

I heard professor Brown's lecture on <u>economic</u> policy.

我聽了布朗教授在經濟政策上的演講。

13. **economy**〔ɪ'kanəmɪ〕(n.)經濟，經濟制度。

Taiwan <u>economy</u> is very strong.

台灣的經濟很強。

14. **education**〔,ɛdʒə'keʃən〕(n.)教育，教養，訓練。

<u>Education</u> is an important thing.

教育是一件重要的事。

15. **effect**〔ɛ'fɛkt〕(n.)效果，效力，結果。

The medicine had a good <u>effect</u> on him.

這藥物對他有很好的效果。

16. **effective**〔ə'fɛktɪv〕(adj.)有效的，有力的。

Let's take <u>effective</u> steps at once.

讓我們立刻採取有效的步驟。

17. **egg**〔ɛg〕(n.)蛋，卵。

How many <u>eggs</u> does this hen lay a month?

這隻母雞每月下多少蛋？

18. **eight**〔et〕(n.)(adj.)八，八個

Open your book to page <u>eight</u>.

翻開課本第八頁。

19. eighteen〔eˈtɪn〕(n.)(conj)十八，十八個。

Nancy is <u>eighteen</u> years old.

南茜是十八歲。

20. eighty〔ˈetɪ〕(n.)八十，八十個。

There are <u>eighty</u> students in this school.

這所學校有八十位學生。

21. either〔ˈiðɚ〕(adv.)也不，亦不（用於否定，且是於句末）

If you don't go to the concert, I won't, <u>either</u>.

如果你不去音樂會，我也不去。

22. elder〔ˈɛldɚ〕(adj.)年紀較長的，前輩。

My <u>elder</u> brother is a doctor.

我兄長是位醫師。

23. election〔ɪˈlɛkʃən〕(n.)選舉，選擇。

The presidential <u>election</u> will be held on March 20.

總統大選將在三月二十日舉行。

24. electricity〔ɪ,lɛkˈtrɪsətɪ〕(n.)電，電力，電流。

This machine worked by <u>electricity</u>.

這機器是用電發動的。

25. elementary〔,ɛləˈmɛntɚɪ〕(adj.)基本的，基礎的，初步的。

His son goes to <u>elementary</u> school.

他兒子上小學。

26. elephant〔ˈɛləfənt〕(n.)象，大象。

There are lots of <u>elephant</u> in Africa.

在非洲有許多大象。

27. elevator〔ˈɛlə,vetɚ〕(n.)電梯，昇降梯。

We took the <u>elevator</u> to the 10th floor.

我們搭電梯到十樓。

' 28. eleven〔ɪ'lɛvən〕(n.)(adj.)十一，十一個

Father came home at <u>eleven</u> last night.

父親昨晚十一點回家。

29. else〔ɛls〕(adj.)別的，其他的。

Is there anything <u>else</u> to do?

還有別的事要做嗎？

30. embarrass〔ɪm'bærəs〕(v.t)使困窘，使尷尬。

He was <u>embarrassed</u> when he could not remember her name.

他因記不她的名字而困窘。

31. embassy〔'ɛmbəsɪ〕(n.)大使館，大使館人員。

Mr. Brown visited the American <u>Embassy</u> in Paris.

布朗先生訪問駐巴黎的美國大使館。

32. emigrate〔'ɛmə,gret〕(v.i)自本國遷居到他國，移居。

Mr. Lee <u>emigrated</u> from Taiwan to the United States.

李先生從台灣移民到美國。

33. emotion〔ɪ'moʃən〕(n.)情緒，情感。

His <u>emotion</u> was too strong for words.

他的感情強烈無法用言語形容。

34. emperor〔'ɛmpərɚ〕(n.)皇帝，君主，君王。

The ruler of an empire is called the <u>emperor</u>.

帝國的統治者稱為君王。

35. emphasis〔'ɛmfəsɪs〕(n.)強調，加重語氣。

The speaker gave special <u>emphasis</u> to the problem.

發言者特別強調那個問題。

36. emphasize〔'ɛmfəsaɪz〕(v.t)強調，喚起注意。

　　My father <u>emphasized</u> the importance of careful driving.
　　我父親強調小心駕駛的重要。

37. empire〔'ɛmpaɪr〕(n.)帝國。

　　The roman <u>empire</u> is famous in history.
　　羅馬帝國在歷史上是有名的。

38. employ〔ɪm'plɔɪ〕(v.t)雇用，使用。

　　The factory <u>employed</u> 60 workers.
　　這家工廠雇用六十個工人。

39. employee〔͵ɪmplɔɪ'i〕(n.)雇員，職員，被雇者。

　　The Hilton hotel has 300 <u>employees</u>.
　　希爾頓飯店有三百位員工。

40. employer〔ɪm'plɔɪɚ〕(n.)雇主。

　　The <u>employer</u> comes to the office earlier than any of his employees.
　　雇主比他的任何一位員工早到辦公室。

41. empty〔'ɛmptɪ〕(adj.)空的，內無一物的。

　　The refrigerator was <u>empty</u>.
　　電冰箱是空的。

42. encourage〔ɪn'kɝɪdʒ〕(v.t)鼓勵，激厲。

　　Our teacher <u>encouraged</u> us to study hard.
　　我們老師鼓勵我們要努力用功。

43. encyclopedia〔ɪn͵saɪklo'pidɪa〕(n.)百科全書。

　　We can find any information from <u>encyclopedia</u>.
　　我們可以從百科全書找到任何資料。

44. end〔ɛnd〕(n.)終點，結局，結果。

　　The <u>end</u> of the story is happy.

故事的結局是快樂的。

45. enemy〔'ɛnəmɪ〕(n.)敵人，敵軍。

The <u>enemy</u> were defeated by the army and the navy.
敵人被陸軍和海軍擊潰了。

46. engage〔ɪn'gedʒ〕(v.i)與～訂婚（用被動式）。

Tom and Susan were <u>engaged</u> last week.
湯姆和蘇珊上星期訂婚。

47. engagemeat〔ɪn'gedʒmənt〕(n.)訂婚，約會。

Their <u>engagemeat</u> was announced in the newspaper.
他們訂婚的消息在報上宣佈了。

48. engine〔'ɛndʒən〕(n.)引擎，發動機。

Tom's car was very old and often had <u>engine</u> trouble.
湯姆的車子太老舊時常有引擎的毛病。

49. engineer〔,ɛndʒə'nɪr〕(n.)機械師，工程師。

My brother is a mechanical <u>engineer</u>.
我弟弟是一位機械工程師。

50. English〔'ɪŋglɪʃ〕(n.)英語，英文。

What do you call this in <u>English</u>?
這東西英文怎麼講？

51. enjoy〔ɪn'dʒɔɪ〕(v.t)享受，欣賞，歡喜。

I <u>enjoy</u> listening to music every evening.
我每天晚上享受聽音樂的樂趣。

52. enlarge〔ɪn'lɑrdʒ〕(v.t)擴大，放大。

He wanted to <u>enlarge</u> his house.
他要擴建他的房子。

53. enough〔ə'nʌf〕(adj.)充分地，足夠的。

We haven't <u>enough</u> time to prepare the test.

我們沒有足夠的時間準備測驗。

54. enter〔'ɛntɚ〕(v.t)進入，加入。

Mr. Brown entered the house.

布朗先生進入那間房子。

55. entertainment〔,ɛntɚ'tenmənt〕(n.)娛樂，表演，遊藝。

New York offers a lot of entertainments for visitors.

紐約為觀光客提供許多娛樂。

56. enthusiasm〔ɪn'θjuzɪ,æzəm〕(n.)熱心，狂熱，酷嗜。

He is great enthusiasm for playing basketball.

他對打籃球很狂熱。

57. entrance〔'ɛntrəns〕(n.)入口，大門。

Where is the entrance to this building?

這大樓的入口在何處？

58. envelope〔'ɛnvə,lop〕(n.)信封，封套。

You have to write your name and address on the envelope.

你必須在信封上寫上你的姓名和住址。

59. environment〔ɪn'vaɪrənmənt〕(n.)環境，週遭的狀況。

A good environment is good for health.

好的環境有益健康。

60. equal〔'ɪkwəl〕(adj.)相等的，同樣的。

All man are created equal.

人人生而平等。

61. equipment〔ɪ'kwɪpmənt〕(n.)裝備，設備。

The equipment of this laboratory took much time and money.

這實驗室的設備花了很多時間和金錢。

62. error〔'ɛrɚ〕(n.)錯誤，謬誤。

   Tom made a lot of errors in spelling.

   湯姆拼字上犯了許多錯誤。

63. escape〔ə'skep〕(v.i)逃脫，逃走。

   Two of the prisoners have escaped from the prison.

   兩個囚犯從監獄中逃走了。

64. especially〔ə'spɛʃəlɪ〕(adv.)特別地，多半，尤其。

   I like Boston city, especially in spring.

   我喜歡波士頓，特別是春天。

65. establish〔ə'stæblɪʃ〕(v.t)建立，設立。

   This company is going to establish a business in Taiwan.

   這家公司即將在台灣開張營業。

66. estimate〔'ɛstəmɪt〕(v.t)估計，判斷，估量。

   We estimated that it would take three months to finish
   the work.

   我們估計完成這工作需要三個月。

67. eve〔iv〕(n.)前夕，前日。

   My family get together on New year's eve.

   我們家人新年除夕團聚在一起。

68. even〔'ivən〕(adv.)即使，甚至。

   It was hot even on October in Taiwan.

   台灣即使是十月也很熱。

69. evening〔'ivnɪŋ〕(n.)晚間，晚上。

   My uncle is arriving at Taipei on Sunday evening.

   我舅舅即將在星期天晚上抵達台北。

70. event〔ɪ'vɛnt〕(n.)事件，發生的事。

   This meeting is a big school event.

   這次的會議是學校的大事。

71. ever〔'ɛvɚ〕(adv.)曾經，曾。

Have you <u>ever</u> been to the United States?

你曾經去過美國嗎？

72. every〔'ɛvrɪ〕(adj.)每一，每。

I practiced speaking English one hour <u>every</u> day.

我每天練習說英語一小時。

73. everything〔'ɛvrɪ,θɪŋ〕(pron.)每樣事物，一切事物。

He knows <u>everything</u>.

他無所不知。

74. exact〔ɪg'zækt〕(adj.)正確的，準確的。

Tell me the <u>exact</u> location.

告訴我正確的位置。

75. exactly〔ɪg'zæktlɪ〕(adv.)正確地，完全地，恰好地。

Your answer were <u>exactly</u> right.

你的答案完全正確地。

76. examination〔ɪg,zæmə'neʃən〕(n.)測驗，考試。

He passed the <u>examination</u>.

他通過考試。

77. examine〔ɪg'zæmɪn〕(v.t)檢查。

The policeman <u>examined</u> the room carefully.

警察仔細的檢查房間。

78. example〔ɪg'zæmpl〕(n.)實例，樣本，標本。

Give me an <u>example</u> of what you mean.

給我舉例說明你的意思。

79. except〔ɪk'sɛpt〕(prep.)除……之外。

We can go there every day <u>except</u> Sunday.

除星期日外，我們每天都可以去那裏。

80. exchange〔ɪks'tʃendʒ〕(v.t)交換，交易。

American often <u>exchange</u> gifts at Christmas.

美國人常在聖誕節時互相交換禮物。

81. excite〔ɪk'saɪt〕(v.t)興奮，激動，鼓舞。

The good news <u>excited</u> everybody.

這好消息鼓舞每一個人。

82. exciting〔ɪk'saɪtɪŋ〕(adj.)興奮的，鼓舞的。

I was <u>exciting</u> when I passed the test.

當我通過考試，我興奮極了。

83. excuse〔ɪk'skjuz〕1.(v.t)原諒，寬恕。2.(n.)藉口，託辭。

<u>Excuse</u> me, where is the rest room?

對不起請問，洗手間在那裡？

84. exercise〔'ɛksɚ,saɪz〕(n.)練習，習題。

He is doing his English <u>exercise</u>.

他正在做他的英文練習。

85. exhausted〔ɪg'zɔstɪd〕(adj.)用盡的，疲憊的。

I felt <u>exhausted</u> when I reached the top of the mountain.

當我到達山頂時，我感覺筋疲力竭。

86. exhibition〔,ɛksə'bɪʃən〕(n.)展覽會。

The car <u>exhibitions</u> are held at Taipei world trade center.

汽車展在台北世貿中心舉行。

87. exist〔ɪg'zɪst〕(v.i)存在，生存，活著。

Do you believe that God <u>exists</u>?

你相信上帝存在嗎？

88. existence〔ɪg'zɪstəns〕(n.)存在，生存，生活。

This is the largest airplane in <u>existence</u>.

這是現有存在最大的飛機。

89. expensive〔ɪk'spɛnsɪv〕(n.)昂貴的，奢華的。

This car is too <u>expensive</u>.

這輛車太貴了。

90. experience〔ɪk'spɪrɪəns〕(n.)經驗，閱歷，體驗。

Have you had much <u>experience</u> in learning English?

你有很多學習英語的經驗嗎？

91. experiment〔ɪk'spɛrəmənt〕(n.)實驗，試驗。

I am trying to make a new <u>experiment</u> in chemistry.

我現正在試做一種新的化學實驗。

92. explain〔ɪk'splen〕(v.t)解釋，說明，講解。

He <u>explained</u> to me how to use this computer.

他向我說明如何使用這台電腦。

93. export〔ɛks'port〕(v.t)輸出，外銷。

Taiwan <u>exports</u> banana to Japan.

台灣外銷香蕉到日本。

94. exposure〔ɪk'spoʒɚ〕(n.)曝露，曝光。

His face was brown from <u>exposure</u> to the sun.

他的臉因曝曬在太陽底下而成褐色。

95. express〔ɪk'sprɛs〕(v.t)表示，表達。

I can't <u>express</u> what it's mean.

我無法表達它的意義。

96. expression〔ɪk'sprɛʃən〕(n.)表現，措辭，辭句。

The sunset was beautiful beyond <u>expression</u>.

落日美得令人無法表達。

97. extra〔'ɛkstrə〕(adj.)額外的，特別的。

You will receive <u>extra</u> pay for <u>extra</u> work.

你將得到額外工作的額外報酬。

98. eye〔aɪ〕(n.)眼睛，眼力。

We can see things with our <u>eyes</u>.

我們可以用我們的眼睛看東西。

1. **face** 〔fes〕(n.)臉，面部。

   The eyes, nose, and mouth are parts of the <u>face</u>.
   眼，鼻和口是臉的一部份。

2. **fact** 〔fækt〕(n.)事實，真相。

   The <u>fact</u> is that he is a good guy.
   事實上他是一個好人。

3. **factor** 〔'fæktɚ〕(n.)因素，原動力。

   The opportunity and work hard were the <u>factors</u> in his success.
   機會和努力工作是他成功的因素。

4. **factory** 〔'fæktəri〕(n.)工廠，製造廠。

   There are many <u>factories</u> around this area.
   這區域有好多工廠。

5. **faculty** 〔'fæklti〕(n.)大學的教職員。

   All the <u>faculty</u> members were present.
   所有教職員都出席。

6. **Fahrenheit** 〔'færən,haɪt〕(adj.)華氏（溫度計），簡寫作 F。

   32° <u>Fahrenheit</u> is the freezing point of water.
   華氏 32 度是水的冰點。

7. **fail** 〔fel〕(v.i)失敗，未能成功。

   He <u>failed</u> finally because he didn't study hard.
   他因為沒有努力用功，終於失敗了。

8. **failure** 〔'feljɚ〕(n.)失敗。

   Success came after many <u>failures</u>.
   成功是經歷多次失敗而來。

9. **faint** 〔fent〕(v.i)昏厥；昏暈。

Several girl <u>fainted</u> because of the heat.

幾位女生因受熱而昏厥。

10. fair〔fɛr〕(adj.)公平的，正直的。

Did you receive <u>fair</u> treatment?

你受到公平待遇嗎？

11. faith〔feθ〕(n.)信仰，忠誠，相信。

He have <u>faith</u> in God.

他信仰上帝。

12. faithful〔'feθfəl〕(adj.)忠實的，守信的。

The Dog is the <u>faithful</u> friend of human being.

狗是人類忠實的朋友。

13. fake〔fek〕(adj.)假的，偽造的。

This is a <u>fake</u> picture.

這是一幅假的圖畫。

14. fall〔fɔl〕1.(v.i)落下，跳落。2.(n.)秋季。

The leaves <u>fell</u> from the tree.

樹葉從樹上掉下來。

15. false〔fɔls〕(adj.)不對的，錯的。

He had a <u>false</u> idea about religion.

他對宗教有錯誤的觀念。

16. fame〔fem〕(n.)名聲，聲譽。

His <u>fame</u> spread all over the country.

他的名聲傳遍全國。

17. familiar〔fə'miljə〕(adj.)熟悉的，通曉的。

You should be <u>familiar</u> with the English language before
you travel around the world..

在你環遊世界之前，你應該先通曉英文。

18. **family**〔ˋfæməlɪ〕(n.)家庭，家族，家屬。

He has a large <u>family</u>.

他有一個大家族。

19. **famous**〔ˋfeməs〕(adj.)著名的。

Andy Lou is a <u>famous</u> movie star.

劉德華是著名的電影明星。

20. **fan**〔fæn〕(n.)1.扇子，2.〔美俗〕迷，影迷

She is a movie <u>fan</u>.

她是一位影迷。

21. **fantastic**〔fænˋtæstɪk〕(adj.)奇異的，〔俗〕太棒了。

同 excellent

It's <u>fantastic</u>.

太棒了。

22. **far**〔far〕(adj.)遠的，遙遠的。

How <u>far</u> is it from New York to Boston?

從紐約到波士頓有多遠？

23. **farewell**〔ˋferˋwɛl〕(adj.)告別的，臨別的。

The <u>farewell</u> party will begin at seven o'clock.

歡送晚會將在七點鐘開始。

24. **farm**〔farm〕(n.)農田，農場。

He worked on a <u>farm</u>.

他在農場工作。

25. **farmer**〔ˋfarmɚ〕(n.)農民，農夫。

The <u>farmer</u> is working hard on a farm.

這農人正在農田上努力工作。

26. **fashion**〔ˋfæʃən〕(n.)時樣，時髦，風尚。

The department store is selling the latest <u>fashion</u> in sweaters.

百貨公司正在銷售最新流行的羊毛衫。

27. fast〔fæst〕(adj.)迅速的，快的。

This is the <u>fastest</u> train in the world.

這是世界上最快的火車。

28. fat〔fæt〕(adj.)肥的，肥胖的。

Don't eat too much, you are getting <u>fat</u>.

不要吃太多，你漸漸胖起來了。

29. fate〔fet〕(n.)命運，運數，天命。

He doesn't believe in <u>fate</u>.

他不相信命運之說。

30. father〔'fɑðɚ〕(n.)父親。

My <u>father</u> is a good man.

我父親是一位新好男人。

31. father-in-law〔'fɑðəɪn,lɔ〕(n.)岳父（妻之父），公公（夫之父）

My <u>father-in-law</u> is a teacher.

我岳父是一位老師。

32. fault〔fɔlt〕(n.)過錯，過失。

I don't think it was your <u>fault</u>.

我不認為這是你的過失。

33. favor〔'fevɚ〕(v.t)偏愛，於……有利。

I <u>favor</u> Bill's plan.

我較喜歡比爾的計劃。

34. favorite〔'fevərit〕(adj.)所最喜愛的。

Who is your <u>favorite</u> singer?

你最喜歡的歌星是那位？

35. **fear** 〔fir〕(n.)懼怕，恐懼。

Everyone feels the <u>fear</u> of death at that time.

在那時候，每個人都會感覺死亡的恐懼。

36. **feature** 〔'fitʃə〕(n.)容貌，面貌。

She has beautiful <u>features</u>.

她有姣好的面貌。

37. **February** 〔'fɛbruɛrɪ〕(n.)二月

We went to Japan in <u>February</u> last year.

我們去年二月到日本去。

38. **fee** 〔fi〕(n.)費用

School <u>fees</u> are high in the united states.

學費在美國很高。

39. **feed** 〔fid〕(v.t)飼育，餵養。

We <u>feed</u> the birds ever day.

我們每天餵鳥。

40. **feel** 〔fil〕(v.t)感覺到，覺得。

I <u>fell</u> cold. Would you lend me your coat?

我覺得冷，外套借我好嗎？

41. **feeling** 〔'filŋ〕(n.)感情，（常用複數），感覺，感觸。

I said it in that way so as not to hurt your <u>feelings</u>.

我那樣說話是為著不傷你的感情。

42. **female** 〔'fimel〕(n.)女性，婦女。

The new law was not fair to <u>female</u>.

新的法律對女性不公平。

43. **fence** 〔fɛns〕(n.)籬笆，柵欄。

The horse jumped over the <u>fence</u>.

馬跳過籬笆。

44. **fertilize** 〔'fɝtl,aɪz〕(v.t)使肥沃，施肥。

He <u>fertilize</u> the soil in his farm.

他在他的農田施肥。

45. **fertilizer** 〔'fɝtl,aɪzɚ〕(n.)肥料。

The former added <u>fertilizer</u> to soil to make it more fertile.

農人施肥料到土地使它更肥沃。

46. **festival** 〔'fɛstəvl〕(n.)節日，節慶。

Christmas and Easter are two important <u>festivals</u> of the Christian church.

聖誕節和復活節是基督教會的兩大重要節日。

47. **fever** 〔'fivɚ〕(n.)發燒，發熱。

He have <u>fever</u> because he was sick.

他有發燒因為他生病了。

48. **few** 〔fju〕(adj.)很少的，不多的。

He has <u>few</u> friends.

他只有少數的朋友。

49. **fiance** 〔,fiən'se〕(n.)未婚夫。

He is my <u>fiance</u>.

他是我未婚夫。

50. **fiancee** 〔,fiən'se〕(n.)未婚妻。

She is my <u>fiancee</u>.

她是我未婚妻。

51. **fiction** 〔'fɪkʃən〕(n.)小說，虛構，杜撰。

Novels and short stories are <u>fiction</u>.

小說和短篇故事是虛構的。

52. field〔fild〕(n.)田地，領域，範圍。

My. Brown is famous in the <u>field</u> of medicine.

布朗先生在醫學界中很有名。

53. fifteen〔'fɪf'tɪn〕(n.)十五。

My son is <u>fifteen</u> years old.

我兒子今年十五歲。

54. fifteenth〔'fɪf'tɪnθ〕(adj.)第十五。

My sister's <u>fifteenth</u> birthday is coming soon, I have to buy a present for her.

我妹妹十五歲生日快到了，我必須買禮物送她。

55. fifty〔'fɪftɪ〕(n.)五十。

There are just <u>fifty</u> students in the class.

這裡剛好有五十位學生在教室。

56. fight〔faɪt〕(v.t)打仗，戰爭，抵抗。

If I must <u>fight</u>, I'll <u>fight</u> to make this land our own.

如果我必須戰鬥，我將為這塊屬於我們的土地戰鬥到底。

57. figure〔'fɪgjɚ〕(n.)數字，圖形。

I can't remember the exact <u>figures</u>.

我記不得正確的數字。

58. fill〔fɪl〕(v.t)使滿，填充。

He <u>filled</u> his bag with apples.

他把他的袋子裝滿蘋果。

59. film〔film〕(n.)影片，電影。

"The godfather" is a good <u>film</u>.

教父是一部好的影片。

60. final〔'faɪnl〕(adj.)最後的，最終的。

The <u>final</u> chapter of this book is wonderful.

這本書的最後一章很精采。

61. finally〔'faɪnlɪ〕(adv.)最後地，完全地，終於地。

We <u>finally</u> succeeded in building a bridge over the river.

我們終於成功建造一座橫越河流的橋。

62. financial〔faɪ'nænʃəl〕(adj.)財務的，財政的。

John had <u>financial</u> difficulties because he lost his job.

約翰因為失業有財務上的困難。

63. find〔faɪnd〕(v.t)發現，找尋，尋得。

The policemen <u>found</u> a lot of money in his room.

警察在他房間找到許多現金。

64. fine〔faɪn〕1.(adj.)優秀的，好的，很好。2.(n.)罰金。

I am <u>fine</u>, Thank you.

我很好，謝謝你。

65. finger〔'fɪŋgɚ〕(n.)手指頭。

Bill picked up the ant with his <u>fingers</u>.

比爾用他的指頭撿起螞蟻。

66. finish〔'fɪnʃ〕(v.t)完成，結束。

Have you <u>finished</u> your homework?

你已將作業做完了嗎？

67. fire〔faɪr〕(n.)火，火災。

The <u>fire</u> spread quickly from house to house.

大火很快的一家接著一家延燒下來。

68. firecracker〔'faɪr,krækɚ〕(n.)爆竹，鞭炮。

Chinese people celebrate the New year with <u>firecracker</u>.

華人在新年時燃放鞭炮慶祝。

69. firm〔fɝm〕1.(adj.)堅固的，堅硬的。2.(n.)公司，商店。

We should build a house on <u>firm</u> ground.

我們應該把房子建在堅固的土地上。

70. **first**〔fɝst〕(adj.)第一的，最先的。

Who was the <u>first</u> man to find America?

誰是第一位發現美洲新大陸的人？

71. **fit**〔fɪt〕(v.i)合適，合宜。

This necktie <u>fits</u> you well.

這條領帶很適合你。

72. **five**〔faɪv〕(n.)五。

I have <u>five</u> dollars.

我有五塊錢。

73. **fix**〔fɪks〕(v.t)整理，修補，整頓。

Do you know where I can get my watch <u>fixed</u>?

你知道那裏我可以拿手錶去修理嗎？

74. **flag**〔flæg〕(n.)旗幟，國旗。

We waved <u>flags</u> and welcomed the soldiers.

我們揮舞國旗歡迎軍人。

75. **flame**〔flem〕(n.)火焰，火舌。

The house was in <u>flames</u>.

房子失火了。

76. **flash**〔flæʃ〕(n.)閃光，閃爍。

A <u>flash</u> of lightning scared everyone.

閃電嚇壞了每一個人。

77. **flight**〔flaɪt〕(n.)飛行，飛翔，乘飛機旅行。

The <u>flight</u> from Boston to New York takes one hour.

從波士頓到紐約飛行約需一小時。

78. **flood**〔flʌd〕(n.)洪水，水災，氾濫。

The rainstorm caused <u>floods</u> is the low-lying parts of Taipei.

豪雨造成台北低窪地區水災。

79. **floor**〔flor〕(n.)地板，樓層。

We dance on the <u>floor</u>.

我們在地板上跳舞。

80. **flour**〔flaur〕(n.)麵粉。

Bread is made from <u>flour</u>.

麵包是用麵粉做的。

81. **flower**〔'flauɚ〕(n.)花，花卉。

The garden was full of various <u>flowers</u>.

花園裡充滿了各種花卉。

82. **flu**〔flu〕(n.)流行性感冒。

He is home with the <u>flu</u>.

他因感冒在家休息。

83. **fluently**〔'fluəntlɪ〕(adv.)流利地，流暢地。

She can speak English <u>fluently</u>.

她能流利地說英語。

84. **fluid**〔'fluid〕(n.)流體，液體。

Both water and air are <u>fluid</u>.

水和空氣都是流體。

85. **flute**〔flut〕(n.)笛，橫笛。

Miss Lee is a very good <u>flute</u> player.

李小姐是傑出的橫笛演奏家。

86. **fly**〔flaɪ〕(v.i)飛，飛馳。

Birds can <u>fly</u> high.

鳥能夠飛得很高。

87. focus〔'fokəs〕(n.)焦點，中心點。

　　If you want a good photograph, Bring the object into focus.

　　如果你要照一張好照片，把物體對準焦點。

88. fog〔fɔg〕(n.)霧。

　　London had bad fogs in winter.

　　倫敦在冬季有大霧。

89. folk〔fok〕(adj.)民間的，民俗的。

　　The singer is good at folk songs.

　　這位歌手擅長唱民歌。

90. follow〔'fɑlo〕(v.t)跟隨，跟在後。

　　Please follow me.

　　請跟我來。

91. fond〔fand〕(adj.)愛，喜歡（常用在 be fond of 片語中）

　　She is fond of flowers.

　　她喜歡花。

92. food〔fud〕(n.)食物。

　　We can't live without food and drink.

　　沒有食物和飲料，我們無法活下去。

93. fool〔ful〕(n.)愚人，呆子，笨蛋。

　　He is a fool.

　　他是一位笨蛋。

94. foolish〔'fulɪʃ〕(adj.)愚蠢的，不智的。

　　Don't be so foolish.

　　不要這麼愚蠢。

95. foot〔fut〕(n.)足，腳。

I hurt my right <u>foot</u>.

我弄傷我的右腳。

96. football〔'fut,bɔl〕(n.)足球，足球運動。

Do you like to play <u>football</u>?

你喜歡踢足球嗎？

97. for〔fɔr〕(prep)向，對，為。

The fresh air is good <u>for</u> your health.

新鮮空氣有益你的健康。

98. forbid〔fɚ'bɪd〕(v.t)禁止，不許可。

The government <u>forbade</u> the use of Amphetamine.

政府禁止安非他命的使用。

99. force〔fɔrs〕(n.)力量，力，武力。

The <u>force</u> of nature is very great.

大自然的力量是非常偉大的。

100. foreign〔'fɑrɪn〕(adj.)外國的，外來的。

Can you speak any <u>foreign</u> language?

你會說任何外國語嗎？

101. foreigner〔'fɑrɪnɚ〕(n.)外國人。

How many <u>foreigners</u> are there in Taiwan?

台灣有多少外國人？

102. forever〔fɚ'ɛvɚ〕(adu.)永遠地，無盡地。

I love my country <u>forever</u>.

我永遠熱愛我的國家。

103. forget〔fɚ'gɛt〕(v.t)忘記，遺忘，忽略。

I <u>forgot</u> to get up early this morning.

今天早上我忘了要早起。

104. forgive〔fɚ'gɪv〕(v.t)原諒，寬恕，赦免。

I <u>forgave</u> his stupid behaviors.

我原諒他愚蠢的行為。

105. fork〔fɔrk〕(n.)叉子。

Mr. Brown eat breakfast with knife and <u>fork</u>.

布朗先生用刀子和叉子吃早餐。

106. form〔fɔrm〕(n.)形式，形態，方式。

These are two different <u>forms</u> of the same thing.

這些是同一事物的兩種不同的形式。

107. formal〔fɔrml〕(adj.)正式的，傳統的。

She wore a <u>formal</u> dress for the party.

她穿著正式服裝出席宴會。

108. formula〔'fɔrmjələ〕(n.)公式，分子式，方式。

This is the <u>formula</u> for making soap.

這是製造肥皂的公式。

109. fortune〔'fɔrtʃən〕(n.)財富，產業。

He received a large <u>fortune</u> after his father died.

他在父親死後，繼承大筆財富。

110. fortuneteller〔'fɔ,rtʃən,tɛlɚ〕(n.)算命者，看相者。

The <u>fortuneteller</u> told me that I would be a rich man.

算命師告訴我說我將會成為富翁。

111. forty〔'fɔrtɪ〕(n.)四十。

There are <u>forty</u> students in this classroom.

這教室裡有四十位學生。

112. forward〔'fɔrwɚd〕(adv.)向前面，繼續向前。

John came <u>forward</u> and began to sing a song.

約翰走向前，並開始唱歌。

113. found〔faund〕(v.t)建立，創設。

Mr. Wang <u>founded</u> a school in 1990.

王先生在 1990 年創辦學校。

114. foundation〔faun'deʃən〕(n.)基礎，根據，建立。

The <u>foundation</u> of this company was in 1998.

這家公司在 1998 年設立。

115. fountain〔'fauntn〕(n.)噴泉，噴水池。

There is a beautiful <u>fountain</u> in front of the train station.

火車站前有一座美麗的噴水池。

116. four〔for〕(n.)四，四個。

He has <u>four</u> children.

他有四個小孩。

117. fourteen〔'for'tin〕(n.)十四，十四個。

There are <u>fourteen</u> senior high schools in this city.

這城市有十四所高中。

118. fox〔faks〕(n.)狐狸，狡滑的人。

<u>Foxs</u> is a tricky animals.

狐狸是一種狡滑的動物。

119. free〔fri〕(adj.)自由的，空閒的，免費的。

America is a <u>free</u> country.

美國是一個自由的國家。

120. freedom〔'fridəm〕(n.)自由，自由權。

People have <u>freedom</u> of speech in a democracy country.

在民主國家人民有言論自由的權利。

121. freeze〔friz〕(v.i)結冰，凍結。

When the thermometer is below zero, water will <u>freeze</u>.

當溫度計降至零下時，水就會結冰。

122. frequently〔'frikwəntli〕(adv.)時常地，屢次地。

It happens <u>frequently</u>.

這事時常發生。

123. fresh〔frɛʃ〕(adj.)新鮮的，新奇的。

I enjoyed the country life very much because the air was <u>fresh</u>.

我很喜歡鄉村生活因為空氣新鮮。

124. Friday〔'fraɪdɪ〕(n.)星期五。

Today is <u>Friday</u>.

今天是星期五。

125. friend〔frɛnd〕(n.)朋友，友人。

He is my good <u>friend</u>.

他是我的好朋友。

126. **friendship** 〔'frɛndʃɪp〕(n.)友誼，友情。

How long will the <u>friendship</u> last?
這友誼將會持續多久？

127. **frog** 〔frɑg〕(n.)蛙。

<u>Frogs</u> jump well.
青蛙跳得很遠。

128. **from** 〔frɑm〕(prep)從，自，由。

I have received a letter <u>from</u> my friend.
我接到一封朋友的信。

129. **front** 〔frʌt〕(n.)前面，正面。

There is a big tree in <u>front</u> of the building.
大廈的前面有一棵大樹。

130. **fruit** 〔frut〕(n.)水果，果實。

Do you like <u>fruit</u>?
你喜歡吃水果嗎？

131. **fry** 〔fraɪ〕(v.t)油煎，油炸。

Mother <u>fried</u> chicken legs for lunch.
媽媽炸雞腿作午餐。

132. **full** 〔ful〕(adj.)充滿的，滿的。

The room was <u>full</u> of people.
房間充滿了人。

133. **fun** 〔fʌn〕(n.)有趣，樂趣。

We had a lot of <u>fun</u>.
我們玩得很開心。

134. **funny** 〔'fʌnɪ〕(adj.)有趣的，好玩的。

That's the <u>funniest</u> story I've ever heard.
那是我聽過最有趣的故事。

135. **furniture** 〔'fɝnɪtʃɚ〕(n.)傢俱（總稱語，不用複數）。

Beds, chairs, tables, and desks are <u>furniture</u>.
床，椅子，桌子和書桌都是傢俱。

136. **future** 〔'fjutʃɚ〕(n.)將來，未來，前途。

What's your plan for the <u>future</u>?
你將來的計劃是什麼？

1. **gain** 〔gen〕(v.t)得到，獲得。

   Nacy has <u>gained</u> four pounds this summer.
   南茜這暑假體重增加四磅。

2. **gamble** 〔'gæmbl〕(v.i)賭博，孤注一擲。

   Don't <u>gamble</u> with your future.
   別把你的前途做賭注。

3. **game** 〔gem〕(n.)遊戲，比賽。

   We watched the baseketable <u>game</u> on TV yesterday.
   昨天我們觀看電視上的籃球比賽。

4. **garage** 〔gə'raʒ〕(n.)車庫，修車廠。

   My brother works at a <u>garage</u>.
   我哥哥在修車廠工作。

5. **garbage** 〔'gɑrbɪdʒ〕(n.)垃圾。

   Don't drop the <u>garbage</u> on the floor.
   別把垃圾掉在地板上。

6. **garden** 〔'gɑrdn〕(n.)花園，果園。

   My new house have a beautiful <u>garden</u>.
   我的新家有個漂亮的花園。

7. **gas** 〔gæs〕(n.)氣體，瓦斯。

   Don't forget to turn off the <u>gas</u> before you leave the
   house.
   離家之前不要忘了關掉瓦斯。

8. **gasoline** 〔'gæsol,in〕(n.)汽油。

   The price of <u>gasoline</u> is getting high because of the war.
   因為戰爭汽油價格飆漲。

9. **gate** 〔get〕(n.)大門，圍牆門。

   Go to see who's at the front <u>gate</u>.

去看看誰在大門口。

10. gather〔ˈgæðɚ〕(v.t)集合，聚集。

He wanted to <u>gather</u> more informations about test.

他要收集更多有關考試的資料。

11. gay〔ge〕(n.)〔俗〕指男同性戀者。(adj.)快樂的。

He is a <u>gay</u>.

他是一位同性戀者。

12. general〔ˈdʒɛnərəl〕(n.)1.將軍，將官；2.大體，一般。

His father was a <u>general</u>.

他父親是位將軍。

13. generally〔ˈdʒɛnərəlı〕(adv.)一般地，普遍的。

<u>Generally</u> speaking, Chinese are hard workers.

一般來說，華人是勤奮工作者。

14. generation〔ˈdʒɛnəˈreʃn〕(n.)一代，一世。

The new <u>generation</u> is different from their parents.

新世代跟他們父母不同。

15. genius〔ˈdʒɪnjəs〕(n.)天才，天賦。

David Wang was a language <u>genius</u>.

大衛王是一位語言天才。

16. gentle〔ˈdʒɛntl〕(adj.)溫和的，溫柔的。

You must be <u>gentle</u> to the female.

你應該對女性溫柔的。

17. gentleman〔ˈdʒɛntlmən〕(n.)紳士，君子，有教養者。

Ladies and <u>gentlemen</u>, tonight's performance will begin in five minutes.

各位女士，先生，今晚的表演將在五分鐘後開始。

18. geography〔dʒiˈɑgrəfı〕(n.)地理，地理學。

She is a geography teacher.

她是一位地理老師。

19. Germany〔'dʒɝmənɪ〕(n.)德國。

Jenny was born in Germany.

珍妮在德國出生。

20. gesture〔'dʒɛstʃə〕(n.)手勢，表情。

He made a friendly gesture.

他做了一個友善的手勢。

21. get〔gɛt〕(v.t)得到，獲得。

Where do you get this book?

你在那裏拿到這本書？

22. ghost〔gost〕(n.)鬼，靈魂。

You looked as if you had seen a ghost.

你看起來像見了鬼似的。

23. giant〔'dʒaɪənt〕(n.)巨人，大力士。

Who is that giant guy?

那位大塊頭是誰？

24. gift〔gɪft〕(n.)1.禮物；2.天才，天賦。

I got a gift from my parents.

我父母送我一份禮物。

25. girl〔gɝl〕(n.)女孩。

She is a beautiful girl.

她是位漂亮女孩子。

26. give〔gɪv〕(v.t)給與，交。

I gave him two dollars.

我給他兩塊錢。

27. glad〔glæd〕(adj.)高興的。

I'm <u>glad</u> to see you here.

我很高興在這裡碰見你。

28. glance〔glæns〕(n.)一瞥，一見。

Take a <u>glance</u> at today newspaper.

看一下今天的報紙。

29. glass〔glæs〕(n.)玻璃，玻璃杯。

We can see through <u>glass</u>.

我們可透過玻璃看東西。

30. glider〔'glaɪdɚ〕(n.)滑翔機。

A <u>glider</u> is a kind of airplane, but it has no engine.

滑翔機是飛機的一種，但沒有引擎動力。

31. global〔'globl〕(adj.)全球的，全世界的。

The war has started to influence the <u>global</u> economy.

戰爭已經開始影響到全球的經濟。

32. globe〔glob〕(n.)球，球狀物，地球。

English is becoming the <u>globe</u> language.

英語已經逐漸變成全球性的語言。

33. glove〔glʌv〕(n.)手套。

She took off her white <u>gloves</u>.

她脫掉她的白手套。

34. go〔go〕(v.i)去，行走。

Where did you <u>go</u> yesterday?

昨天你去那裏？

35. goal〔gol〕(n.)目標，終點。

What's your <u>goal</u> in your life?

你人生的目標是什麼？

36. goalkeeper〔'gol,kipɚ〕(n.)守門員(足球等)。

He always keeps the ball out of the goal, so he is a nice
<u>goalkeeper</u>.

他常使球進不了球門，所以他是一位好的守門員。

37. god〔gɑd〕(n.)上帝。

If you believe in <u>god</u>, you won't do the bad thing.

如果你相信上帝，你就不會做壞事。

38. gold〔gold〕(n.)黃金

He has a Rolex <u>gold</u> watch.

他有一隻勞力士金錶。

39. good〔gud〕(adj.)好的，優良的。

This is a <u>good</u> book.

這是一本好書。

40. good-by〔gud'baɪ〕(interj)(n.)再見，再會。

I must say <u>good-by</u>.

我必須告辭了。

41. good-looking〔'gud'lukɪŋ〕(adj.)貌美的，漂亮的。

David is a <u>good-looking</u> guy.

大衛是一位帥哥。

42. goodness〔'gudnɪs〕(n.)善良，仁慈。(interj)天啊！
（表驚訝）

Oh, my <u>goodness</u>! What happened?

噢，天啊！怎麼回事？

43. goods〔gudz〕(n.)貨物。

I'm sending my <u>goods</u> by airplane.

我利用航運寄送貨物。

44. goose〔gus〕(n.)鵝。

A <u>goose</u> has a longer neck than a duck.

鵝的脖子比鴨的長。

45. govern〔gʌvɚn〕(v.t)統治，管理。

Who governs this country?

誰統治這個國家？

46. government〔'gʌvɚnmənt〕(n.)政府，內閣，統治，管理。

The Government have decided to cut down taxes.

政府已經決定減稅。

47. governor〔'gʌvənɚ〕(n.)[美]州長。省主席，統治者。

He is the Governor of the state of Texas.

他是德州的州長。

48. grab〔græb〕(v.t)&(v.i)急抓，搶。(n.)抓住。

The dog grabbed the bone and ran away.

這狗抓起骨頭就跑。

49. grade〔gred〕(n.)年級，班。成績，分數。

I got a good grade in English test.

我在英文測驗得到好的成績。

50. graduate〔'grædʒu,et〕(v.i)畢業。

He graduated from Harvard university.

他從哈佛大學畢業。

51. grain〔gren〕(n.)穀類，穀粒。

I eat up every grain of rice in my bowl.

我將碗中的每一顆米吃光。

52. grammar〔græmɚ〕(n.)文法，文法規則。

In order to write better English, I studied English grammar.

為了寫好英文，我學英文文法。

53. **grandfather**〔'grænd,faðɚ〕(n.)祖父，外祖父。

My grandfather is eighty years old.

我祖父八十歲了。

54. **grandmother**〔'græn,mʌðɚ〕(n.)祖母，外祖母。

My grandmother like to live in country.

我祖母喜歡住在鄉下。

55. **grant**〔grænt〕(v.t)承認，允許。

He spoke English so well that I took it for granted that
he was an American.

他英文說得很好，因此我就認為他當然是美國人。

56. **grape**〔grep〕(n.)葡萄。

I like grape juice.

我喜歡葡萄汁。

57. **grave**〔grev〕(n.)墳墓。

He was buried in a grave on the hill.

他被埋在小山丘上的墓地。

58. **gravity**〔'grævətɪ〕(n.)地心引力，重力。

The scientist Newton discovered the law of gravity.

科學家牛頓發現萬有引力定律。

59. **gray**〔gre〕(n.)灰色。

The sky is gray on a cloudy day.

在陰天時天空是灰色的。

60. **grease**〔grɪs〕(n.)脂肪，油。

The fat meat have too much grease.

肥肉有太多的脂肪。

61. **great**〔gret〕(adj.)巨大的，非常的，很棒的。

It's great to meet you here.

在這裡遇到你太棒了。

62. Greece〔grɪs〕(n.)希臘。

The Capital of <u>Greece</u> is Athens.

希臘的首都是雅典。

63. greed〔grɪd〕(n.)貪婪。

He is so <u>greed</u> for money that no one like him.

他是一位如此貪財的人，所以沒有人喜歡他。

64. greedy〔'grɪdɪ〕(adj.)貪婪的，貪得的。

He is <u>greedy</u>.

他很貪婪的。

65. green〔grɪn〕(n.)綠色。

I can see <u>green</u> grass from my house.

從我家可以看到綠色草地。

66. greeting〔'grɪtɪŋ〕(n.)問候語，祝賀詞。

"Happy birthday!" is a birthday <u>greeting</u>.

「生日快樂」是生日時的問候語。

67. grocery〔'grosɚɪ〕(n.)雜貨店。

I go shopping at the <u>grocery</u> store twice a week.

我在雜貨店購物每星期二次。

68. ground〔graund〕(n.)地，土地。

The <u>ground</u> was covered with snow in the winter.

冬天地上覆蓋著雪。

69. group〔grup〕(n.)組，群，團體。

A <u>group</u> of people was standing on the street.

一群人正站在街上。

70. grow〔gro〕(v.i)生長，發育。

Although he <u>grew</u> up in a poor family, he studied very hard.

雖然他成長在貧窮家庭，但是他很努力用功。

71. guard〔gɑrd〕(v.t)保護，保衛。(n.)警戒，衛兵。

The solider should <u>guard</u> his country.

士兵應該保衛他的國家。

72. guess〔gɛs〕(v.t)猜，臆測。

<u>Guess</u> what I have in my hand.

猜猜看我手中有什麼東西。

73. guest〔gɛst〕(n.)客人，來賓。

I invited three <u>guests</u> to my house last week.

我上星期邀請三位客人到我家。

74. guide〔gɑɪd〕(v.t)指引，引導。(n.)嚮導，導遊。

If you travel in a foreign country, you'll need a <u>guide</u> to

help you.

如果你到國外旅行，你將需要一位導遊來幫助你。

75. guidebook〔'gaɪd,buk〕(n.)旅行指南。

I buy this guidebook from bookstore.

我從書店買到這本旅行指南。

76. guilty〔'gɪltɪ〕(n.)有罪的，犯罪的。

He was guilty.

他是有罪的。

77. gulf〔gʌlf〕(n.)海灣。隔閡，鴻溝。

The quarrel left a gulf between the two old friends.

這次爭吵在兩位老朋友間留下一道鴻溝。

78. gum〔gʌm〕(n.)樹膠，口香糖。

You can't bite chewing gun in the class.

你不能在教室嚼口香糖。

79. **gun**〔gʌn〕(n.)鎗，砲。

The policeman took his <u>gun</u> and fired at the suspect.
警察舉鎗並向嫌疑犯開鎗。

80. **guy**〔gaɪ〕(n.)〔美俗〕一個人，傢伙。

Who is that tall handsome <u>guy</u>?
那位高大的帥哥是誰？

81. **gymnasium**〔dʒɪm'nezɪəm〕(n.)體育館(＝Gym)。

Are you going to the <u>gymnasium</u>?
你正要去體育館嗎？

1. **habit** 〔'hæbɪt〕(n.)習慣，習性。

   Most people think that smoking is a bad <u>habit</u>.

   多數人認為吸煙是不好的習慣。

2. **hair** 〔hɛr〕(n.)毛髮，頭髮。

   I must have my <u>hair</u> cut.

   我必須要去理髮了。

3. **half** 〔hæf〕(n.)一半，半。

   The <u>half</u> of ten is five.

   十的一半是五。

4. **hall** 〔'hɔl〕(n.)辦公廳，會堂，衙門。

   Excuse me, could you tell me how to get to the Taipei
   City <u>Hall</u>?

   對不起，請告訴我到台北市政府怎麼走？

5. **ham** 〔hæm〕(n.)火腿。

   Do you like <u>ham</u> sandwich?

   你喜歡火腿三明治嗎？

6. **hammer** 〔'hæmɚ〕(n.)鐵鎚。(v.t)鎚打。

   He knocked nails into a piece of wood with <u>hammer</u>.

   他用鐵鎚把釘子釘進一塊木頭裏。

7. **hand** 〔hænd〕(n.)手，掌。

   I have a pencil in my <u>hand</u>.

   我手上有一枝鉛筆。

8. **handcuff** 〔'hænd,kʌf〕(n.)手銬（通常用複數）。

   The police carry a gun and <u>handcuffs</u>.

   警察帶著鎗和手銬。

9. **handicap** 〔'hændɪ,kæp〕(n.)障礙，困難。

   Poor eyesight is a <u>handicap</u> to a student.

不好的視力是學生的一個障礙。

10. handicraft〔'hændɪ,kræft〕(n.)手工，手藝。手工藝品，手工藝工業。

There have a <u>handicraft</u> exhibition at Taipei tomorrow.
明天在台北市有一場手工藝品展覽。

11. handkerchief〔'hæŋkətʃɪf〕(n.)手帕，手巾。

You dropped your <u>handkerchief</u>.
你手帕掉了。

12. handsome〔'hænsəm〕(adj.)美貌的，漂亮的，英俊的。

He is a <u>handsome</u> guy in my class.
他是我們班上的帥哥。

13. handwriting〔'hænd,raɪtɪŋ〕(n.)筆跡，書法。

Her <u>handwriting</u> was difficult to read.
她的筆跡很難認。

14. handy〔'hændɪ〕(adj.)方便的，便利的。

A good dictionary is a <u>handy</u> tool to know words.
好的字典是認識單字方便的工具。

15. hang〔hæŋ〕(v.t)掛，懸。

<u>Hang</u> the picture on the wall.
把圖畫掛在牆上。

16. happen〔'hæpən〕(v.i)發生，偶然發生。

What <u>happen</u>? Go to check it out.
到底怎麼回事？去查看一下。

17. happy〔'hæpɪ〕(adj.)快樂的，高興的。

I'm very <u>happy</u> today.
我今天很快樂。

18. **harbor** 〔'hɑrbɚ〕(n.)港口，避難所。

There are many ships in the <u>harbor</u>.
有許多船停泊在港口。

19. **hard** 〔hɑrd〕(adj.)堅硬的，辛苦的。(adv.)努力地，辛苦地。

She studied English very <u>hard</u>.
她很努力地學英文。

20. **hardly** 〔'hɑrdlɪ〕(adv.)幾乎不，大概不。

I can <u>hardly</u> believe it.
我幾乎不相信它。

21. **hardware** 〔'hɑrd,wɛr〕(n.)五金器具。

I bought some nails and screws from the <u>hardware</u> store.
我從五金店買了一些釘子和螺絲釘。

22. **harm** 〔hɑrm〕(n.)傷害，損害。

Smoking does much <u>harm</u> to your health.
抽煙對你的健康有很大的傷害。

23. **harmful** 〔'hɑrmfəl〕(adj.)有害的。

Drinking to much wine is <u>harmful</u> for health..
飲酒過量是有害健康的。

24. **harmless** 〔'hɑrmlɪs〕(adj.)無害處的。

This insect is <u>harmless</u>.
這些昆蟲是無害的。

25. **harmony** 〔'hɑrmənɪ〕(n.)協調，調和。

The <u>harmony</u> of color in nature is great.
大自然界色彩的協調太棒了。

26. **harvest** 〔'hɑrvɪst〕(n.)收穫，收穫物。

This year we have a good rice <u>harvest</u>.

今年我們稻米豐收。

27. hat〔hæt〕(n.)帽子(有邊的)。

This is my hat.

這是我的帽子。

28. hate〔het〕(v.t)憎惡，憎恨，不喜歡。

I hated Peter because he lied to me.

我恨彼得，因為他騙我。

29. have〔hæv〕(v.t)1.有，獲得。2.使，令。

How much money do you have?

你有多少錢？

30. hawk〔'hɔk〕(n.)鷹。

I saw a hawk flying in the sky.

我看見一隻老鷹在空中飛翔。

31. hay〔he〕(n.)乾草。

We fed cow to eat hay.

我們餵牛吃草。

32. he〔hi〕(pron.)他。

He is a nice guy.

他是一位好人。

33. head〔hɛd〕(n.)頭，頭部。

He has a cap on his head.

他頭上戴著帽子。

34. headache〔'hɛd,ek〕(n.)頭痛。

I have a headache because I didn't sleep well last night.

因為昨晚沒睡好，所以我頭痛。

35. health〔hɛlθ〕(n.)健康。

I took jogging every day, so I had good health.

我每天慢跑，所以我很健康。

36. healthy〔'hɛlθɪ〕(adj.)健康的，健壯的。

He is a <u>healthy</u> baby.
他是一位健康寶寶。

37. hear〔'hɪr〕(v.t)聽到。

I can't <u>hear</u> what you are saying.
我聽不到你在說什麼。

38. heart〔hɑrt〕(n.)心，心臟。

He has a very kind <u>heart</u>.
他有一顆善良的心。

39. heartbroken〔'hɑrt,brokən〕(adj.)傷心的，悲痛的。

He was <u>heartbroken</u> when all his friends had left him.
當他所有的朋友都離開他，他心碎了。

40. heat〔hit〕(n.)熱，熱力。

The sun gives us <u>heat</u> and light.
太陽供給我們熱和光。

41. heaven〔'hɛvən〕(n.)天堂，天國。

He believe that good man will go to <u>heaven</u> after death.
他相信好人死後會上天堂。

42. heavy〔'hɛvɪ〕(adj.)重的，較重的。

He is tall and <u>heavy</u>.
他是又高又重。

43. helicopter〔,hɛlɪ'kɑptɚ〕(n.)直昇飛機

We saw a <u>helicopter</u> flying around in the sky.
我們看見一架直昇機在空中盤旋。

44. hell〔hɛl〕(n.)地獄，苦難。

He anger and yell, "go to <u>hell</u>!".

他生氣並大叫，「去死吧！」

45. hello〔hə'lo〕(interj.)喂，哈囉。向人打招呼。

Hello! How are you!

哈囉！你好嗎？

46. help〔hɛlp〕(v.t)幫助，幫忙。

God helps those who help themselves.

自助者天助之。

47. hen〔hɛn〕(n.)母雞。

Hens lay eggs.

母雞會生蛋。

48. her〔hɚ〕(pron.)她。(受詞)

I like her.

我喜歡她。

49. herb〔ɚb〕(n.)草藥。

He prefer to take Chinese herb when he was sick.

當他生病時，他喜歡服用中藥。

50. here〔hɪr〕(adv.)在這裡，(n.)這裡。

How far is it from here to bus terminal?

從這裡到汽車總站有多遠？

51. hero〔'hɪro〕(n.)英雄。

The soliders sacrificed their life for country are heros.

為國捐軀的士兵們是英雄。

52. hers〔hɚz〕(pron.)她的(所有物)。

That book is hers.

那本書是她的書。

53. herself〔hɚ'sɛlf〕(pron.)她自己。

She cleans the house by herself.

她自己打掃房子。

54. hesitate〔'hɛzə,tet〕(v.t)猶豫，躊躇。

He is still hesitating to go to party.
去參加宴會他還很猶豫。

55. hide〔haɪd〕(v.t)躲避，躲藏。

Someone has hidden my dictionary.
有人把我的字典藏起來了。

56. high〔haɪ〕(adj.)高的。

The birds can fly high.
鳥可以飛得很高。

57. highway〔'haɪ,we〕(n.)大道，高速公路。

There are many vehicles on the highway.
在高速公路上有許多車輛。

58. hike〔haɪk〕(n.)徒步旅行。(v.i)徒步旅行。

Let's go on a hike.
讓我們去遠足吧。

59. hill〔hɪl〕(n.)小山，丘陵。

I like jogging on the hill.
我喜歡在小山上慢跑。

60. him〔'hɪɪn〕(pron)他。

I lent him the book.
我把書借給他。

61. himself〔hɪm'sɛlf〕(pron)他自己。

He will hurt himself if he doesn't take care.
他如果不小心，他會傷到自己。

62. hint〔hint〕(n.)暗示，提示。

I gave him a hint about what he should do.

我暗示他該怎麼作。

63. hire〔haɪr〕(v.t)雇，請。

He <u>hired</u> a man to work for him.

他雇請一個人為他工作。

64. his〔hɪz〕(pron.)他的 (所有格)。

<u>His</u> book is on the table.

他的書在桌子上。

65. history〔'hɪstərɪ〕(n.)歷史。

The same things will happen again in <u>history</u>.

同樣的事件在歷史上一再重演。

66. hit〔'hɪt〕(v.t)打，擊。

He <u>hit</u> me on the head.

他毆打我的頭。

67. hoax〔hoks〕(n.)惡作劇，愚弄。

We find it was a <u>hoax</u>.

我們發現它只是惡作劇。

68. hobby〔'habɪ〕(n.)嗜好。

Listening to the music and playing the guitar are my <u>hobbies</u>.

聽音樂和彈吉他是我的嗜好。

69. hold〔hold〕(v.t)握住，拿住。

<u>Hold</u> him tight or else he will run away.

把他抓緊否則他會跑掉。

70. hole〔hol〕(n.)孔，穴，洞。

There are full of <u>holes</u> on the road.

路上到處都是坑洞。

71. holiday〔'halə,de〕(n.)假日，節日。

Next Tuesday is a national <u>holiday</u>.
下星期二是國定假日。

72. home〔hom〕(n.)家，家庭。

There is no place like <u>home</u>.
沒有比家更好的地方。

73. homeland〔'hom,lænd〕(n.)祖國。

God bless my <u>homeland</u> forever!
神啊，請永遠保佑我的祖國。

74. homeless〔'homlɪs〕(adj.)無家可歸的。

This dog must be <u>homeless</u>.
這隻狗無家可歸。

75. homesick〔'hom,sɪk〕(adj.)思鄉病，想家的。

She has <u>homesick</u> when she leaved home.
當她離開家，她就得思鄉病。

76. homework〔'hom,wɝk〕(n.)家庭作業，家庭工作。

I have much <u>homework</u> to do everyday.
我每天有許多家庭作業要做。

77. honest〔'ɑnɪst〕(adj.)誠實的，坦白的。

He is poor, but he is <u>honest</u>.
他雖窮，但是他很誠實。

78. honeymoon〔'hʌnɪ,mun〕(n.)蜜月(即婚後的第一個月)

They are on their <u>honeymoon</u>.
他們正在度蜜月。

79. honor〔'ɑnɚ〕(n.)名譽，榮譽。

Winning the Nobel Prize is the highest <u>honor</u> for a
scientist.
對科學家而言，贏得諾貝爾獎是最高榮譽。

80. hook〔huk〕(n.)鉤子，釣鉤。

   Please hang your coat on that <u>hook</u>.
   請把大衣掛在那掛鉤上。

81. hope〔hop〕(n.)希望，所希望之事物。

   I <u>hope</u> I will be a lawyer.
   我希望將來是位律師。

82. horizon〔hə'raɪzn〕(n.)地平線。

   The sun sank below the <u>horizon</u>.
   太陽沉到地平線下去了。

83. horn〔hɔrn〕(n.)(牛，羊等)角。

   Sheeps have <u>horns</u>.
   羊有羊角。

84. horrible〔'harəbl〕(adj.)可怕的，可怖的。

   He had a <u>horrible</u> dream last night.
   他昨晚做一個恐怖的夢。

85. horse〔hɔrs〕(n.)馬。

   Do you like to ride a <u>horse</u>?
   你喜歡騎馬嗎？

86. hospital〔'haspɪtl〕(n.)醫院。

   My father is a doctor and works in the <u>hospital</u>.
   我父親是醫師，並在醫院工作。

87. host〔host〕(n.)主人。

   The <u>host</u> of the party is waiting for their guests.
   宴會的主人正在等待他們的客人。

88. hot〔hat〕(adj.)熱的。

   It's so <u>hot</u>, so I turn on the air conditioned.
   天氣太熱了，所以我打開冷氣。

89. hotdog〔'hɑtdɔg〕(n.)熱狗(麵包夾香腸的食物)。

    I had a <u>hotdog</u> for lunch.
    我午餐吃熱狗。

90. hotel〔ho'tɛl〕(n.)旅館。

    The Grand Hotel is the best <u>hotel</u> in Taipei.
    圓山飯店是台北最好的旅館。

91. hour〔aur〕(n.)小時，鐘頭。

    There are 24 <u>hours</u> in a day.
    一天有二十四小時。

92. house〔haus〕(n.)房屋，住宅。

    He has a <u>house</u> in Boston.
    他在波士頓有一幢房子。

93. housewife〔'haus,waɪf〕(n.)家庭主婦。

    She is a <u>housewife</u>.
    她是一位家庭主婦。

94. housework〔'haus,wɝk〕(n.)家事，家庭工作。

Mr. Brown don't like to do <u>housework</u>.

布朗先生不喜歡做家事。

95. how〔hɑu〕(adv.)如何，怎樣。

<u>How</u> did you do it?

你是如何做到的？

96. however〔hɑu'ɛvɚ〕(adv.)無論如何。

<u>However</u> we do it, he don't like it at all.

不管我們怎麼做，他總是不喜歡。

97. human〔'hjumən〕(adj.)人類的，人物。

All <u>human</u> beings was born equal.

所有人類都是生而平等的。

98. humble〔'hʌmbl〕(adj.)謙遜的，謙恭的，卑下的。

Although he is a man of <u>humble</u> birth, he never give up.

雖然他出身寒微，他永不放棄。

99. humility〔hju'mɪdətɪ〕(n.)濕度，濕氣。

The <u>humility</u> in Taiwan is very high.

台灣的濕度很高。

100. humor〔'hjumɚ〕(n.)幽默，詼諧。

He have a good sense of humor.
他很有幽默感。

101. hundred〔'hʌndrəd〕(n.)adj 百，百個。

I have two hundred dollars.
我有兩佰塊錢。

102. hungry〔'hʌŋgrɪ〕(adj.)饑餓的。

There was no food to eat, so everyone was hungry.
沒有東西吃，所以每個人都很餓。

103. hunt〔hʌnt〕(v.t)狩獵，捕捉。

To hunt animals in mountain is illegal in Taiwan.
山上獵捕動物在台灣是不合法的。

104. hunter〔'hʌntɚ〕(n.)獵人。

The hunter is very strong.
這獵人很強壯。

105. hurrican〔'hɝˌrɪken〕(n.)颶風，暴風。

Officials say this was the worst hurrican to strike
America.
有關單位表示這是侵襲美國最慘重的颶風。

106. hurry〔'hɝrɪ〕(v.i)趕快，匆忙。

Hurry up! You'll be late.
趕快！你要遲到了。

107. husband〔'hʌzbənd〕(n.)丈夫。

They both are husband and wife.
他們兩位是丈夫和太太。

1. I〔aɪ〕(pron.)我 (第一人稱)。

   I am a student.

   我是學生。

2. ice〔ais〕(n.)冰，冰塊。

   Give me some ice water, please.

   請給我一些冰水。

3. idea〔aɪ'dɪə〕(n.)主意，意見，辦法。

   Do you have any idea?

   你有什麼主意嗎？

4. ideal〔aɪ'diəl〕(adj.)理想的。

   It was an ideal day for a picnic.

   這是外出野餐的好日子。

5. identify〔aɪ'dɛntə,faɪ〕(v.t)認明，認出，鑑定。

   Can you identify the real diamond?

   你能分辨出真的鑽石嗎？

6. idiom〔'ɪdɪəm〕(n.)慣用語，成語。

   Idioms are difficult to understand for foreign students.

   慣用語對外國學生是難以理解的。

7. idiot〔'ɪdɪət〕(n.)白痴，極蠢之人。

   I forgot bringing my books, what an idiot I am!

   我忘了帶書，我真白痴！

8. idol〔'aɪdl〕(n.)偶像，崇拜物。

   Andy Lau is her idol.

   劉德華是她的偶像。

9. if〔ɪf〕(conj.)假使，假設，如果。

   If he works hard, he will succeed.

   如果他努力工作，他會成功的。

10. **ignore**〔ɪg'nor〕(v.)忽視，不理睬。

He <u>ignored</u> the rumor.
他不理會謠言。

11. **ill**〔'ɪl〕(adj.)生病的。

He has been <u>ill</u> for a week.
他已經生病一個禮拜了。

12. **illegal**〔ɪ'ligl〕(adj.)不合法的。

Buying a gun is <u>illegal</u> in Taiwan.
在台灣買賣槍枝是非法的。

13. **illness**〔'ɪlnɪs〕(n.)疾病。

He is suffering from a serious <u>illness</u>.
他染患重病受苦。

14. **illustrate**〔'ɪləstret〕(v.t)舉例說明，圖示。

This dictionary <u>illustrated</u> tool to know words.
這本字典舉了些例子說明。

15. **illustration**〔,ɪləs'tretʃən〕(n.)圖解，例證。

There are many <u>illustration</u> in this textbook.
這本教科書有許多的圖解。

16. **image**〔'ɪmɪdʒ〕(n.)像，形象，肖像。(v.t)想像出。

Can you <u>image</u> what will happen after war?
你能想像戰爭後會是什麼情況嗎？

17. **imagination**〔ɪ,mædʒə'neʃən〕(n.)想像，幻想，想像力。

That was just your <u>imagination</u>.
那只是你的想像而已。

18. **imitate**〔'ɪmə,tet〕(v.t)模倣，倣效。

I want you to <u>imitate</u> what he said.

我要你模倣他所說的話。

19. imitation〔,ɪmə'teʃən〕(n.)模倣，效法。

We learn many things by imitation.

我們藉由模倣學習許多的事情。

20. immature〔,ɪmə'tjur〕(adj.)未成熟的。

She is an immature girl.

她是一位不成熟的女生。

21. immediately〔ɪ'midɪɪtlɪ〕(adv.)立即，即刻地。

After I heard the good news, I call him immediately.

我聽到好消息後，我立刻打電話給他。

22. immigrant〔'ɪməgrənt〕(n.)移民。

America has many immigrant from Europe and Asia.

美國有許多歐洲和亞洲的移民。

23. immigration〔,ɪmə'greʃən〕(n.)移民入境。

The immigration into America is increase.

移民美國的人一直增加。

24. impact〔'ɪmpækt〕(n.)撞擊，衝擊。

The impact of earthquake has influenced everyone's life.

地震的衝擊影響每一個人的生活。

25. import〔ɪm'port〕(v.t)輸入進口(n.)輸入品，進口貨。

Taiwan imports apples from Japan.

台灣從日本進口蘋果。

26. important〔ɪm'portnt〕(adj.)重要的，重大的。

A prime minister is a very important man in government.

行政院長是政府中重要的人物。

27. impossible〔ɪm'pɑsəbl〕(adj.)不可能的，做不到的。

It's impossible for me to finish this job in one hour.

在一小時內要我完成這件工作是不可能的。

28. impress〔ɪm'prɛs〕(v.t)使得印象深刻，銘記。

This story was <u>impressed</u> on my memory.
這個故事讓我印象深刻。

29. improvement〔ɪm'pruvmənt〕(n.)改良，改善。

You have a lot of <u>improvement</u> in your job.
你的工作有許多的進步。

30. in〔ɪn〕(prep.)在…內，在…之中。

She was standing <u>in</u> the classroom.
她站在教室中。

31. inauguration〔ɪn,ɔgjə'reʃən〕(n.)就職典禮，開幕式。

The new president had an <u>inauguration</u> speech.
新總統有一場就職演說。

32. inch〔ɪntʃ〕(n.)吋。

He is six feet five <u>inches</u>.
他身高六呎五吋。

33. incident〔'ɪnsədənt〕(n.)事件，事變。

The <u>incident</u> happened yesterday.
這事件昨天發生。

34. include〔ɪn'klud〕(v.t)包括，包含。

This textbook <u>includes</u> ten chapters.
這本教科書包含十個章節。

35. income〔'ɪn,kʌm〕(n.)收入，所得。

He has an <u>income</u> of a million dollars in a year.
他的年所得百萬元。

36. increase〔ɪn'krɪs〕(v.t)增加，增大。

The student should <u>increase</u> their knowledge.

學生應該增加他們的智慧。

37. indeed〔ɪn'dɪd〕(adv.)的確，實在。

Thank you very much <u>indeed</u>.

實在非常謝謝你。

38. independence〔,ɪndɪ'pɛndəns〕(n.)獨立，自主，自立。

The American colonies won <u>independence</u> from England.

美洲殖民地從英國獲得獨立。

39. independent〔,ɪndɪ'pɛndənt〕(adj.)獨立的，自主的。

Taiwan is an <u>independent</u> country.

台灣是一個主權獨立的國家。

40. indicator〔'ɪndə,ketɚ〕(n.)指示物，指示器。

The <u>indicator</u> of Clock shows ten-thirty.

鐘的指針顯示十點三十分。

41. indirect〔,ɪndə'rɛkt〕(adj.)間接的。

He gave me an <u>indirect</u> answer.

他給我一個間接的回答。

42. individual〔,ɪndə'vɪdʒuəl〕(n.)個人，個別。

Some people only care about the rights of <u>individual</u>.

有些人只關心個人的權益。

43. indoors〔'ɪn,dorz〕(adv.)室內的，戶內的。

You can't play baseketable <u>indoors</u>.

你不可以在室內打籃球。

44. induce〔ɪn'djus〕(v.t)引起，引發，誘導。

What <u>induced</u> you to do such a foolish thing?.

是什麼誘導你做如此的傻事。

45. industry〔'ɪndəstrɪ〕(n.)工業，製造業。

　　The revolution of <u>industry</u> changed people life.

　　工業革命改變了人民的生活。

46. infant〔'ɪnfənt〕(n.)嬰兒，幼兒。

　　This food is for <u>infants</u>.

　　這食物是適用於嬰兒。

47. infect〔ɪn'fɛkt〕(v.t)傳染，感染。

　　This kind of disease was <u>infected</u> by virus.

　　這種疾病是由病毒所感染。

48. infection〔ɪn'fɛkʃən〕(n.)傳染病，感染。

　　SARS is an <u>infection</u>.

　　非典型肺炎是一種傳染病。

49. inferior〔ɪn'fɪrɪɚ〕(adj.)下級的，次等的，較劣的。

　　This cloth is <u>inferior</u> to real silk.

　　這種布料比真絲較差。

50. infinitive〔ɪn'fɪnətɪv〕(n.)〔文法〕不定詞。

　　<u>Infinitive</u> can be used as a subject in a sentence.

　　不定詞在句中可以當主詞。

51. influence〔'ɪnfluəns〕(n.)影響，感化力。

　　　　　　　　　　　　　(v.t)影響，改變。

　　Don't be <u>influenced</u> by your friend.

　　不要受你朋友的影響。

52. influenza〔ˌɪnflu'ɛnzə〕(n.)流行性感冒。(亦作 flu)

　　There are many people had <u>influenza</u>.

　　有許多人得了流行性感冒。

53. inform〔ɪn'fɔrm〕(v.t)通知，報告。

　　I <u>inform</u> him that the concert will start at seven o'clock.

我通知他音樂會將在七點開始。

54. **informal** 〔ɪnˈfɔrml〕(adj.)非正式的，不拘禮儀的。

This is an <u>informal</u> dialogue between the two country.

這是兩國非正式的對話。

55. **information** 〔ˌɪnfɚˈmeʃən〕(n.)消息，情報，資訊。

You can get a lat of <u>information</u> about the medicine from computer.

你可以從電腦獲得許多醫藥資訊。

56. **inherit** 〔ɪnˈhɛrɪt〕(v.t)繼承。

He <u>inherits</u> a large fortune from his father.

他從父親那裡繼承很多財富。

57. **inhibit** 〔ɪnˈhɪbɪt〕(v.t)抑制，禁止。

Smoking in this room was <u>inhibited</u>.

在這房間抽煙是被禁止的。

58. **initial** 〔ɪˈnɪʃəl〕(adj.)最初的，開始的。

A is the <u>initial</u> letter of English alphabet.

A 是英文字母的開始字母。

59. **inject** 〔ɪnˈdʒɛkt〕(v.t)注射。

To <u>inject</u> drugs is illegal.

注射毒品是違法的。

60. **injection** 〔ɪnˈdʒɛkʃən〕(n.)注射。

Those medicines are given by <u>injection</u>.

這些藥物是以注射給藥。

61. **injury** 〔ˈɪndʒɚɪ〕(n.)受傷，傷害，損害。

He got <u>injury</u> to the head yesterday.

他昨天頭部受傷。

62. **ink** 〔ɪŋk〕(n.)墨水，油墨。

You have to write a paper in <u>ink</u>.

你必須用墨水寫報告。

63. inn〔ɪn〕(n.)旅館，客棧。

There have only one <u>inn</u> in this small town.

這小鎮只有一家小客棧。

64. innocent〔'ɪnəsn̩t〕(adj.)無罪的，無知的。

Is he guilty or <u>innocent</u> of the crime?

他是有罪還是無罪呢？

65. insect〔'ɪnsɛkt〕(n.)昆蟲。

Flies, mosquitoes, and ants are <u>insects</u>.

蒼蠅，蚊子，螞蟻都是昆蟲。

66. insert〔ɪn'sɝt〕(v.t)插入，嵌入。

You has to <u>insert</u> a key to open the door.

你必須插入鑰匙來開門。

67. insight〔'ɪn,saɪt〕(n.)洞察力。

He is a man of <u>insight</u>.

他是一位有洞察力的人。

68. insist〔ɪn'sɪst〕(v.i)堅持，強調(與 on 連用)。

I <u>insist</u> on the importance of being punctual.

我強調守時的重要性。

69. inspect〔ɪn'spɛkt〕(v.t)檢查，審查。

The police <u>inspects</u> the baggage carefully.

警察小心地檢查行李。

70. instance〔'ɪnstəns〕(n.)實例，例證。

For <u>instance</u>, skiing and skating are winter sports.

例如，滑雪和溜冰是冬天的運動。

71. instead〔ɪn'stɛd〕(adv.)代替，更換。

Instead of studing, John went to the movies.

約翰不用功讀書而跑去看電影。

72. instructor〔ɪn'strʌktə〕(n.)教師，(美)大學講師。

She is an English instructor.

她是一位英文講師。

73. instrument〔'ɪnstrəmənt〕(n.)工具，樂器。

Can you play any musical instrument?

你會彈任何樂器嗎？

74. insult〔ɪn'sʌlt〕(v.t)侮辱，無禮對待。

Your behavior have insulted your teacher.

你的行為已經侮辱了你的老師。

75. insurance〔ɪn'ʃurəns〕(n.)保險。

Taiwan have completed the national healthcare insurance.

台灣已經實施全民健康保險。

76. intelligence〔ɪn'tɛlədʒəns〕(n.)情報，消息。

The Intelligence Department have gotten some secret information from enemy.

情報部門已經從敵人那裡得到一些秘密資訊。

77. intend〔ɪn'tɛnd〕(v.t)意欲，存心。

He intend to join the meeting.

他想要參加會議。

78. interest〔'ɪntərɪst〕(n.)興趣，趣味。(v.t)使感興趣。

I am interested in new things.

我對新東西有興趣。

79. interesting〔'ɪntərɪstɪŋ〕(adj.)令人發生興趣，有趣的。

It is very interesting.

這非常有趣的。

80. interfere〔͵ɪntɚ'fɪə〕(v.i)妨害，干擾，干涉。

Do not <u>interfere</u> with others.

不要干涉他人的事。

81. international〔ɪntɚ'næʃənl〕(adj.)國際的。

Taipei is an <u>international</u> city.

台北是一個國際化的城市。

82. interpret〔͵ɪn't3ˈprɪt〕(v.t)解釋，解明。口頭翻譯。

The teacher <u>interpret</u> a difficult passage in a book for us.

老師為我們講解書中困難的一段。

83. interpretation〔ɪn͵t3ˈprɪ'teʃən〕(n.)解釋，見解。

There are many different <u>interpretations</u> of the same thing.

對於同樣的事卻有許多不同的解釋。

84. interrupt〔ɪntɚ'rʌpt〕(v.t)打斷談話，打擾。

He <u>interrupted</u> our conversation.

他打斷我們的談話。

85. interview〔'ɪntɚ͵vju〕(n.)接見，會見，面談。

I have an <u>interview</u> with the manager for a job.

我為求職跟經理面談。

86. into〔'ɪntu〕(prep.)入，入⋯之內。

He walk <u>into</u> the house.

他走進房子。

87. introduce〔͵ɪntrə'djus〕(vit.)介紹，相識。

First of all, let me <u>introduce</u> myself.

首先，容我先自我介紹一下。

88. introduction〔͵ɪntrə'dʌkʃən〕(n.)介紹，推薦。

Would you please to write a letter of <u>introduction</u> for me?

請為我寫一封推薦信好嗎？

89. invention〔ɪnˈvɛnʃən〕(n.)發明；發明物。

It's a saying that necessity is the mother of <u>invention</u>.

需要是發明之母是一句格言。

90. investigate〔ɪnˈvɛstə,get〕(v.t)調查，研究。

The police <u>investigated</u> the causes of a railway accident.

警方調查火車肇禍的原因。

91. investigation〔ɪn,vɛstəˈgeʃən〕(n.)調查，研究。

On closer <u>investigation</u> you will be convinced of his honesty.

仔細調查後，你會確信他是誠實的。

92. invitation〔ɪnvə'teʃən〕(n.)邀請，招待，請束。

　　Thank you for your kind <u>invitation</u>.

　　謝謝你的好意招待。

93. invite〔ɪn'vaɪt〕(v.t)邀請。

　　I <u>invited</u> some friends to my house.

　　我邀請一些朋友到我家。

94. iron〔'aɪ⋅n〕(n.)鐵。

　　It is a saying to strike while the <u>iron</u> is hot.

　　俗話說打鐵要趁熱。

95. is〔ɪz〕(v.)be 動詞的第三人稱。

　　He <u>is</u> a good boy.

　　他是一位好男孩。

96. island〔'aɪlənd〕(n.)島，島嶼。

> Taiwan is an island.
> 台灣是一個島嶼。

97. isolate〔'aɪsl,et〕(v.t)使孤立，使隔離。

> The man who had infected SARS had to be isolated.
> 感染 SARS 的人必須被隔離。

98. isolation〔,aɪsl'eʃən〕(n.)孤立，隔離。

> In order to control the infectious disease, the isolation is need.
> 為了控制感染疾病，隔離是必要的。

99. issue〔'ɪʃu〕(v.t)發行，問題。

> The Time magazine issue once a week.
> 時代雜誌一星期發行一次。

100. it〔ɪt〕(pron)它，牠。

> It is important to study hard.
> 努力用功是很重要的。

101. itch〔ɪtʃ〕(n.)癢。

> I feel itch when mosquito bite on my arm.
> 當蚊子咬上我的手臂時，感覺會癢。

102. item〔'aɪtəm〕(n.)項目，條款。

> Did you check all the items on the shopping list?
> 你有檢查購物單上所有項目嗎？

103. itself〔ɪt'sɛlf〕(pron.)本身，它自己。

> The plate didn't break itself, somebody must have broken it.
> 盤子不會自己打破，一定是有人把它打破了。

1. **jacket**〔'dʒækɪt〕(n.)夾克，短外衣，上衣。

   He'll put on his <u>jacket</u> when he go to office.
   他要去上班時，他會穿上上衣。

2. **jail**〔'dʒel〕(n.)監牢，牢獄。

   The theft was sent to <u>jail</u> because of guilty.
   小偷因為有罪被送進監獄。

3. **jam**〔dʒæm〕(n.)1.果醬 2.擁擠的人群。

   He spread strawberry <u>jam</u> on the toast.
   他把草莓醬塗在土司上。

4. **January**〔'dʒænju,ɛri〕(n.)正月。

   The first month of the year is <u>January</u>.
   一年的第一個月是元月。

5. **Japan**〔dʒə'pæn〕(n.)日本。

   He went to <u>Japan</u> last week.
   他上星期到日本去。

6. **jazz**〔dʒæz〕(n.)爵士樂 (adj.)爵士樂的。

   I like <u>jazz</u> music.
   我喜歡爵士音樂。

7. **jealous**〔'dʒɛləs〕(adj.)嫉妒的，妒忌的。

   He is <u>jealous</u> of his friend.
   他嫉妒他的朋友。

8. **jeep**〔dʒip〕(n.)吉普車。

   A soldier is driving a <u>jeep</u>.
   士兵正駕駛一輛吉普車。

9. **jewelry**〔'dʒuəlri〕(n.)珠寶。

   This <u>jewelry</u> store is famous in France.
   這家珠寶店在法國很有名。

10. job〔dʒab〕(n.)一件工作，職位，工作。

He has a job as a teacher.

他有一份教職的工作。

11. jog〔dʒag〕(v.t)推動，慢跑 (n.)漫步 Jogging.

I like jogging on sunday.

我喜歡在星期天慢跑。

12. join〔dʒɔm〕(v.t)連接，加入，參加。

Welcome to join our club.

歡迎參加我們的俱樂部。

13. joke〔dʒok〕(n.)笑話，玩笑。

That was only a joke.

那只是一個玩笑。

14. journal〔'dʒɝnl〕(n.)報紙，雜誌，日記。

I like to read the journal of economy.

我喜歡閱讀有關經濟的雜誌。

15. journalist〔'dʒɝnlist〕(n.)新聞記者。

He is a journalist.

他是一位新聞記者。

16. journey〔'dʒɝnɪ〕(n.)旅行，旅程。

The journey was long and difficult.

這趟旅行長而且困難重重。

17. joy〔dʒɔɪ〕(n.)歡喜，快樂。

She sang and danced for joy.

她快樂的唱歌跳舞。

18. juage〔dʒʌdʒ〕(n.)法官，審判官 (v.t)審判。

I can't juage whether he was right or wrong.

我不能判斷他是對或錯。

19. judgement 〔'dʒʌdʒmənt〕(n.)審判，判決。

The judgement was against him.

這判決對他不利。

20. juice 〔dʒus〕(n.)汁；液。

Would you like a cup of orange juice？

請問要一杯橘子汁嗎？

21. July 〔dʒu'laɪ〕(n.)七月。

The weather of July is hot in Taiwan.

在台灣七月的天氣很熱。

22. jump 〔dʒʌmp〕(v.i)跳；躍。

The dog jumps high.

這隻狗跳得很高。

23. June 〔dʒun〕(n.)六月。

In America， Summer vacation begins in June.

在美國暑假從六月份開始。

24. junior 〔'dʒunjə〕(adj.)年少的，低年級的。

Sam go to junior high school.

山姆讀國中。

25. just 〔dʒʌst〕(adv.)正好，剛好。

That is just what I think.

那正是我所想的。

26. justice 〔'dʒʌstɪs〕(n.)正義，公理。

All men should be treated with justice.

所有的人都應受公平待遇。

1. **kangaroo**〔,kæŋgə'ru〕(n.)袋鼠。

    You cam see many <u>kangaroos</u> in Australia.
    在澳洲你可以看到許多袋鼠。

2. **keep**〔kip〕(v.t)保持，保留，收藏。

    May I <u>keep</u> this book？
    我可以保留這本書嗎？

3. **ketchup**〔'kɛtʃəp〕(n.)番茄醬。

    I spread some <u>ketchup</u> on hot dog.
    我塗些番茄醬在熱狗上。

4. **key**〔ki〕(n.)鑰匙。

    It's the <u>key</u> of the front door.
    這是前門的鑰匙。

5. **keyboard**〔'kɪ,bord〕(n.)鍵盤（鋼琴或打字機）。

    The <u>keyboard</u> of piano is dusty.
    鋼琴的鍵盤有灰塵。

6. **kick**〔kɪk〕(v.t)踢。

    He <u>kick</u> the ball back to John.
    他把球踢回給約翰。

7. **kid**〔kɪd〕(n.)小孩。

    He is a good <u>kid</u>.
    他是一位乖小孩。

8. **kidnap**〔'kɪdnæp〕(v.t)綁架；勒贖。

    A business man was <u>kidnapped</u> in the Korea yestorday.
    昨天有一位商人在韓國被綁票了。

9. **kill**〔kɪl〕(v.t)殺，宰。

    They <u>killed</u> animals for food.
    他們宰殺動物當食物。

10. kilometer〔'kɪlə,mitə〕(n.)公里。

> One <u>kilometer</u> is equal to 1,000 meters.
> 一公里等於 1000 公尺。

11. kind〔kaɪnd〕(adj.)慈愛的，親切的。(n.)種類。

> She is a very <u>kind</u> woman.
> 她是一位非常親切的人。

12. kindergarten〔'kɪndə,gɑrtn〕(n.)幼稚園。

> The little boy goes to the <u>kindergarten</u>.
> 小男生上幼稚園去了。

13. kindness〔'kaɪndnɪs〕(n.)仁慈，親切。

> I admire him because of his <u>kindness</u> to everyone.
> 我敬佩他，因為他對每一個人都很親切。

14. king〔kɪŋ〕(n.)國王，君主。

> The lion is the <u>king</u> of the beasts.
> 獅子是獸中之王。

15. kingdom〔'kɪndəm〕(n.)王國，國度，領域。

> The king has ruled the <u>kingdom</u> for thirty years.
> 國王已統治他的王國三十年了。

16. kiss〔kɪs〕(v.t)吻；接吻。

> The young couple <u>kissed</u> each other on the street.
> 這對年輕夫妻在街上熱吻。

17. kitchen〔'kɪtʃɪn〕(n.)廚房。

> My mother is making sandwith in the <u>kitchen</u>.
> 我媽媽正在廚房做三明治。

18. knee〔ni〕(n.)膝，膝蓋。

> He fell down and hurt his <u>knee</u>.
> 他跌倒而傷到他的腳膝蓋。

19. kneel〔nil〕(v.i)下跪，跪著。

　　He knelt down to pick up his hat.
　　他跪下撿起帽子。

20. knife〔naɪf〕(n.)有柄的小刀。

　　We ate steak with knife and fork.
　　我們用刀子和叉子吃牛排。

21. knock〔nak〕(v.t)打擊，敲。

　　He knocked him on the head
　　他敲打他的頭。

22. knockout〔'nak,aut〕(n.)擊倒，擊昏，打敗。

　　The champion of boxing was won by a knockout.
　　拳擊賽冠軍以一拳擊倒贏得比賽。

23. know〔no〕(v.t)知道，明白。

　　Do you know how to speak English well？
　　你知道如何說好英語嗎？

24. knowledge〔'nalidʒ〕(n.)知識，學問。

　　Knowledge is power.
　　知識即是力量。

185

1. **lable**〔'lebl〕(n.)標籤。

   I put <u>lables</u> on my luggage.

   我貼標籤在我的行李上。

2. **labor**〔'lebɚ〕(n.)勞工。

   The May first is the <u>Labor</u> day.

   五月一日是勞動節。

3. **laboratory**〔'læbərə,torɪ〕(n.)科學實驗室（簡稱 lab）。

   Are you going to the <u>laboratory</u>？

   你正要去實驗室嗎？

4. **lack**〔læk〕(v.t)缺乏，沒有。

   A coward <u>lacks</u> courage.

   儒弱的人缺乏勇氣。

5. **ladder**〔'lædɚ〕(n.)階梯。

   He leaned the <u>ladder</u> against the wall and climbed up to
   the roof.

   他把梯子靠在牆上而爬上屋頂。

6. **lady**〔'ledɪ〕(n.)婦女，女士。

   <u>Ladies</u> and gentlemen, Tonights performance will begin
   in five minutes.

   各位女生，先生，今晚的表演將在五分鐘開始。

7. **lake**〔lek〕(n.)湖，湖水。

   The <u>lake</u> has dried up.

   湖水已乾涸了。

8. **land**〔lænd〕(n.)陸地，土地，田地。

   Farmers work on the <u>land</u>.

   農夫在田裏工作。

9. **landlord**〔'lændlɔrd〕(n.) 房東，地主。

My <u>landlord</u> is a nice guy.

我的房東是一位好人。

10. **language**〔'læŋgʊɪdʒ〕(n.)語言，文字。

English is an important <u>language</u> in the world.

英語是世界上重要的語言。

11. **large**〔lɑrdʒ〕(adj.)大的，巨大的。

He lives in a <u>large</u> house with his parents.

他跟父母親住在一棟大房子裏。

12. **last**〔læst〕(adj.)最後的。(v.i)持續，延續。

Today is the <u>last</u> day in the year.

今天是一年的最後一天。

13. **late**〔let〕(adj.)遲到的，晚的。

He was <u>late</u> to school.

他到學校遲到了。

14. **lately**〔'letlɪ〕(adv.)近來，最近。

I haven't seen him <u>lately</u> because he was busy.

因他很忙，我最近沒有看見到他。

15. **laugh**〔læf〕(v.i)笑。

I don't know why he <u>laughed</u> loudly.

我不知道他為什麼大笑。

16. **laundry**〔'lɔndrɪ〕(n.)洗衣房，洗衣店。

There is a <u>laundry</u> on the street.

街上有一家洗衣店。

17. **lavatory**〔'lævə,torɪ〕(n.)盥洗室，廁所。

Excuse me, where is the <u>lavatory</u>?

請問一下，盥洗室在那裏？

18. **law**〔lɔ〕(n.)法律。

It is the duty of everybody to obey the <u>law</u>.

守法是每一個人的義務。

19. lawyer〔'lɔjɚ〕(n.)律師。

His father is a <u>lawyer</u>.

他父親是一位律師。

20. lay〔le〕(v.t)置放，鋪設。

He <u>laid</u> his hand on my shoulder.

他把手放在我的肩上。

21. lazy〔'lezɪ〕(adj.)懶惰的。

Don't be so <u>lazy</u>, you must study hard.

不要太懶了，你應該努力用功。

22. lead〔lid〕(v.t)引導，領導。

He <u>lead</u> a blind man to cross the street.

他引導一位盲人過馬路。

23. leader〔'lidɚ〕(n.)領袖，領導者。

He is the <u>leader</u> of an expedition.

他是一支探險隊的領隊。

24. leadership〔'lidɚʃɪp〕(n.)領導地位，領導能力。

He has a feature of <u>leadership</u>.

他有一種領導者的特質。

25. leaf〔lif〕(n.)樹葉。

The <u>leaves</u> of the tree were turning yellow.

樹上的葉子漸漸變黃了。

26. leak〔lik〕(n.)漏洞，隙。(v.i)漏。

The ceiling was <u>leaking</u> badly.

天花板漏水很厲害。

27. lean〔lin〕(v.i)傾斜，靠。

Do not <u>lean</u> to the door.

不要靠在門邊。

28. learn〔lɚn〕(v.t)學習，學。

He is <u>learning</u> to swim.

他正在學游泳。

29. least〔list〕(adj.)最小的，最少的。

You should read one chapter everday at <u>least</u>.

你至少每天應閱讀一章。

30. leather〔'lɛðɚ〕(n.)皮革 (adj.)皮革製的。

It was a handmade <u>leather</u> wallet.

這是手工做的皮製皮包。

31. leave〔liv〕(v.t)離開，離去。

Why did you leave your country？

你為什麼要離開你的國家？

32. lecture〔'lɛktʃə〕(n.)演講（特指有教育和學術性者）。

Professor Brown have a <u>lecture</u> on Medicine.

布朗教授有一場醫學演講會。

33. left〔left〕(adj.)左方的，在左的。

Go straight until the stop light and then turn <u>left</u>.

一直走到紅綠燈然後左轉。

34. lefthand〔'lɛft'hænd〕(adj.)左手的，左方的。

The Charles River is on the <u>lefthand</u> side of the street.

查理士河在街的左邊。

35. leg〔lɛg〕(n.)腿，足。

Animals have four <u>legs</u>.

動物有四雙腳。

36. legal〔'ligl〕(adj.)法律的，法定的。

He is my <u>legal</u> adviser.

他是我的法律顧問。

37. leisure〔'liʒɚ〕(n.)空閒，閒暇 (adj.)空閒的，閒暇的。

What do you like to do in your <u>leisure</u> time？

在空閒時你喜歡做什麼？

38. lemon〔'lɛmən〕(n.)檸檬，檸檬樹。

Do you like tea with milk or a slice of <u>lemon</u>？

你是否喜歡茶加牛奶或一片檸檬？

39. lend〔lɛnd〕(v.t)借出，借與。

Could you please <u>lend</u> me ten dollars？

請借我十元好嗎？

40. length〔lɛŋkθ〕(n.)長，長度。

What is the <u>length</u> of this road？

這條路有多長？

41. less〔lɛs〕(adj.)較小的，較少的。

If you don't want to get fat，eat <u>less</u> food.

如果你不想變胖，少吃點東西。

42. lesson〔'lɛsn〕(n.)功課，課業。

Do you understand <u>lesson</u> three？

第三課明白嗎？

43. let〔lɛt〕(v.t)壞，允許。

Please <u>let</u> me known when you get to Taipei.

當你到達台北時，請告訴我。

44. letter〔'lɛtɚ〕(n.)1.書信，函 2.字母。

Thank you very much for your <u>letter</u>.

非常謝謝你的來信。

45. level〔'lɛvl〕(adj.)水平的，平的，標準。

They are proud of their high <u>level</u> of English skill.
他們以他們高水準的英語技巧自傲。

46. liberty〔'lɪbɚtɪ〕(n.)自由。

They fought to defend their <u>liberty</u>
他們為悍衛自由而戰。

47. library〔'laɪ,brɛrɪ〕(n.)圖書館。

I am going to the <u>library</u>.
我正要去圖書館。

48. license〔'laɪsŋs〕(n.)執照。

Do you have a driving <u>license</u>?
你有汽車駕照嗎？

49. lie〔laɪ〕(n.)謊言 (vj)撒謊。

Don't <u>lie</u> to me!
不要騙我！

50. life〔laɪf〕(n.)1.生命，性命 2.一生，終身 3.生活。

The doctor saved his <u>life</u>.
醫師救了他的生命。

51. lifeboat〔'laɪf,bot〕(n.)海上救生船。

The <u>lifeboat</u> saved our life when the ship sank.
當船沈下時，救生艇救了我們的生命。

52. lift〔lɪft〕(v.t)舉起，抬起。

He is too heavy，so I cannot <u>lift</u> him up.
他太重，所以我抬不起他。

53. light〔laɪt〕(n.)光，光線 (adj.)輕的。

The <u>light</u> in this rom is too dark.
這房間的光線太暗。

54. like〔laɪk〕(prep)像，似，如 (v.t)喜歡，愛好。

I <u>like</u> reading in my free time.

空閒時我喜歡閱讀。

55. limit〔'lɪmɪt〕(v.t)限制，定一界線 (n.)界限，邊界。

The time <u>limit</u> is one hour.

限制的時間是一小時。

56. line〔laɪn〕(n.)直線，線。列，隊伍。

Tom drew a <u>line</u> and a circle on the paper.

湯姆在紙上畫一條線和圓圈。

57. lion〔'laɪən〕(n.)獅子。

There are many <u>lions</u> in the zoo.

動物園裡有許多隻獅子。

58. lip〔lɪp〕(n.)唇，口(Pl.)。

Bill bit his <u>lip</u> and said nothing.

比爾咬著他的嘴唇不說一句話。

59. lipstick〔'lɪp,stɪk〕(n.)口紅，唇膏。

Mary paints her lip with <u>lipstick</u>.

瑪莉用唇膏塗口紅。

60. liquid〔'lɪkwɪd〕(n.)液體，液體物。

Water is a <u>liquid</u>

水是液體的。

61. liquor〔'lɪkɚ〕(n.)酒類，酒。

I have brandy and other <u>liquors</u> in my room.

我房間有白蘭地和其他的酒類。

62. list〔lɪst〕(n.)名單，目錄，一覽表。

We have everything on the shopping <u>list</u>.

購物單上的東西我們都有了。

63. listen〔'lɪsn̩〕(v.i)傾聽，注意聽。

He was <u>listening</u> to the music.

他正在聽音樂。

64. literture〔'lɪtərətʃɚ〕(n.)文學，文獻，著作。

Mr.Smith like to study Chinese <u>literature</u>.

史密斯先生喜歡研究中國文學。

65. little〔'lɪtl〕(adj.)小的，很少的。

He could eat only a <u>little</u> food.

他只能吃少許的食物。

66. live〔lɪv〕1.(v.i)生活，居住 2.(adj.)〔laɪv〕活的，有生命的。

Where do you <u>live</u>?

你住在那裡？

67. load〔'lod〕(v.t)裝載，負擔，負荷。

The farmers <u>loaded</u> the cart with vegetables.

農人們把蔬菜裝在貨車上。

68. loan〔lon〕(n.)借；借入，貸。

He asked me for a <u>loan</u> of ten dollars.

他向我借貸十塊錢。

69. lobby〔'lɑbɪ〕(n.)大廳，休息室。

Wait for me at the <u>lobby</u>!

請在大廳等我！

70. local〔'lokl〕(adj.)本地的，地方的。

I'm very interested in <u>local</u> news.

我對地方新聞很感興趣。

71. locate〔'loket〕(v.t)設於，位於。

The city hall is <u>located</u> in the center of the city.

市政府位於市區中心。

72. location〔loˈkeʃən〕(n.)位置，地方，場所。

   Hollywood is a beautiful <u>location</u>.
   好萊塢是一個美麗的地方。

73. lock〔lɑk〕(n.)鎖，(v.t)加鎖，關鎖。

   <u>Lock</u> the door before you leave the house.
   離家時把門鎖好。

74. locksmith〔ˈlɑk,smɪθ〕(n.)製鎖匠。

   His father is a <u>locksmith</u>.
   他父親是一位鎖匠。

75. locomotive〔,lokəˈmotɪv〕(n.)火車頭。

   We can hardly see a steam <u>locomotive</u> in Taiwan now.
   現在台灣幾乎看不到蒸汽火車頭了。

76. logic〔ˈlɑdʒɪk〕(n.)邏輯。

   He argues with learning and <u>logic</u>.
   他的辯論即有學問又合邏輯。

77. lonely〔ˈlonlɪ〕(adj.)孤單的，寂寞的。

   She was <u>lonely</u> when among strangers.
   她在陌生人群中覺得寂寞。

78. lonesome〔ˈlonsəm〕(adj.)極為孤單寂寞。

   Are you <u>lonesome</u> tonight？
   你今晚覺得孤獨寂寞嗎？

79. long〔lɔŋ〕(adj.)長的，長久。

   How <u>long</u> have you lived here？
   你住在這裡有多久了？

80. look〔luk〕(v.i)看，看似。

   We <u>looked</u> at the picture on the wall.
   我們注視著牆上的畫。

81. loose〔lus〕(adj.)鬆的，寬的，解開的。

　　Bob was wearing a <u>loose</u> coat.

　　Bob 穿著寬鬆的<u>上衣</u>。

82. lord〔lɔrd〕(n.)神，上帝，貴族。

　　Praise the <u>Lord</u>.

　　讚美主。

83. lose〔luz〕(v.t)遺失。

　　I <u>lost</u> my car key.

　　我遺失了我的車鑰匙。

84. loss〔lɔs〕(n.)損失，遺失。

　　<u>Loss</u> of health is worse than loss of money.

　　失去健康比損失金錢更糟。

85. lost〔lɔst〕(v)1.動詞，lose 的過去，過去分詞
　　　　　　　　2.(adj.)迷失的，失落的。

　　We were <u>lost</u> on the way to airpont.

　　我們在去機場途中迷路了。

86. lot〔lɑt〕(n.)1.許多，　a lot of　2.土地，地區。

　　Can you find a parking <u>lot</u> near the store？

　　在商店附近你可以找到停車場嗎？

87. lottery〔'lɑtərɪ〕(n.)彩券或獎券的發行。

　　I bought a <u>lottery</u> from store last week.

　　上星期我從商店買了一批彩券。

88. loud〔laud〕(adj.)高聲的；大聲的。

　　Speak <u>louder</u>, I can't hear you.

　　講大聲一點，我聽不見你的話。

89. lousy〔'lauzɪ〕(adj.)(俚)差勁的，令人作嘔的。

　　You are a <u>lousy</u> guy.

你是個差勁的傢伙。

90. love〔lʌv〕(v.t)愛，愛好。(n.)愛。

I <u>love</u> my country.

我愛我的國家。

91. low〔lo〕(adj.)低的，矮的。

The moon was <u>low</u> in the sky.

月亮低掛天邊。

92. loyal〔'lɔɪəl〕(adj.)忠誠的，忠實的。

David always tried to be <u>loyal</u> to all of his friends.

大衛經常試著對他所有朋友忠誠。

93. luck〔lʌk〕(n.)運氣，幸運

Good <u>luck</u> on the test!

祝考試順利！

94. lucky〔'lʌkɪ〕(adj.)運氣好的。

Some people are <u>lucky</u> at games.

在比賽時有些人是幸運的。

95. lunch〔lʌntʃ〕(n.)午餐。

I was at <u>lunch</u> when you called.

當你打電話來時，我在吃午餐。

96. luxury〔'lʌkʃərɪ〕(n.)奢侈，奢華。

He made a lot of money, so he can live in <u>luxury</u>.

他賺很多錢，所以他可以生活奢華。

97. lyric〔'lɪrɪk〕(n.)歌詞。

<u>Lyrics</u> is the words of a song.

歌詞是一首歌所寫的字。

1. **machine** 〔 mə'ʃin 〕 (n.)機械，機器。

   The sewing <u>machine</u> worked well.

   這台縫紉機運轉的很好。

2. **mad** 〔 mæd 〕 (adj.)瘋狂的，精神錯亂的。憤怒的。

   Don't get <u>mad</u> at me! It's not my fault.

   別對我發脾氣！不是我的錯。

3. **madam** 〔 'mædən 〕 (n.)女士，夫人（對女子的尊稱）。

   "May I help you， <u>madam</u>？" Said the clerk to Mrs. Jones.

   "夫人，我可以效勞嗎？" 店員對鍾太太說。

4. **magazine** 〔 ,mægə'zɪn 〕 (n.)雜誌。

   Playboys is a monthly <u>magazine</u>.

   花花公子是每月發行的雜誌。

5. **magic** 〔 'mædʒɪk 〕 (n.)魔術，魔力。

   David used <u>magic</u> to produce three pigeons from his hat.

   大衛利用魔術從他帽子變出三隻鴿子。

6. **magician** 〔 mə'dʒɪʃən 〕 (n.)魔術師。

   David is a famous <u>magician</u>.

   大衛是一位有名的魔術師。

7. **maid** 〔 med 〕 (n.)女僕。女佣人。

   Our <u>maid</u> works very hard from morning till night.

   我們家的女佣人從早到晚認真工作。

8. **mail** 〔 mel 〕 (n.)書信，郵件。

   I had a lot of <u>mail</u> last week.

   上星期我接到許多信件。

9. **mailbox** 〔 'mel,baks 〕 (n.)郵筒，信箱。

   I put the post card in the <u>mailbox</u> on the corner.

我把明信片放進在轉角的郵筒裡。

10. main〔men〕(adj.)最主要的，重要的。

　　　The <u>main</u> office of that company is in New York.
　　　那家公司的總公司在紐約。

11. mainland〔'men,lænd〕(n.)大陸，本土。

　　　Have you been to mainland China？
　　　你到過中國大陸嗎？

12. mainly〔'menlɪ〕(adj.)主要地，大部分。

　　　The students in my class are <u>mainly</u> girls.
　　　我們班上的同學大部分是女生。

13. maintain〔men'ten〕(v.t)保持，維持。

　　　Be careful to <u>maintain</u> your reputation.
　　　要小心維持你的聲譽。

14. majesty〔'mædʒɪstɪ〕(n.)陛下（以大寫用作對皇族的尊稱）。

　　　Your <u>Majesty</u>.
　　　國王陛下。

15. major〔'medʒ⅋〕(adj.)主要的。

　　　This is a <u>major</u> problem.
　　　這是最主要的問題。

16. majority〔mə'dʒɔrətɪ〕(n.)多數，大半。

　　　He was elected by a large <u>majority</u>.
　　　他以大多數當選。

17. make〔mek〕(v.t)做，製造。

　　　She likes to <u>make</u> sandwiches.
　　　她喜歡做三明治。

18. male〔mel〕(n.)男人，雄性。

Boy s and men are <u>male</u>, girls and women are female.

男生或男人是男性，女孩或女人是女性。

19. **man**〔mæn〕(n.)男人，人類。

Who is that handsome <u>man</u> over there？

那邊那位帥哥是誰？

20. **management**〔'mænidʒmənt〕(n.)經營，管理。

Bad <u>management</u> caused the failure.

經營不善導致失敗。

21. **mandarin**〔'mændərɪn〕(n.)中國官話，國語。

He can speak <u>Mandarin</u> very well.

他很會說國語。

22. **mankind**〔mæn'kaɪn〕(n.)人類。

He devoted his life to benefit all <u>mankind</u>.

他致力於為全人類謀利益。

23. **manner**〔'mænɚ〕(n.)態度，舉止。

I don't like his bad <u>manner</u>.

我不喜歡他惡劣的態度。

24. **manual**〔'mænjuəl〕(n.)手冊，袖珍本。

This book is a teacher's <u>manual</u>.

這是一本教師手冊的書。

25. **many**〔'mɛnɪ〕(adj.)許多的。

There are <u>many</u> people in front of the bank.

銀行前面有許多人。

26. **map**〔mæp〕(n.)地圖。

It's a world <u>map</u>.

這是一幅世界地圖。

27. **March**〔mɑrtʃ〕(n.)三月。

<u>March</u> is the third month of the year.

三月是一年中的第三個月。

28. marital〔'mærətl〕(adj.)婚姻的。

What is you <u>marital</u> relations？

你的婚姻關係如何？

29. mark〔mɑrk〕(n.)符號，記號。

Put a <u>mark</u> on it and you will remember it.

在上面做個記號，你就可以記住了。

30. market〔'mɑrkɪt〕(n.)市集，市場。

I go to <u>market</u> to buy some fruits.

我到市場去買些水果。

31. marriage〔'mærɪdʒ〕(n.)婚姻，結婚。

Their <u>marriage</u> was a very happy one.

他們的婚姻非常美滿。

32. married〔'mærɪd〕(adj.)已結婚的，有夫的，有妻的。

Are you <u>married</u> or single？

你結婚了，還是單身。

33. marry〔'mærɪ〕(v.t)結婚，娶，嫁。

He is going to <u>marry</u> Miss Nancy.

他即將要和南茜小姐結婚。

34. mask〔mæsk〕(n.)面具，假面。

He wear a <u>mask</u> to the party.

他戴著面具參加舞會。

35. master〔'mæstɚ〕(n.)主人，僱主，指揮者。

I like to be my own <u>master</u>.

我願做自己的主人。

36. match〔mætʃ〕(n.)1.火柴，2.比賽。

A tennis <u>match</u> will hold on our school court Next week.

下星期將在我們學校網球場舉辦網球比賽。

37. material〔mə'tırıəl〕(n.)材料，物質，資料。

We need more raw <u>material</u>.

我們須要更多的原料。

38. matter〔'mætɚ〕(n.)事件，事實，問題，困難。

What's the <u>matter</u> with you？

你到底發生了什麼事？（有何困難）

39. mature〔mə'tjur〕(adj.)成熟的。

He has become a <u>mature</u> man.

他已成為一個成熟的男人。

40. mathematic〔,mæθə'mætıks〕(n.)數學。（會話時有時簡化 math）

I wish I were good at <u>mathematics</u>.

我希望我能擅長數學。

41. May〔me〕(n.)1.五月。2.may 可能，可以。

May is the <u>fifth</u> month of the year.

五月是一年中的第五個月。

42. maybe〔'mebi〕(adj.)大概，或許。

<u>Maybe</u> you are right.

或許你是對的。

43. mayor〔'meɚ〕(n.)市長。

The <u>mayor</u> has yet to indicate if he will seek re-election.

市長尚未表示是否爭取連任。

44. me〔mi〕(pron)我。

He told <u>me</u> that he would not come.

他告訴我他不能來。

45. **meal**〔mil〕(n.)一餐。

We have three <u>meals</u> a day.
我們一天吃三餐。

46. **mean**〔min〕(v.t)意欲，打算。意謂，意表。

What do you <u>mean</u> by saying that？
你那樣說是什麼意思？

47. **meaning**〔'miniŋ〕(n.)意義，含意。

What's the <u>meaning</u> of this word？
這個字是什麼含意？

48. **meantime**〔'min,taɪm〕(n.)此際，其時。

In the <u>meantime</u> it began to rain.
其間開始下雨了。

49. **measure**〔'mɛʒɚ〕(v.t)(v.i)測量，計。

They <u>measured</u> the speed of the car.
他們測量車子的速度。

50. **meat**〔mit〕(n.)食用的肉。

I prefer roasted <u>meat</u>.
我較喜歡烤肉。

51. **mechanic**〔mə'kænɪk〕(n.)機械師，修理機械的工人。

He is an engine <u>mechanic</u>.
他是一位引擎技工。

52. **mechanism**〔'mɛkə,nɪzəm〕(n.)機構，機轉。

The bones and muscles are parts of the <u>mechanism</u> of the body.
骨骼和肌肉是身體機構的一部份。

53. **medal**〔'mɛdl〕(n.)獎牌，獎章。

He won gold <u>medal</u> in the race.

他在賽跑比賽得金牌。

54. medicine〔'mɛdəsn〕(n.)藥，醫學。

Have you taken medicine yet？

你已吃過藥了嗎？

55. meet〔mit〕(v.t)遇到，相逢。

If you come this way， We shall probably meet each other.

如果你走這條路，我們或許會碰面。

56. meeting〔'mitɪŋ〕(n.)會議，集會。

I will attend the meeting.

我將會參加會議。

57. melody〔'mɛlədɪ〕(n.)美好的曲子，調子，曲調。

The audience was charmed by the great melody.

觀眾被這美妙的旋律所迷住了。

58. melt〔mɛlt〕(v.t)(v.i)溶化，溶解。

Sugar melts in water.

糖在水中溶解。

59. member〔'mɛmbɚ〕(n.)團體中的一員，會員，社員。

Every member of the family came to the wedding.

家族成員都去參加婚禮。

60. memorandum〔,mɛmə'rændəm〕(n.)備忘錄，摘要，非正式之記錄。

It's the meeting memorandum.

這是會議的備忘錄。

61. memorial〔mə'moriəl〕(adj.)以資紀念的。

I have visited the Lincon Memorial Hall in washington D.C.

我拜訪過在華盛頓的林肯紀念館。

62. memory〔'mɛmərɪ〕(n.)記憶。

Although I haven't seen him for years，his face is still memory.

雖然我有好幾年沒見過他，但他的面容一直在我記憶中。

63. mention〔'mɛnʃən〕(v.t)提及，述及。

He mentioned his latest book.

他提到他最新的著作。

64. merchandise〔'mɝtʃən,daɪz〕(n.)商品。

We bought a lot of merchandise because of typhoon.

因為颱風我們買了很多商品。

65. merry〔'mɛrɪ〕(adj.)快樂的。

Merry Christmas and Happy New year to you!

祝你耶誕快樂，新年如意！

66. mess〔mɛs〕(n.)雜亂，骯髒。

The house was in a mess.

這房子一團亂。

67. message〔'mɛsɪdʒ〕(n.)消息，信息。

I have just received a message from my friend.

我剛接到我朋友的消息。

68. metal〔'mɛtl〕(n.)金屬。

Is it made of wood or of metal？

它是木頭還是金屬製的？

69. method〔'mɛθəd〕(n.)方法。

We use a scientific method to study the nature of earth.

我們用科學的方法去研究大自然。

70. **microphone**〔'maɪkrə,fon〕(n.)擴音器。

We used a <u>microphone</u> to speak in public.
我們使用麥克風對大眾說話。

71. **microscope**〔'maɪkrə,skop〕(n.)顯微鏡。

We used a <u>microscope</u> to examine bacteria.
我們用顯微鏡來檢查細菌。

72. **middle**〔'mɪdl〕(n.)中間，中央，中心。

He is standing in the <u>middle</u> of the park.
他正站在公園的中央。

73. **midnight**〔'mid,naɪt〕(n.)半夜，夜半。

He worked until <u>midnight</u>.
他工作到半夜。

74. **mile**〔maɪl〕(n.)哩，英里（長度單位。一哩約等於 1.6 公里）。

Our shool is two <u>miles</u> from the sea.
我們的學校離海邊有二哩。

75. **military**〔'mɪlə,tɛrɪ〕(adj.)軍人的，軍事的，戰爭的。

He believes <u>military</u> training for young men is necessary.
他相信軍訓對年輕人來說是必要的。

76. **milk**〔milk〕(n.)牛乳。

I usually drink a glass of <u>milk</u> at breakfast.
我通常在早餐喝一杯牛奶。

77. **million**〔'mɪljən〕(n.)百萬。

More than two <u>million</u> people live in Taipei.
超過二百萬人住在台北市。

78. **millionaire**〔,mɪljən'ɛr〕(n.)百萬富翁，大富豪。

He is a <u>millionaire</u>.

他是一位百萬富翁。

79. mind〔maɪnd〕(n.)心，意志，精神。

　　She has changed her <u>mind</u>.
　　她改變了主意。

80. mine〔maɪn〕(pron)我的，我的東西。

　　This watch is <u>mine</u>.
　　這隻手錶是我的。

81. minimum〔'mɪnəməm〕(adj.)最小的，最低的。

　　What was the <u>minimum</u> temperature in Taiwan last year？
　　去年台灣最低溫是是幾度？

82. minister〔'mɪnɪstɚ〕(n.)1.部長，2.牧師。

　　The prime <u>minister</u> is facing strong criticism for his policy.
　　行政院長為他的政策受到強烈的批評。

83. minority〔mə'nɔrətɪ〕(n.)少數。

　　Mr.Brown is a <u>minority</u> leader in parliament.
　　布朗先生是國會少數黨領袖。

84. minute〔'minit〕(n.)分，六十秒。

　　The airplane delayed ten <u>minutes</u>.
　　飛機延誤了十分鐘。

85. miracle〔'mɪrəkl〕(n.)奇蹟，奇事。

　　It's a <u>miracle</u> that no one hurt in car accident.
　　在車禍中無人受傷真是奇蹟。

86. mirror〔'mɪrɚ〕(n.)鏡子。

　　She looked at herself in the <u>mirror</u>.
　　她在照鏡子。

87. miss〔mɪs〕(n.)1.小姐，少女，2.(v.t)失去，失誤。3.(v.t)懷念，想念。

 Miss Lee is our English teacher.
 李小姐是我們的英文老師。

88. mission〔'mɪʃən〕(n.)任務，使命。

 He was sent to Europe on a special mission.
 他被派到歐洲負責一項特殊任務。

89. mistake〔mə'stek〕(n.)錯誤，誤會。

 It was a foolish mistake.
 這是一個愚笨的錯誤。

90. misunderstanding〔,mɪsʌndɚ'stændɪŋ〕(n.)誤解，誤會。

 Misunderstandings between nations may lead to war.
 國際間的誤解可能導致戰爭。

91. mix〔mɪks〕(v.t)(v.i)混合，混和。

 Oil and water will not mix.
 油和水不會混和的。

92. mixture〔'mɪkstʃɚ〕(n.)混合，混合物。

 Air is a mixture of gases.
 空氣是氣體的混合物。

93. model〔'mɑdl〕(n.)模型，模特兒。

 She is a famous fashion model.
 她是一位有名的時裝模特兒。

94. modern〔'mɑdɚn〕(adj.)現代的，近代的。

 Taipei is a modern city.
 台北是一個現代化的都市。

95. modify〔'mɑdə,faɪ〕(v.t)修飾，變更。

This sentence have to <u>modify</u>.

這句子須要修飾。

96. moisture〔'mɔɪstʃɚ〕(n.)溼氣。

Keep those books free from <u>moisture</u>.

保持那些書避免受潮。

97. moment〔'momənt〕(n.)瞬間，片刻。

Please wait a <u>moment</u>!

請稍侯片刻。

98. Monday〔'mʌndɪ〕(n.)星期一。

I have an English class on <u>Monday</u>

我星期一有英文課。

99. money〔'mʌnɪ〕(n.)金錢，財富。

To travel around the world costs a lot of <u>money</u>.

環遊世界要花很多錢。

100. monk〔mʌŋk〕(n.)僧侶，修道士。

Two <u>monks</u> live in the temple.

兩個僧侶住在寺廟裡。

101. monkey〔'mʌŋkɪ〕(n.)猴，猿。

There are <u>many</u> monkeys in the zoo.

動物園裡有許多猴子。

102. monster〔'mɑnstɚ〕(n.)怪物，巨物。

On my way home I saw a <u>monster</u> of dog.

回家途中我看見像狗的怪物。

103. month〔mʌnθ〕(n.)月。

I will go to the United States next <u>month</u>.

下個月我要到美國去。

104. mood〔mud〕(n.)心情，心境。

I am in no mood for joking.

我沒有心情開玩笑。

105. **moon**〔mun〕(n.)月亮。

I took a walk with my girl friend under the moon.

我和我女朋友在月光下散步。

106. **moral**〔'mɔrəl〕(adj.)道德的，品行端正的。

David is a moral man.

大衛是一位品行端正的人。

107. **more**〔mor〕(adj.)更多的。更大的。

I wish I had more time.

但願我有更多時間。

108. **morning**〔'mɔrnɪŋ〕(n.)早晨。

I woke up at seven this morning.

我今天早上七點起床。

109. **mosquito**〔mə'skɪto〕(n.)蚊子。

I can hear mosquito buzz.

我聽到蚊子嗡嗡叫的聲音。

110. **most**〔most〕(adj.)最多的，最大的，最，非常。

She is the most beautiful girl in our class.

她是我們班上最漂亮的女生。

111. **mother**〔'mʌðɚ〕(n.)母親。

All of mother love their children.

所有的母親都愛她們的子女。

112. **motion**〔'moʃən〕(n.)運動，移動。

The car was in motion.

車子在前進。

113. **motive**〔'motɪv〕(n.)動機，目的。

His <u>motive</u> is to go abroad to study English.

他的動機是要出國去學英語。

114. motorcycle〔'motə,saɪkl〕(n.)摩托車，機車。

Boys like to ride <u>motorcycle</u>.

男生喜歡騎摩托車。

115. mountain〔'mauntn〕(n.)山，高山。

I like to climb the <u>mountain</u> on the holiday.

我喜歡在假日去爬山。

116. mouth〔mauθ〕(n.)口，嘴。

Open you <u>mouth</u> and then I can check your teeths.

張開你的口然後我才能檢查你的牙齒。

117. move〔muv〕(v.t)移動位置，搬動。

Don't <u>move</u> the computer on my table.

別移動我桌上的電腦。

118. movement〔muvmənt〕(n.)移動，動作，運轉。

The <u>movement</u> of this clock is slower than normal.

這鐘錶的運轉比正常的慢。

119. movie〔'muvɪ〕(n.)電影。

I go to the <u>movies</u> once a week.

我每星期去看電影一次。

120. Mr.〔'mɪstə〕(n.)先生（Mister 之縮寫）。

<u>Mr</u>. Brown is a teacher.

布朗先生是一位老師。

121. Mrs.〔'mɪsɪz〕(n.)太太，夫人（Mistress 之縮寫）。

<u>Mrs</u>. Smith teaches English in our school.

史密斯太太在我們學校教英語。

122. much〔mʌtʃ〕(adv.)多，甚，極。

How <u>much</u> is it？

這東西多少錢？

123. murder〔'mɜˑdɚ〕(n.)謀殺。

He committed a <u>murder</u>.

他犯了謀殺罪。

124. muscle〔'mʌsl〕(n.)肌肉。

That young man has strong <u>muscles</u>.

那位年輕人有強壯的肌肉。

125. museum〔mju'ziəm〕(n.)博物館。

Excuse me， how to get to the <u>museum</u>？

請問到博物館怎麼走？

126. music〔'mjuzɪk〕(n.)音樂。

Do you like rock and roll <u>music</u>？

你喜歡搖滾音樂嗎？

127. musician〔mju'zɪʃən〕(n.)音樂家。

His father is one of the great <u>musicians</u> in Taiwan.

他的父親是台灣許多偉大音樂家之一。

128. must〔mʌst〕(auxiliary verb)必須，務必。

You <u>must</u> eat breakfaet before you go to school.

去學校上課前你必須吃早餐。

129. my〔maɪ〕(pron)我的。

This is <u>my</u> home.

這是我的家。

130. myself〔maɪ'sɛlf〕(pron)我自己。

I tried to finish the job by <u>myself</u>.

我試著自己完成這工作。

1. **nail**〔nel〕(n.)1.指甲 2.釘子。

   Don't bite your <u>nail</u>.

   不要咬手指頭。

2. **naked**〔'nekɪd〕(adj.)裸體的。

   The <u>naked</u> woman was arrested by the policeman.

   裸體的女人被警察逮捕了。

3. **name**〔næm〕(n.)名字，名稱。

   What's your <u>name</u>?

   請問貴姓？

4. **nap**〔næp〕(n.)小睡，打盹。

   Because I am tired，I want to take a <u>nap</u>.

   因為我很累，我要小睡片刻。

5. **napkin**〔'næpkɪn〕(n.)餐巾。

   You can wipe your mouth with this <u>napkin</u>.

   你可以用這餐巾擦嘴巴。

6. **narrow**〔'næro〕(adj.)窄的。狹窄的。

   He has a <u>narrow</u> mind.

   他心胸狹小。

7. **nation**〔'neʃən〕(n.)國家，國民。

   The United States is one of the biggest <u>nation</u> in the world.

   美國是世界最大國家之一。

8. **national**〔'næʃənl〕(adj.)國家的。

   We all stand up when we heard <u>national</u> anthem.

   我們一聽到國歌就全部起立。

9. **native**〔'netɪv〕(n.)生於某地或某國的人。

   (adj.)本國的，本土的。

He is a <u>native</u> Taiwanese.

他是土生土長台灣人。

10. **nature** 〔'netʃə〕(n.)自然，本性，常理。

Man is engaged in a constant struggle with <u>nature</u>.

人類經常要與大自然競爭。

11. **navy** 〔'nevɪ〕(n.)海軍。

He serves in the <u>navy</u>.

他在海軍服役。

12. **near** 〔nɪr〕(adj.)近地，不遠的。

He lives <u>near</u> the beach.

他住在靠近海邊。

13. **nearly** 〔'nɪrlɪ〕(adv.)幾乎，近乎。

The work is <u>nearly</u> finished.

這工作幾乎完成了。

14. **neat** 〔nit〕(adj.)整潔的，整齊的。

Your room is <u>neat</u>.

你的房間很整齊。

15. **necessary** 〔'nɛsə,sɛrɪ〕(adj.)必須的，必要的。

It is <u>necessary</u> to study hard in order to pass the examination.

為了通過考試，努力用功是必須的。

16. **neck** 〔nɛk〕(n.)頸。

His <u>neck</u> was hurt by car accident.

他頸部由於車禍受傷。

17. **necklace** 〔'nɛklɪs〕(n.)項鍊。

She is wearing a pearl <u>necklace</u>.

她戴了一條珍珠項鍊。

18. **need**〔nɪd〕(v.i)必要，必須。

You don't <u>need</u> to do it now.

你不須要現在做它。

19. **needle**〔'nidl〕(n.)針。

A sewing <u>needle</u> has a small hole at one end.

縫衣針尾端有個小孔。

20. **negative**〔'nɛgətɪv〕(adj.)否定的，負面的。

His answer was <u>negative</u>.

他的回答是否定的。

21. **neglect**〔nɪ'glɛkt〕(v.t)忽略，疏忽。

He studied very hard but he <u>neglected</u> his health.

他很努力用功但是他忽略了他的健康。

22. **neighbor**〔'nebɚ〕(n.)鄰居，鄰人。

He is my <u>neighbor</u>.

他是我的鄰居。

23. **neighborhood**〔'nebɚ,hud〕(n.)鄰近的地區，附近的地方。

There was a house on fire last night in our <u>neighborhood</u>.

我們家附近一所房子昨晚失火。

24. **neither**〔'niðɚ〕(conj.)既非……既不。

It is <u>neither</u> blue nor green.

它既不是藍色，也不是綠色。

25. **nephew**〔'nɛfju〕(n.)姪兒，外甥。

My <u>nephew</u> is a good looking guy.

我姪兒是一位帥哥。

26. **nervous**〔'nɝvəs〕(adj.)神經質的。

She was so <u>nervous</u> when she spoke to public.

當她對公眾演說，她都很緊張。

27. **nest**〔nɛst〕(n.)鳥巢。

The birds build <u>nests</u> on the trees.

鳥築巢在樹上。

28. **network**〔'nɛt,wɜk〕(n.)網，網狀。

The TV <u>network</u> covered all island.

電視廣播網涵蓋全島。

29. **never**〔'nɛvɚ〕(adv.)未曾地，從未地。

I have <u>never</u> been to France.

我未曾去過法國。

30. **new**〔nju〕(adj.)新的。

She is wearing a <u>new</u> clothes.

她穿一件新衣服。

31. **news**〔njuz〕(n.)新聞，消息。

No <u>news</u> is good news.

沒有消息就是好消息。

32. **newspaper**〔'njuz,pepɚ〕(n.)報紙。

He writes leading articles for the newspaper.

他為此報紙寫社論。

33. **next**〔nɛkst〕(adj.)其他的，下次的。

The next day the students went on a picnic.

第二天學生們去野餐。

34. **nice**〔naɪs〕(adj.)悅人的，令人愉快的。

<u>Nice</u> to meet you.

很高興認識你。

35. **nickel**〔'nɪkl〕(n.)鎳幣，美國五分錢鎳幣。

A <u>nickel</u> is a five cent coin used in the United States.

Nickel 是美國通用的五分錢貨幣。

36. **niece**〔nis〕(n.)姪女，甥女。

She is my <u>niece</u>.

她是我的姪女。

37. **night**〔naɪt〕(n.)夜，晚上。

It's a nice place to visit by <u>night</u>.

這是夜晚最佳去處。

38. **nightgown**〔'naɪt,gaʊn〕(n.)睡衣。

He was wearing a <u>nightgown</u>.

他穿著睡衣。

39. **nightmare**〔'naɪt,mɛr〕(n.)夢魘，惡夢。

I had a <u>nightmare</u> last night.

我昨晚做了一個惡夢。

40. **nineteen** 〔'naɪn'tin〕(n.)十九。

My girl friend is <u>nineteen</u> years old.
我女朋友十九歲。

41. **nineteenth** 〔'naɪn'tinθ〕(adj.)第十九的。

He was a great <u>nineteenth</u> century scientist.
他是十九世紀偉大的科學家。

42. **ninetieth** 〔'naɪntɪɪθ〕(adj.)第九十的。

Today is his <u>ninetieth</u> birthday.
今天是他的九十歲生日。

43. **ninety** 〔'naɪntɪ〕(n.)九十。

The waterfall is over <u>ninety</u> meters high.
這瀑布有九十公尺以上的高度。

44. **no** 〔no〕(n.)不，否定 (adj.)沒有，不。

I have <u>no</u> money.

我沒有錢。

45. nobody〔'no,bʌdɪ〕(pron)無人，無一人。

There is nobody in the class room.

教室裏空無一人。

46. noise〔nɔɪz〕(n.)噪音，喧聲。

Don't make a noise or youll wake him up.

不要吵亂，否則你會吵醒他。

47. nominate〔'nɑmə,net〕(v.t)提名為…之侯選人，任命。

He was nominated for president candidate.

他被提名為總統侯選人。

48. nonsense〔'nɑnsɛns〕(n.)無意義的話，或舉動。

It's all nonsense.

全是胡說八道。

49. noodle〔'nudle〕(n.)麵條（通常用複數）。

Do you like Chinese beef noodles?

你喜歡中式牛肉麵嗎？

50. noon〔nun〕(n.)中午，正午。

I shall be back by noon.

我將在中午回來。

51. nor〔nɔr〕(conj)亦不（與 neither 連用）。

I have neither time nor money.

我既沒有時間也沒有錢。

52. normal〔'nɔrml〕(adj.)正常的，常態的。

The normal temperature of the human body is about 37

℃ degree.

人體的正常體溫大約攝氏 37 度。

53. north〔nɔrθ〕(n.)北方，北。

Our school is in the <u>north</u> of the city.
我們的學校在市區的北方。

54. nose〔noz〕(n.)鼻子。

Movie star Jacky Chen had a big <u>nose</u>.
電影明星成龍有個大鼻子。

55. not〔nat〕(adv.)不，未。

Don't be upset， It's <u>not</u> your fault.
別難過，不是你的錯。

56. notebook〔'not,buk〕(n.)筆記本，記事簿。

This <u>notebook</u> is mine.
這本筆記本是我的。

57. nothing〔'nʌθɪŋ〕(n.)無物，無事，無。

I saw <u>nothing</u> when I came here.
當我到這裡時，什麼也沒看見。

58. notice〔'notɪs〕(v.t)注意，通知 (n.)注意，告示。

I didn't <u>notice</u> you were here.
我沒有注意到你在這裡。

59. noun〔naun〕(n.)名詞。

The <u>noun</u> can be used as subject in the sentence.
名詞在句子中可當主詞。

60. novel〔'nɑvl〕(n.)小說。

Do you like to read the <u>novel</u> in your free time？
在空閒時你喜歡閱讀小說嗎？

61. November〔no'vɛmbɚ〕(n.)十一月。

<u>November</u> has thirty days.
十一月有三十天。

62. number〔'nʌmbɚ〕(n.)數目，數字。

The <u>number</u> of cars is increasing rapidly in Taiwan.

在台灣汽車的數量急遽增加。

63. **nurse**〔nɝs〕(n.)護士。

Many <u>nurses</u> worked at this hospital.

許多護士在這家醫院工作。

1. obey〔ə'be〕(v.t)(v.i)服從，遵奉。

     Soldiers have to <u>obey</u> orders.

     軍人必須服從命令。

2. object〔'ɑbdʒɪkt〕(n.)1.物體，物件。 2.對象，目的。

     He can't see distant <u>objects</u> without glasses.

     他沒有眼鏡看不到遠處的物體。

3. objection〔əb'dʒɛkʃən〕(n.)反對，異議。

     He offered an <u>objection</u>.

     他提出異議。

4. obligation〔,ɑblə'geʃən〕(n.)義務，職責。

     To pay taxes is an <u>obligation</u> of all citizens.

     納稅是所有市民應盡的義務。

5. observation〔,ɑbzɚ've ʃən〕(n.)觀察，觀察力。

     To reach a conclusion， We require more careful
     <u>observation</u>.

     要達成結論，我們需要更小心的觀察。

6. observe〔əb'zɝv〕(v.t)觀看，看到，觀察。

     I <u>observed</u> him for a long time.

     我觀察他很久了。

7. obtain〔əb'ten〕(v.t)獲得，得到。

     He <u>obtained</u> a prize from school.

     他從學校得到獎品。

8. occasion〔ə'keʒən〕(n.)特殊的場合，時機。

     I send you my best wishes on this happy <u>occasion</u>.

     值此佳期我致最大的祝福。

9. occupation〔,ɑkjə'peʃən〕(n.)職業，佔領。

     He changed his <u>occupation</u>.

他換了職業。

10. occupy〔'ɑɑkjə,paɪ〕(v.t)佔，佔據，佔領。

The army <u>occupied</u> the hill after many days' battle.
經過好多天的戰鬥之後，軍隊佔領了小山頭。

11. occur〔ə'kɝ〕(v.t)發生。

A car accident <u>occurred</u> last night.
昨晚發生了一件車禍。

12. ocean〔'oʃən〕(n.)大海，大洋。

How long does it take to cross the <u>ocean</u> by boat？
乘船橫越這大海要多久時間？

13. o'clock〔ə'klɑk〕(n.)幾點鐘。

It's just three <u>o'clock</u>.
現在正好三點鐘。

14. October〔ɑk'tobɚ〕(n.)十月。

The pharmacy conference were held in Japan in <u>October</u>.
藥學會議十月在日本舉行。

15. of〔ɑv〕(prep)屬於，其中之一的。

Tom is one <u>of</u> my best friends.
湯姆是我最好的朋友之一。

16. off〔ɔf〕(adv.)脫，除。

He took <u>off</u> his clothes.
他把衣服脫掉。

17. offer〔'ɔfɚ〕(v.t)提供，奉獻，提出。

He <u>offered</u> a good idea.
他提供很好的意見。

18. office〔'ɔfɪs〕(n.)辦公室，公司。

His <u>office</u> is on the third floor of this building.

他的辦公室在這棟大廈的三樓。

19. official〔ə'fɪʃəl〕(adj.)公的，公務上的，官方的。

Taiwan and American have no <u>official</u> relationship.

台灣和美國沒有正式官方關係。

20. often〔'ɔfən〕(adv.)時常地。

We <u>often</u> go swimming on Sunday.

我們時常星期天去游泳。

21. oil〔ɔɪl〕(n.)油。

<u>Oil</u> will not mix with water.

油不會和水混合。

22. old〔old〕(adj.)老的，舊的，歲數。

How <u>old</u> are you？

請問你幾歲？

23. omit〔o'mɪt〕(v.t)省去，略去。

you <u>omitted</u> a letter in this word.

這個字你省略了一個字母。

24. on〔ɑn〕(prep)在…之上。

There is a computer <u>on</u> the table.

桌上有一台電腦。

25. once〔wʌns〕(adv.)一次地；一遍地。

I played baseketable <u>once</u> a week.

我每星期打一次籃球。

26. one〔wʌn〕(n.)一，一個（人，物）。

<u>One</u> went this way， another went that way.

一個向這邊走，另外一個向那邊走。

27. onion〔'ʌnjən〕(n.)洋蔥。

I put some <u>onion</u> and tomatoes on the hamburger.

我放些洋蔥和番茄在漢堡上。

28. only〔'onlɪ〕(adj.)獨一的，僅有的。

I have <u>only</u> five dollars.

我只有五塊錢美金。

29. open〔'opən〕(adj.)開的。(v.t)(v.i)打開，開。

He <u>opened</u> the door.

他把門打開。

30. opera〔'ɑpərə〕(n.)歌劇。

Did you see any <u>operas</u> in the United States?

你在美國有看過什麼歌劇嗎？

31. operate〔'ɑpə,ret〕(v.t)操縱，管理，使運轉。

Do you know how to <u>operate</u> this machine?

你知道如何操縱這個機械嗎？

32. operation〔,ɑpə'reʃən〕(n.)作用，運用，手術。

The <u>operation</u> of this machine is very easy.

這機械的操作很容易。

33. opinion〔ə'pɪnjən〕(n.)意見，見解，信念。

In my <u>opinion</u>,　you should study English hard.

我的見解，你應該努力學英文。

34. opponent〔ə'ponənt〕(n.)對手，敵手，反對者。

He defeated his <u>opponent</u> in the election.

他在選舉中擊敗他的對手。

35. opportunity〔,ɑpə'tjunətɪ〕(n.)機會。

You should take advantage of this good <u>opportunity</u>.

你應該好好善用這好的機會。

36. opposite〔'ɑpəzɪt〕(adj.)相對的，對立的。

His house is <u>opposite</u> to mine.

他的房子和我的正相對著。

37. optimism〔'ɑptə,mɪzəm〕(n.)樂觀，樂觀主義。

We thought it is <u>optimism</u> to finish this job.

我們認為把這件工作完成是樂觀。

38. optimist〔'ɑptəmɪst〕(n.)樂觀者，樂觀主義者。

He is an <u>optimist</u>.

他是一位樂觀主義者。

39. or〔ɔr〕(conj)抑，或。

I don't know whether he is here <u>or</u> not.

我不知道他是否在這裡。

40. oral〔'orəl〕(adj.)口述的，口頭的。

The G.E.P.T includes an <u>oral</u> examination.

全民英檢考試包含口試。

41. orange〔'ɔrɪndʒ〕(n.)柑橘，柳橙。

Would you like to have a cup of <u>orange</u> juice.

請問要一杯柳橙汁嗎？

42. order〔'ɔrdɚ〕(n.)順序，次序。(v.t)命令。

The name list is in alphabetical <u>order</u>.

名單是以字母順序排列。

43. ordinary〔'ɔrdŋ,ɛrɪ〕(adj.)通常的，普通的。

In an <u>ordinary</u> way I should refuse, but on this occasion I shall agree.

平常的情形我會拒絕，但在此情況我會同意。

44. organization〔,ɔrgənə'zeʃən〕(n.)組織，機構。

YMCA is an <u>organization</u>.

YMCA 是一個組織。

45. organize〔'ɔrgən,aɪz〕(v.t)組織。

They <u>organized</u> a new club to carry out their plan.

他們組成一個俱樂部來完成他們的計劃。

46. oriental〔,ɔrɪ'ɛntl〕(adj.)東方的，亞洲的。(n.)東方人。

<u>Oriental</u> civilization is different from western civilization.

東方文化不同於西方。

47. origin〔'ɔrədʒɪn〕(n.)起源，開端。

Nobody knows the <u>origin</u> of this story.

沒有人知道這故事的起源。

48. original〔ə'rɪdʒənl〕(adj.)最初的，最早的。

The <u>original</u> plan was afterwards changed.

原來的計劃後來被改變了。

49. orphan〔'ɔrfən〕(n.)孤兒。

Many children became to the <u>orphans</u> because of war.

由於戰爭許多小孩變成孤兒。

50. other〔'ʌðə〕(adj.)其他的，其餘的。

Do you have any <u>other</u> questions？

你還有其他的問題嗎？

51. otherwise〔'ʌðə,waɪz〕(conj)否則，不然。

Do what you are told， <u>otherwise</u> you will be punished.

照著話做，否則你會被處罰。

52. ought〔ɔt〕(auxillary verb)（助動詞）應當。（表義務）

You <u>ought</u> to obey your parents.

你應該服從你的父母親。

53. our〔aur〕(pron)，(adj.)我們的。

<u>Our</u> friends are coming to see us this afternoon.

我們的朋友下午要來看我們。

54. ourselves〔aur'sɛlvɪz〕(pron)我們自己。

We did it by <u>ourselves</u>.

我們自己親自做的。

55. out〔aut〕(adv.)外出地，在外面。

The manager is <u>out</u> for dinner.

經理外出吃晚飯。

56. outcome〔'aut,kʌm〕(n.)結果。

The <u>outcome</u> of the election is still unknown.

選舉結果依然未詳。

57. outdoor〔'aut,dor〕(adj.)戶外的。

I enjoyed <u>outdoor</u> sports very much.

我喜歡享受戶外運動。

58. outline〔'aut,laɪn〕(n.)要點，略圖。

(v.t)述要點，描外形。

What you said was an <u>outline</u> of European history.

你所說的是歐洲史大綱。

59. outside〔'aut'saɪd〕(n.)外部，外面。(adv.)外面地。

It's raining <u>outside</u>.

外面正在下雨。

60. outstanding〔aut'stændɪŋ〕(adj.)著名的，顯著的。

Tom Cruise is an <u>outstanding</u> actor.

湯姆克魯斯是一位傑出的演員。

61. oven〔'ʌvən〕(n.)烤箱，烤爐。

He baked cake in the <u>oven</u>.

他在烤箱烘烤餅乾。

62. over〔'ovɚ〕(prep)在…之上，覆於….之上。

<u>Over</u> a hundred people were injured in the accident.

有超過百人在車禍中受傷。

63. overcoat〔'ovɚ,kot〕(n.)大衣。

I put on my <u>overcoat</u> before I leave my house.

我離開房子前我穿上大衣。

64. overcome〔,ovɚ'kʌm〕(v.t)克服，擊敗。

Finally he <u>overcome</u> the financial problem.

終於他克服了經濟的問題。

65. overdue〔'ovɚ'dju〕(adj.)過期的，遲到的。

Your passport are <u>overdue</u>.

你的護照過期了。

66. overhead〔'ovɚ'hɛd〕(adj.)在上面的，經過頭上的。

All the people looked at the airplanes <u>overhead</u>.

所有人注視經過頭上的飛機。

67. overlook〔,ovɚ'luk〕(v.t)俯瞰，鳥瞰，俯視。

From our house on the hillside, we can <u>overlook</u> the whole of the harbor.

從我們山邊住家，可以鳥瞰整個港口。

68. overseas〔'ovɚ'sɪz〕(adv.)在海外，在外國。

This is an <u>overseas</u> broadcast program.

這是一個國外廣播節目。

69. owe〔o〕(v.t)欠(某人)債。

You <u>owe</u> me ten dollars.

你欠我十塊錢。

70. own〔on〕(adj.)自己的 (v.t)擁有。

Who <u>owns</u> this house？

這房子是誰所擁有？

71. owner〔'onɚ〕(n.)物主，所有者。

He is the <u>owner</u> of this house.

他是這房子的所有人。

1. pack〔pæk〕(v.t)包裝，綑紮，裝填。

   I <u>packed</u> my clothes into my baggage.

   我把我的衣服裝入我的行李箱內。

2. package〔'pækɪdʒ〕(n.)包裹。

   My friend sent me a <u>package</u>.

   我朋友拿給我一個包裹。

3. page〔pedʒ〕(n.)頁，（書的）一面。

   This book has over two hundred <u>pages</u>.

   這本書有二百多頁。

4. pain〔pen〕(n.)痛，疼痛，痛苦。

   Tom did not feel any <u>pain</u>.

   湯姆沒有感覺到任何疼痛。

5. paint〔pent〕(v.t)(v.i)繪畫，塗色於，油漆。

   I should <u>paint</u> the door gray.

   我應將門漆成灰色。

6. painting〔'pentɪŋ〕(n.)畫，繪畫學。

   It's a reproduction of a famous modern <u>painting</u>.

   這是一幅著名的近代繪畫的複製品。

7. pair〔pɛr〕(n.)一對，一雙，一副。

   I bought a <u>pair</u> of shoes at department store.

   我在百貨公司買了一雙鞋子。

8. pajamas〔pə'dʒæməz〕(n.)睡衣。

   I wear a <u>pajamas</u> when I slept.

   我穿睡衣睡覺。

9. pal〔pæl〕(n.)(俗)朋友，夥伴。

   I wrote a letter to my pen <u>pal</u> in America.

   我寫信給我在美國的筆友。

10. palace〔'pælɪs〕(n.)宮殿，華麗之大廈。

　　We will visit the Buckingham <u>palace</u> in London.

　　我們將拜訪倫敦的白金漢宮。

palm〔pɑm〕(n.)棕櫚。

　　There are many <u>palm</u> trees is this area.

　　在這區域有許多的棕櫚樹。

12. pamphlet〔'pæmflɪt〕(n.)小冊子。

　　They distributed <u>pamphlets</u> on the election.

　　他們散發選舉的小冊子。

13. pan〔pæn〕(n.)平底鍋。

　　Mary cooked eggs on the <u>pan</u>.

　　瑪麗在平底鍋上煎蛋。

14. panic〔'pænɪk〕(n.)恐慌，驚慌。

　　Don't <u>panic</u>, the fire was under control.

　　不要驚慌，火已被控制了。

15. pants〔pænts〕(n.)(美俗)褲子。

　　He put on his new <u>pants</u>.

　　他穿上他的新褲子。

16. pappya〔pə'paɪə〕(n.)木瓜。

　　I like eating <u>papaya</u> after meal.

　　我喜歡飯後吃木瓜。

17. paper〔'pepɚ〕(n.)報紙，紙。

　　Have you seen today's <u>paper</u>？

　　你有看見今天的報紙嗎？

18. parachute〔'pærə,ʃut〕(n.)降落傘。

　　He jumped from the airplane and then opened his

　　<u>parachute</u> at two thousand feet.

他從飛機上跳下，然後在二千呎高度打開降落傘。

19. parade〔pə'red〕(n.)遊行隊伍，行列。

There is a big parade in the street.

街上有盛大的遊行。

20. paradise〔'pærə,daɪs〕(n.)樂園，天堂，天國。

That island was a paradise for me.

那島嶼對我來說是樂園。

21. paragraph〔'pærə,græf〕(n.)(文章等)，節，段落。

Translate the next paragraphs into English.

請把下一段翻成英文。

22. parallel〔'pærə,lɛl〕(adj.)平行的。

The railroad is parallel.

鐵路是平行的。

23. parcel〔'pɑrsl〕(n.)包裹。

I want to send this by parcel post.

我要以小包郵件寄送。

24. pardon〔'pɑrdn〕(n.)寬恕，原諒。

I beg your pardon.

請再說一遍。（請原諒我）

25. parent〔'pɛrənt〕(n.)父母。

Parents always love their children.

父母永遠愛護他們的小孩。

26. park〔pɑrk〕(n.)公園。

There are many people jogging in the park.

公園裡有許多人在慢跑。

27. parliament〔'pɑrləmənt〕(n.)國會，議會。

We will visit the parliament in London Tomorrow.

我們明天將拜訪位在倫敦的國會議事堂。

28. part〔part〕(n.)部份，片段。

Only part of his story is true.
他的故事只有一部份是真的。

29. participate〔pə'tɪsəpet〕(v.i)參與，分享。

The teacher participated in the students' games.
老師參加學生們的遊戲。

30. particular〔pə'tɪkjələ〕(adj.)特殊的，特別的。

David is my particular friend.
大衛是我的一位特殊的朋友。

31. partner〔'partnə〕(n.)夥伴，股東，舞伴。

He is my partner in business.
他是我事業上的夥伴。

32. part-time〔'part'taɪm〕(adj.)兼任的，一部份時間的。

Frank has a part-time job at school.
法蘭克在學校兼差打工。

33. party〔'partɪ〕(n.)宴會，舞會。

I'm going to have a party for my birthday next Sunday.
我下星期日要舉行生日舞會。

34. pass〔pæs〕(v.t)經過，穿過，通過。

Jack passed the entrance examination.
傑克通過入學考試。

35. passbook〔'pæs,buk〕(n.)存款簿，銀行存摺。

I used my passbook to withdraw money.
我用存款簿領錢。

36. passenger〔'pæsndʒə〕(n.)旅客，乘客。

The big airplane can carry about three hundred

passengers.

大型飛機可搭載約三百名乘客。

37. passion〔'pæʃən〕(n.)熱情，強烈的情感。

She has a passion for music.

她非常熱愛音樂。

38. passport〔'pæs,port〕(n.)護照。

Show me your customs declaration form and passport,
please.

請出示你的海關申報單和護照。

39. password〔'pæswɚd〕(n.)口令，通行證，密碼。

You have to key in a password and then you can use this
computer.

你必須先輸入密碼，然後你才能用這台電腦。

40. past〔pæst〕(adj.)過去的，結束的。

Our troubles are past.

我們的困難過去了。

41. patience〔'peʃəns〕(n.)容忍，忍耐，耐性。

I have lost patience with Tony.

我對湯尼失去耐性了。

42. patient〔'peʃənt〕(n.)病人。

The doctor have to take care of his patient.

醫師必須照顧他的病人。

43. patriat〔'petrɪət〕(n.)愛國者。

Tony is a patriot， he devoted money to his country.

湯尼是位愛國者，他貢獻金錢給他的國家。

44. patrol〔pə'trol〕(n.)巡邏，巡查。

The policemen are now on patrol.

警察正在巡邏。

45. pattern〔'pætɚn〕(n.)圖案，花樣。

This carpet has a pretty pattern.
這地毯的圖案很漂亮。

46. pay〔pe〕(v.t)付款，付。

How much did you pay for your dictionary？
你的字典付多少錢買的？

47. peace〔pis〕(n.)和平，安寧，平安。

I hope that the world would always be at peace.
我希望世界永久和平。

48. peaceful〔'pisfəl〕(adj.)和平的，安靜的，愛好和平的。

Switzerland is a peaceful country.
瑞士是愛好和平的國家。

49. peach〔pitʃ〕(n.)桃子，桃樹。

Peaches have a soft skin and a sweet taste.
桃子皮軟又香甜。

50. peanut〔'pi,nʌt〕(n.)花生。

I spread peanut butter on bread.
我把奶油花生醬塗在麵包上。

51. pearl〔pɝl〕(n.)珍珠。

She wears a beautiful pearl necklace.
她戴著一條美麗的珍珠項鍊。

52. peek〔pik〕(v.i)偷看，窺見。

Don't peek!
不要偷看！

53. peel〔pil〕(n.)果皮。

I Steped on banana <u>peel</u> when I walked on the street.

當我在街上走的時候踩到了香蕉皮。

54. pen〔pɛn〕(n.)筆，鋼筆。

Tom is writing a letter with a <u>pen</u>.

湯姆正用筆寫信。

55. penalty〔'pɛnltɪ〕(n.)懲罰，刑罰。

He got the <u>penalty</u> for speeding.

他收到駕車超速的處罰。

56. pencil〔'pɛnsl〕(n.)鉛筆。

This is my <u>pencil</u>.

這是我的鉛筆。

57. penetrate〔'pɛnə,tret〕(v.t)穿入，透過，穿透。

A bullet can <u>penetrate</u> a wall.

子彈能穿過牆壁。

58. people〔'pipl〕(n.)人，民族，人民，民眾。

The department store were crowded with <u>people</u>.

百貨公司擠滿了人。

59. pepper〔'pɛpɚ〕(n.)辣椒，胡椒。

Please pass the <u>pepper</u>.

請把胡椒遞給我。

60. percentage〔pɚ'sɛntɪdʒ〕(n.)百分比，百分率。

What <u>percentage</u> of student were present？

出席學生的百分比多少？

61. perfect〔'pɝfɪkt〕(adj.)美好的，無瑕的，完美的。

Your answer is just <u>perfect</u>.

你的答案真是太完美了。

62. performance〔pə'fɔ:məns〕(n.)表演，演奏。

The piano <u>performance</u> at school will begin at 7 o'clock this evening.

學校的鋼琴演奏表演將在今晚七點開始。

63. perfume〔'pɝfjum〕(n.)香水，香味，芳香。

I gave my girl friend a bottle of <u>perfume</u>.

我送給我女朋友一瓶香水。

64. perhaps〔pɚ'hæps〕(adv.)或許，可能。

<u>Perhaps</u> it will rain tomorrow.

或許明天會下雨。

65. period〔'pɪrɪəd〕(n.)一般時間，時期，時代。

Lisa lived in New York for a short <u>period</u> of time.

莉莎在紐約住過短暫時間。

66. permission〔pɚ'mɪʃən〕(n.)許可，允許，准許。

The pilot has to ask <u>permission</u> before taking off.

飛行員起飛前必須請求許可。

67. permit〔pɚ'mɪt〕(v.t)允許，容許。

Smoking is not <u>permitted</u> in the airplane.

在飛機內是不准吸煙。

68. person〔'pɝsn〕(n.)人（不分男女）。

Who was that person you were talking to？

剛才正在和你談話的那個人是誰？

69. personality〔,pɝsṇ'ælətɪ〕(n.)個性，人格。

Different people have different <u>personalities</u>.

不同的人有不同的個性。

70. persuade〔pɚ'swed〕(v.t)說服，勸誘。

I persuaded Lisa to go to movies with me.

我說服莉莎和我一起去看電影。

71. pet〔pɛt〕(n.)寵物，寵愛的動物。

　　She has a dog for a pet.

　　她把狗當寵物。

72. pharmacist〔'farməsist〕(n.)藥師，藥劑師。

　　The pharmacist will tell you how to take medicine.

　　藥師會告訴你如何服藥。

73. pharmacy〔'faməsɪ〕(n.)藥局，調劑，製藥學。

　　There is a pharmacy around the corner.

　　在轉角的地方有一家藥局。

74. philosophy〔fə'lasəfɪ〕(n.)哲學，哲理，人生觀。

　　He has a correct philosophy of life.

　　他有正確的人生觀。

75. phone〔fon〕(n.)電話。

　　The phone is ringing.

　　電話正在響著。

76. photograph〔'fotə,græf〕(n.)照片，相片。

　　I ready to take a photograph for Mary.

　　我準備幫瑪莉照相。

77. photographer〔fə'tagrəfɚ〕(n.)攝影師，以攝影為業
　　者。

　　Mr.Wilson is a famous photographer.

　　威爾遜先生是一位著名的攝影師。

78. phrase〔frez〕(n.)片語。

　　A phrase is a group of words formimg a concept but not
　　a clause or sentence.

　　片語是由一組字形成的意思但不是子句或句子。

79. physical〔'fɪzɪkl〕(adj.)身體的，肉體的。

I took a <u>physical</u> exercise this morning.
今天早上我做體操運動。

80. pianist〔pɪˈænɪst〕(n.)鋼琴家，鋼琴師。

Miss Elizabeth is a good <u>pianist</u>.
伊莉莎白小姐是一位優秀的鋼琴家。

81. piano〔pɪˈæno〕(n.)鋼琴。

She <u>plays</u> the piano very well.
她鋼琴彈的很好。

82. pick〔pɪk〕(v.t)挑選，選擇。

Jane <u>picked</u> the best hat.
珍妮挑選了最好的帽子。

83. picnic〔ˈpɪknɪk〕(n.)野餐。

We will go on a <u>picnic</u> next Sunday.
下星期日我們要去野餐。

84. picture〔ˈpɪktʃə〕(n.)照片，畫。

There is a <u>picture</u> on the wall.
牆上掛著一幅畫。

85. pie〔paɪ〕(n.)餡餅，派。

I had a slice of pumpkin <u>pie</u> after dinner.
我晚餐後吃了一片南瓜派。

86. piece〔pis〕(n.)片，塊，段，張。

Please give me a <u>piece</u> of paper.
請給我一張紙。

87. pig〔pɪg〕(n.)豬。

There are many <u>pigs</u> on the farm.
農場裡有許多豬。

88. pigeon〔ˈpɪdʒən〕(n.)鴿子。

The <u>pigeon</u> can fly very long way.

鴿子可以飛得很遠的路。

89. pillow〔'pɪlo〕(n.)枕頭。

How much is the <u>pillow</u>?

這枕頭多少錢？

90. pilot〔'paɪlət〕(n.)飛行員，飛機駕駛員。

The <u>pilot</u> controlled the aircraft to touch down safely.

飛行員控制飛機安全地降落。

91. pin〔pɪn〕(n.)飾針，別針，胸針。

Nancy is wearing a pretty <u>pin</u>.

南茜戴著漂亮的別針。

92. pink〔pɪŋk〕(n.)淡紅色的，粉紅色的。

This kind of rose is <u>pink</u>.

這種玫瑰是粉紅色的。

93. pioneer〔,paɪə'nɪr〕(n.)拓荒著，先驅。

He is the <u>pioneer</u> in natural science.

他是自然科學的先驅。

94. pipe〔paɪp〕(n.)管，導管，筒。

Something is wrong with the water <u>pipe</u>.

水管有點毛病。

95. pistol〔'pɪstl〕(n.)手鎗。

A policeman carries a <u>pistol</u>.

警察帶著一 把手鎗。

96. pitcher〔'pɪtʃɚ〕(n.)投手（棒球）。

Mr. Wang is a good <u>pitcher</u>.

王先生是一位好的投手。

97. pity〔'pɪtɪ〕(n.)同情，憐憫。

I feel <u>pity</u> for the poor old woman.

我很同情這貧窮的老婦人。

98. place〔ples〕(n.)地方，所在。

What's the name of this <u>place</u>?

這地方叫什麼名字？

99. plan〔plæn〕(n.)計劃，方法。

Do you have any <u>plans</u> for the future?

你對將來有什麼計劃嗎？

100. planet〔'plænɪt〕(n.)行星。

The earth is one of the <u>planets</u>.

地球是行星之一。

101. plant〔plænt〕(n.)植物，花草。

The garden is full of different <u>plants</u>.

花園充滿了各種不同的植物。

102. plastic〔'plæstɪk〕(adj.)塑膠的，易塑的。

This is a <u>plastic</u> flower.

這是一朵塑膠花。

103. plate〔plet〕(n.)盤子，碟子。

There is a large <u>plate</u> on the table.

桌子上有一個大盤子。

104. platform〔'plæt,fɔrm〕(n.)月台（車站的）。

Which <u>platform</u> does the train leave for New york?

開往紐約的火車在那個月台開出呢？

105. play〔ple〕(n.)遊戲，遊玩。

The children are at <u>play</u>.

孩子們在遊玩。

106. playground〔'ple,graund〕(n.)運動場。

He used to go to the <u>playground</u> and play footbell.

他常去運動場玩足球。

107. please〔pliz〕(v.t)(v.i)請。

Would you <u>please</u> say it again？

請再說一遍好嗎？

108. pleasure〔'plɛʒɚ〕(n.)快樂，愉快，高興。

It gave me much <u>pleasure</u> to hear of your success.

聽到你的成功讓我很高興。

109. plenty〔'plɛntɪ〕(n.)豐富，充分。

Don't hurry， there is <u>plenty</u> of time.

別急，我們有充分的時間。

110. plus〔plʌs〕(prep)加，和。

Three <u>plus</u> five eguals eight.

三加五等八。

111. pocket〔'pɑkɪt〕(n.)小口袋，衣袋。

He took the money out of his <u>pocket</u>.

他從口袋拿出錢來。

112. poem〔'poɪm〕(n.)詩篇，詩。

Do you like to read <u>poems</u>？

你喜歡閱讀詩篇嗎？

113. point〔pɔɪnt〕(n.)要點，特徵，目的。

I don't see your <u>point</u>.

我不懂你的意思。

114. poison〔'pɔɪzn〕(n.)毒藥，毒物。

He killed himself by taking some <u>poison</u>

他服毒自殺。

115. pole〔pol〕(n.)1.（南，北）極。2.電線桿。

Who was the first man to explor the North <u>pole</u> ?

誰是第一位到北極去探險的人？

116. police〔pə'lis〕(n.)警察，警察局。

We must call the <u>poice</u>.

我們必須叫警察來。

117. policeman〔pə'lismən〕(n.)警察，警員（指個別的，集合性時用 the police）。

A <u>policeman</u> was controlling the heavy traffice.

警察正在指揮繁忙的交通。

118. policy〔'paləsɪ〕(n.)政策，方針。

The Government have a new foreign <u>policy</u>.

政府有一項新的外交政策。

119. polish〔'palɪʃ〕(v.t)磨光，擦亮。

I <u>polish</u> my shoes every morning.

我每天早上把鞋子擦亮。

120. polite〔pə'lat〕(adj.)有禮貌的，客氣的。

Mr.Brown is always <u>polite</u> to everybody.

布朗先生總是對任何人都有禮貌。

121. political〔pə'lɪtɪkl〕(adj.)政治的，攻治上的。

The students asked many <u>political</u> questions.

學生們提出許多政治的問題。

122. politician〔,palə'tɪʃən〕(n.)政治家，政客。

He invited many <u>politicians</u> to the party.

他邀請許多政治人物到宴會來。

123. politics〔'palə,tɪks〕(n.)政治，政治學，政治活動（politics 可以是單數或複數）。

<u>Politics</u> is a good topic for discussion.

政治是一個討論的好題目。

124. pollution〔pə'luʃən〕(n.)污染。

　　Pollution of rivers is a serious problem for many country.

　　河川的污染是許多國家的嚴重問題。

125. pond〔pɑnd〕(n.)池塘。

　　Swimming in the pond is very dangerous.

　　在池塘裏游泳是非常危險的。

126. pool〔pul〕(n.)小池

　　Our school has a swimming pool.

　　我們學校有一個游泳池。

127. poor〔pur〕(adj.)貧窮的，可憐的，質劣的。

　　He was born in a poor family.

　　他出生在一個貧窮的家庭。

128. popcorn〔'pɑp,kɔrn〕(n.)爆米花。

　　We ate popcorn while watching the TV.

　　我們一邊看電視一邊吃爆米花。

129. popular〔'pɑpjələ〕(adj.)普遍的，流行的。

　　Do you like popular music？

　　你喜歡流行音樂嗎？

130. population〔,pɑpjə'leʃən〕(n.)人口。

　　Do you know what the population of Taiwan？

　　你知道台灣的人口有多少嗎？

131. pose〔poz〕(n.)姿勢，儀表。

　　The pose of this beautiful model is very great.

　　這位美麗模特兒的姿勢很棒。

132. position〔pə'zɪʃən〕(n.)位置，職位，工作。

Can you show me the <u>position</u> of the bank on this map？

你可以在地圖上指給我看銀行的位置嗎？

133. positive〔'pɑzətɪv〕(adj.)確實的，肯定的。

He was <u>positive</u> that he had seen a UFO.

他確信他有見過飛碟。

134. possibility〔,pɑsə'bɪlətɪ〕(n.)可能，可能性。

Is there any <u>possibility</u> that the airplane may be late？

飛機有可能延遲抵達的可能性嗎？

135. possible〔'pɑsəbl〕(adj.)可能的。

Your help has made this work <u>possible</u>.

你的幫忙使這件工作能夠完成。

136. postcard〔'post,kɑrd〕(n.)明信片。

I mailed a <u>postcard</u> to my friend in Boston.

我寄一張明信片給在波士頓的朋友。

137. postman〔'postmən〕(n.)郵差。

The <u>postman</u> delivers letters and parcels once a day.

郵差每天送一次信件和郵包。

138. postpone〔post'pon〕(v.t)(v.i)延期，展緩。

The baseball game was <u>postponed</u> because of rain.

棒球比賽因為下雨延期。

139. posture〔'pastʃɚ〕(n.)姿勢。

The dancer changes her <u>posture</u>.

舞者改變她的姿勢。

140. potato〔pə'teto〕(n.)馬鈴薯。

I would like to take baked <u>potato</u> with cheese.

我想要起士烤馬鈴薯。

141. potluck〔'pɑt,lʌk〕(n.)便餐。每一個人帶一種現成菜飯共同分享的聚餐便飯。

    Come and take potluck with us.
    來一起同我們聚餐吃便飯。

142. powder〔'paudɚ〕(n.)粉，細粉。

    She used baking powder to make a cake.
    她用發酵粉來做蛋糕。

143. power〔'pauɚ〕(n.)力，動力。權力，勢力。

    Knowledge is power.
    知識即是力量。

144. practice〔'præktɪs〕(v.t)，(v.i)練習，實習。

    He practices to speak English everyday.
    他每一天練習說英文。

145. praise〔prez〕(n.)讚美，稱讚。

    Most people like to receive praises.
    大多數人喜歡接受讚美。

146. pray〔pre〕(v.t)(v.i)祈禱，乞求，懇求。

    They prayed to god for help.
    他們祈求上帝幫忙。

147. predict〔prɪ'dɪkt〕(v.t)預知，預言。

    The weather bureau predicts typhoon for next week.
    氣象局預測下星期的颱風會來。

148. pregnancy〔'prɛgnənsɪ〕(n.)懷孕，妊娠。

    She have pregnancy for three months.
    她已經懷孕三個月了。

149. prejudice〔'prɛdʒədɪs〕(n.)偏見，成見。

    Lora has a prejudice against all foreigners.

蘿拉對所有外國人有偏見。

150. preparation〔,prɛpə'reʃən〕(n.)準備，預備。

Don't try to do it without any preparation.
沒有任何準備不要去做它。

151. prepare〔prɪ'pɛr〕(v.t)預備，準備。

He had to prepare for the senior high school entrance examination.
他必須準備高中入學考試。

152. preposition〔,prɛpə'zɪʃən〕(n.)介紹詞，前置詞。

Preposition come before nouns.
介紹詞放在名詞之前。

153. present〔prɪ'zɛnt〕1.(v.t)提出，送呈，介紹。2.(n.)禮物，贈品。

He presented his reasons for his action.
他提出他行動的理由。

154. President〔'prɛzədent〕(n.)（常作大寫）總統。總經理，社長，會長。

Mr. Bush is the President of the United States.
布希先生是美國總統。

155. press〔prɛs〕(v.t)壓，按，擠。

He pressed the button to ring the bell.
他按鈕響鈴。

156. pressure〔'prɛʃɚ〕(n.)壓力。

I had a lot of pressure to deal with the business everyday.
我每天處理業務有很大的壓力。

157. pretend〔prɪ'tɛnd〕(v.t)(v.i)假裝，偽裝，佯裝。

She <u>pretends</u> to like you，but talks about you behind your back.

她假裝喜歡你，但背後卻批評你。

158. pretty〔'prɪtɪ〕(adj.)漂亮的，悅人的。

Sally is a <u>pretty</u> girl.

莎莉是一位漂亮女生。

159. prevent〔prɪ'vɛnt〕(v.t)阻礙，妨礙。預防，防止。

The president tried hard to <u>prevent</u> the war.

總統竭力防止戰爭。

160. preview〔'pri,vju〕(v.t)預先察看，勘察。預習。

A good student <u>previews</u> the new lesson before class.

好學生在上課前預習新功課。

161. previous〔'priviəs〕(adj.)在前的，先前的。

The <u>previous</u> lesson was hard to understand.

前面的課程很難了解。

162. price〔praɪs〕(n.)價格，價錢。

The <u>price</u> is reasonable.

這價錢很合理。

163. pride〔praɪd〕(n.)自尊心，自負，引以自豪者。

His <u>pride</u> would not allow him to accept any reward.

他的自尊心使他不願接受任何報酬。

164. primary〔'praɪ,mɛrɪ〕(adj.)主要的，首要的。初級的，初步的。

The <u>primary</u> elections are to select candidates.

初選是要挑出侯選人。

165. prime〔praɪm〕(adj.)首要的，主要的。

The <u>prime</u> minister is facing strong criticism in

parliament.

首相在國會正受到強烈批評。

166. prince〔prɪns〕(n.)王子，太子。

Once upon a time there lived a <u>prince</u> in a castle.

從前在城堡裏住著一位王子。

167. princess〔'prɪnsɪs〕(n.)公主。

The <u>princess</u> was so kind that everybody loved her.

公主很仁慈所以人人喜愛她。

168. principal〔'prɪnsəpl〕1.(adj.)重要的，首要的，主要的。2.(n.)校長，首長。

Taipei is the <u>principal</u> city of Taiwan.

台北市是台灣首要的城市。

169. principle〔'prɪnsəpl〕(n.)原則，原理，本質。

What are the <u>principles</u> of democratic country.

民主國家的本質是什麼？

170. print〔prɪnt〕(v.t)印刷，出版，刊行。

The magazine is well <u>printed</u>.

這本雜誌印得很好。

171. prison〔'prɪzn〕(n.)監獄，牢。

He were sent to <u>prison</u> for stealing money.

他因偷錢被送進監獄。

172. privacy〔'praɪvəsɪ〕(n.)隱居，隱密，祕密。

Tom likes to live in <u>privacy</u>.

湯姆喜歡過隱祕的生活。

173. private〔'praɪvɪt〕(adj.)私人的，私有的，個人的。

This is a <u>private</u> school.

這是一所私立學校。

174. prize〔praɪz〕(n.)獎品。

　　He won a prize for a composition.

　　他在作文方面得獎。

175. probably〔'prɑbəblɪ〕(adv.)或許地，大概地。

　　Probably they will come back tomorrow.

　　或許他們明天可能回來。

176. problem〔'prɑbləm〕(n.)問題。

　　I don't know how to solve this problem.

　　我不知道如何解決這個問題。

177. procedure〔prə'sidʒɚ〕(n.)手續，程序。

　　This is an important procedure of a meeting.

　　這是會議的重要程序。

178. process〔'prɑsɛs〕(n.)進行，過程。

　　Its process is more important than its result.

　　它的過程是要比結果更重要。

179. produce〔prə'djus〕(v.t)製造，出產，產生。

　　This factory produces computers.

　　這家工廠生產電腦。

180. producer〔prə'djusɚ〕(n.)電影製片家。

　　George is one of the most successful producer at
　　Hollywood.

　　喬治是好萊塢最成功的製片家之一。

181. profession〔prə'fɛʃən〕(n.)專業，職業（特指受過特殊
　　教育或訓練者，如教師，醫師，藥師，律師等專業）。

　　His father's profession is teaching.

　　他父親的職業是教師。

182. professional〔prə'fɛʃənl〕(adj.)專門職業上，從事於專

門職業的。

A doctor or a pharmacist is a <u>professional</u> man.
醫師或藥師是專門職業的人。

183. professor〔prə'fɛsɚ〕(n.)教授。

Mr. Jones is a <u>professor</u> at Boston university.
瓊斯先生是波士頓大學教授。

184. profit〔'profɪt〕(n.)利潤，利益。

The <u>profits</u> in this business are very good.
這一行生意利潤很好。

185. program〔'progræm〕(n.)節目，節目單。計劃。

What is your favorite TV <u>program</u>?
你最喜歡的電視節目是什麼？

186. progress〔'pragrɛs〕(v.i)進步。

He <u>progressed</u> a lot in English because he studied very hard.
他英語進步很多，因為他非常用心學習。

187. project〔'pradʒɛkt〕(n.)計劃，設計。

He is carrying out a new <u>project</u> for children education.
他正在實行一項兒童教育的新計劃。

188. prolong〔prə'lɔŋ〕(v.t)延長。

They decided to <u>prolong</u> their visit.
他們決定延長訪問的時間。

189. promise〔'pramɪs〕(n.)諾言，約定。(v.t)(v.i)約定。

Please <u>promise</u> me not to tell anyone, keep it secret.
請答應我不告訴任何人，務必保守祕密。

190. promate〔prə'mot〕(v.t)升遷，擢升。

David was <u>promoted</u> to the manager position at bank.

大衛擢升到銀行經理的職位。

191. promotion〔prə'moʃən〕(n.)升遷，促進，提倡。

The clerk was given a <u>promotion</u> and an increase in salary.

這職員獲得升遷並且加薪。

192. pronoun〔'pronaun〕(n.)代名詞。

You , he and I are <u>pronoun</u>.

你，我，他都是代名詞。

193. pronounce〔prə'nauns〕(v.t)(v.i)發音，讀音。

How do you <u>pronounce</u> this word？

這個單字你如何發音？

194. pronounciation〔prə,nʌnsɪ'eʃən〕(n.)發音，發音方法。

Your English <u>pronounciation</u> is very good.

你的英文發音非常好。

195. proof〔pruf〕(n.)證明，證據。

We shall require <u>proof</u> of that statement.

我們需要那項聲明之證據。

196. propaganda〔,prɑpə'gændə〕(n.)宣傳，傳道。

We will carry out <u>propaganda</u> on a large scale.

我們將會展開大規模宣傳。

197. proper〔'prɑpɚ〕(adj.)正當的，正確的，適當的。

Do you think this dress is <u>proper</u> for the party？

你認為這件衣服適於宴會嗎？

198. property〔'prɑpɚti〕(n.)財產，所有，所有權。

This farm is my personal <u>property</u>.

這座農場是我私人的財產。

199. prophet〔'prɑfɪt〕(n.)預言者，預言家，先知。

A <u>prophet</u> foretells events that will happen in the future.

先知能預知未來將會發生的事件。

200. proportion〔prə'porʃən〕(n.)比率，比例。

Eevery worker's salary will be in <u>proportion</u> to his work.

每一位工人的薪水依其工作比例。

201. proposal〔prə'pozl〕(n.)提議，建議。

His <u>proposal</u> to improve the dormitory was accepted by the school.

他的改善學生宿舍的建議被學校接授了。

202. propose〔prə'poz〕(v.t)，(v.i)建議，推薦，提議。

They <u>proposed</u> a change of plan.

他們提議改變計劃。

203. prosecutor〔'prɑsɪ,kjutɚ〕(n.)檢察官。

<u>Prosecutor</u> have yet to found a motive for the crime.

檢察官尚未找出犯罪動機。

204. protect〔prə'tɛkt〕(v.t)保護，防護。

We will fight to <u>protect</u> our country.

我們將為保衛我們的國家而戰。

205. protection〔prə'tɛkʃən〕(n.)保護，防護。

Those clothes don't give you much <u>protection</u> againt the cold weather.

那些衣物不足夠保護你對抗嚴冷天氣。

206. proud〔praud〕(adj.)自尊的，自重的，自負的。

We are <u>proud</u> of our school.

我們以我們學校為榮。

207. prove〔pruv〕(v.t)證明。

He could not <u>prove</u> the truth of what he said.

他無法證明他所說的話是事實。

208. proverb〔'prɑvɝb〕(n.)格言，諺語。

"The early bird catches the worm" is a <u>proverb</u>.

「早起的鳥兒有蟲吃」是一句諺語。

209. provide〔prə'vaid〕(v.t)供給，供應。

Cows <u>provide</u> us with milk.

母牛供給我們牛奶。

210. public〔'pʌblɪk〕(adj.)公共的，公眾的，公立的。

She is working at a <u>public</u> library.

她在公立圖書館工作。

211. publish〔'pʌblɪʃ〕(v.t)出版，發行。

This magazine was published in 1965.

這本雜誌是一九六五年出版的。

212. pull〔pul〕(v.t)拉，拖。

She <u>pulled</u> his ear.

她拉他的耳朵。

213. pump〔pʌmp〕(n.)抽水機，打氣機。

We use a <u>pump</u> to get water from a well.

我們用抽水機從井裏取水。

214. pumpkin〔'pʌmpkɪn〕(n.)南瓜。

My mother has already baked a <u>pumpkin</u> pie.

我母親已經烤好了一個南瓜派。

215. punish〔'pʌnɪʃ〕(v.t)處罰，懲罰。

The student was <u>punished</u> by his teacher because he did the wrong thing.

學生被老師處罰，因為他做錯事。

216. purchase〔'pɝtʃəs〕(v.t)購買。

   He purchased a new house at Boston.

   他在波士頓買了一間新房子。

217. pure〔pjur〕(adj.)純粹的，純的。

   He speaks pure French.

   他說得一口純正的法語。

218. purple〔'pɝpl〕(n.)紫色，紫色的。

   His face became purple with anger.

   他的面孔氣得發紫。

219. purpose〔'pɝpəs〕(n.)目的，宗旨，意向。

   What was your purpose in coming here？

   你來此的目的何在？

220. purse〔pɝs〕(n.)錢袋，荷包。

   My wife's purse was stolen yesterday.

   我太太的錢包昨天被偷了。

221. pursue〔pɚ'sju〕(v.t)追求，追逐。

   He pursued a new life in the United State.

   他在美國追求新的生活。

222. push〔puʃ〕(v.t)推，衝。

   Push the door， don't pull.

   請推門，不要用拉的。

223. put〔put〕(v.t)放，安置。

   Put your books on the table.

   把你的書放在桌子上。

224. puzzle〔'pʌzl〕(n.)謎，難題，難解之事。

   A cross-word puzzle is fun.

   猜字遊戲很有趣。

1. qualification〔ˌkwɑləfəˈkeʃən〕(n.)資格。

    He doesn't have qualification for voting yet.

    他尚未有選舉權資格。

2. qualify〔ˈkwɑləˌfaɪ〕(v.t)使合格，使勝任。

    He is not qualified to teach at college.

    他資格不符合教大學。

3. quality〔ˈkwɑlətɪ〕(n.)特質，性質，品質。

    We aim at quality rather than quantity.

    我們重質不重量。

4. quarrel〔ˈkwɔrəl〕(n.)爭論，口角，爭吵。

    She has had a quarrel with her husband and has left home.

    她和她丈夫吵架而離家出走。

5. quarter〔ˈkwɔrtɚ〕(n.)四分之一，一刻鐘。

    It's a quarter past six.

    現在是六點十五分。

6. queen〔kwɪn〕(n.)皇后，女王。

    The present ruler of England is queen.

    現在英國的統治者是女王。

7. question〔ˈkwɛtʃən〕(n.)問題，疑問。

    What is the question you have asked？

    你問的是什麼問題？

8. quick〔kwɪk〕(adj.)迅速的。

    The cat made a quick jump and ran away.

    貓迅速的跳起而逃走了。

9. quickly〔ˈkwɪklɪ〕(adv.)快地，迅速地。

    He opened the door quickly and ran out.

他很快地打開門跑出去。

10. quiet〔'kwaɪət〕(adj.)安靜的。

The evening was very <u>quiet</u>.
夜晚非常安靜。

11. quit〔kwɪt〕(v.t)停止，棄，離去。

He <u>quitted</u> his job last week.
他上星期辭去他的工作。

12. quite〔kwaɪt〕(adv.)完全地，非常地。

He knew the problem <u>quite</u> well.
他非常了解這個問題。

13. quotation〔kwo'teʃən〕(n.)引用，引用句。

These are all <u>quotations</u> from the Bible.
這些完全是聖經的引用句。

14. quote〔kwot〕(v.t)引用。

He <u>quated</u> a passage from Shakespeare.
他引用莎士比亞的一段文章。

1. **rabbit**〔'ræbit〕(n.)兔子。

    <u>Rabbits</u> are cute animal.

    兔子是可愛的小動物。

2. **race**〔res〕(n.)賽跑，競賽。

    Tom ran a <u>race</u> with David.

    湯姆和大衛比賽跑。

3. **racket**〔'rækɪt〕(n.)網球拍。

    I play tennis with a new <u>racket</u>.

    我用新的網球拍打網球。

4. **radar**〔'redɑr〕(n.)雷達。

    The control tower used <u>radar</u> to direct airplane.

    塔台利用雷達來指引飛機。

5. **radio**〔'redio〕(n.)收音機，無線電。

    I like to listen to music on the <u>radio</u>.

    我喜歡聽收音機的音樂。

6. **railroad**〔'rel,rod〕(n.)鐵路，鐵道。

    Will you drive me to the closest <u>railroad</u> station？

    你可以開車載我到最近的火車站嗎？

7. **rain**〔ren〕(v.i)雨，下雨。

    Is it <u>raining</u>？

    正在下雨嗎？

8. **rainbow**〔'ren,bo〕(n.)虹，彩虹。

    A beautiful <u>rainbows</u> was seen over the mountain.

    在山上可看到一道美麗的彩虹。

9. **raincoat**〔'ren,kot〕(n.)雨衣。

    He put on his <u>raincoat</u> and went out.

    他穿上雨衣出去了。

10. **rainy** 〔'renɪ〕(adj.)多雨的。

Spring is a <u>rainy</u> season in Taiwan.
春天在台灣是雨季。

11. **raise** 〔rez〕(v.t)舉起，增加，提高。

<u>Raise</u> your hand before you asked the question.
要問問題之前請先舉手。

12. **random** 〔'rændəm〕(adj.)隨便的，無目的的。

I picked several apples at <u>random</u> from store.
我從商店隨便挑些蘋果。

13. **range** 〔rendʒ〕(n.)範圍，界限。

That sound is beyond the <u>range</u> of human hearing.
那聲音超越人類所能聽到的範圍。

14. **rapid** 〔'ræpɪd〕(adj.)迅速的，敏捷的。

The vedio camera couldn't follow the <u>rapid</u> movement of the ball.
這錄影機無法跟隨球的快速移動。

15. **rare** 〔rɛr〕(adj.)罕見的，稀少的。

I saw a <u>rare</u> bird in the zoo.
我在動物園看到一隻罕見的鳥。

16. **rate** 〔ret〕(n.)比率，等級。

The announcer speaks at the <u>rate</u> of 150 words a minute.
播音員以每分鐘 150 個字的速率說話。

17. **rather** 〔'ræðɚ〕(adv.)寧可，寧願。

I would <u>rather</u> work at office than stay at home.
與其留在家裡，我寧可在公司上班。

18. **ratio** 〔'reʃo〕(n.)比例，比率。

The <u>ratio</u> to win the game is three to one.

贏得比賽的比率是三比一。

19. raw〔rɔ〕(adj.)生的，未煮過的。

Most Japaness like to eat <u>raw</u> fish.

大部份日本人喜歡吃生魚片。

20. razor〔'rezɚ〕(n.)刮鬍刀，剃刀。

A man uses a <u>razor</u> to shave his beard.

男人用剃刀刮鬍子。

21. reach〔ritʃ〕(v.t)到達，抵達。

When will this train <u>reach</u> Taipei？

這班火車什麼時候抵達台北？

22. react〔rɪ'ækt〕(v.i)反應，受感應。

Dogs <u>react</u> to kindness by showing affection.

狗示友善以報答人們之愛護。

23. reaction〔rɪ'ækʃən〕(n.)反應。

Our <u>reaction</u> to a joke is to laugh.

我們對笑話的反應是哈哈大笑。

24. read〔rid〕(v.t)閱讀，朗讀。

I am <u>reading</u> a book.

我正在讀書。

25. ready〔'rɛdɪ〕(adj.)已預備好的，齊備的。

Are you <u>ready</u>？

你準備好了嗎？

26. real〔'riəl〕(adj.)真實的，實際的。

This is a story of <u>real</u> life.

這是一篇真實生活的故事。

27. reality〔rɪ'ælətɪ〕(n.)真實，實在。

This is not imagination，　but <u>reality</u>.

這不是想像，而是真實。

28. **really**〔'rɪəlɪ〕(adv.)實際地，實在地，真正地。

Do you <u>really</u> want to go？

你真的想要去嗎？

29. **reason**〔'rizn〕(n.)原因，理由，動機。

Tell me the <u>reason</u> why you don't like her.

告訴我你不喜歡她的理由。

30. **reasonable**〔'rɪznəbl〕(adj.)合理的，正當的。

Can you think of a <u>reasonable</u> excuse？

你能想出一個合理的藉口嗎？

31. **receipt**〔rɪ'sit〕(n.)收據。

Please give me a <u>receipt</u>.

請給我收據。

32. **receive**〔rɪ'siv〕(v.t)收到，領收。

When did you <u>receive</u> my letter？

你什麼時候接到我的信？

33. **receiver**〔rɪ'sivɚ〕(n.)收話器，聽筒。

This <u>receiver</u> is out of order， I can't hear anything.

這聽筒壞了，我聽不到任何聲音。

34. **recently**〔'risntlɪ〕(adv.)最近地，近來地。

What did you do <u>recently</u>？

你最近都在做什麼？

35. **reception**〔rɪ'ɛspʃən〕(n.)接待，歡迎，歡迎會。

Welcome <u>reception</u> is free for all participants.

歡迎會對所有參加者免費。

36. **recipe**〔'rɛsə,pi〕(n.)食譜，烹飪法。

Give me your <u>recipe</u> for cooking.

請給我你烹飪的食譜。

37. recognition〔‚rɛkəgˈnɪʃən〕(n.)認識，認出，承認。

　　She fought for recognition of women's rights.

　　她為女權的承認而戰。

38. recognize〔ˈrɛkəg‚naɪz〕(v.t)認出，認得。

　　He had changed so much that no one could recognize him.

　　他改變得太多，沒有人認得出他。

39. recommend〔‚rɛkəˈmɛnd〕(v.t)推薦，介紹。

　　What do you recommend for today menu？

　　今天的菜單你有什麼可以推薦的嗎？

40. record〔ˈrɛkəd〕(n.)1.記錄。2.唱片。(v.t)記載。

　　He broke the record in the one hundred meter dash.

　　他在百米短跑賽打破記錄。

41. recorder〔rɪˈkɔrdə〕(n.)錄音機。

　　I used a recorder to record a song.

　　我用錄音機來錄歌曲。

42. recover〔rɪˈkʌvə〕(v.t)恢復，復得。

　　He has completely recovered from his sickness.

　　他的病已經完全痊癒了。

43. recovery〔rɪˈkʌvərɪ〕(n.)痊癒，復元。

　　He got recovery from influenza.

　　他的流行性感冒痊癒了。

44. red〔rɛd〕(n.)紅色。

　　Which color do you prefer, the red color or the yellow color？

　　你比較喜歡那一種顏色，紅色或黃色？

45. reduce〔rɪ'djus〕(v.t)減少，減縮。

    In order to save money, we <u>reduce</u> some expense.

    為了省錢，我們減少一些費用。

46. refer〔rɪ'fɝ〕(v.t)指示，言及。

    He often <u>referred</u> to his trip to New York during his speech.

    在他的談話中時常提到他到紐約旅行的事。

47. reference〔'rɛfərəns〕(n.)參考，介紹書。

    I borrowed some <u>reference</u> books from library.

    我從圖書館借來一些參考書。

48. reflect〔rɪ'flɛkt〕(v.t)反射，反映。

    The result of the voting <u>reflected</u> public opinion.

    投票結果反映了大眾的意見。

49. refreshment〔rɪ'frɛʃmənt〕(n.)(pl)點心。

    Cake and coffee were the <u>refreshments</u> at our party.

    蛋糕和咖啡是我們宴會的點心。

50. refrigerator〔rɪ'frɪdʒə,retɚ〕(n.)電冰箱。

    There are many food in the <u>refrigerator</u>.

    冰箱裏面有許多的食物。

51. refuse〔rɪ'fjuz〕(v.t)(v.i)拒絕，謝絕。

    He <u>refused</u> our offer of help.

    他拒絕我們提供的幫助。

52. register〔'rɛdʒɪstɚ〕(v.t)註冊，登記。

    You have to <u>register</u> for the courses you are going to take.

    你必須登記你要修的科目。

53. regular〔'rɛgjəlɚ〕(adj.)通常的，正常的。

Seven o'clock was his <u>regular</u> hour to get up.

七點鐘是他通常起床的時間。

54. relationship〔rɪ'leʃən‚ʃɪp〕(n.)親戚關係。

What is the <u>relationship</u> between you and David？

你和大衛有什麼親戚關係？

55. relative〔'rɛlətɪv〕(n.)親戚，親族。

We have many relatives in Taipe.

我們有很多親戚在台北。

56. relax〔rɪ'læks〕(v.t&v.i)放鬆，鬆弛。

<u>Relax</u> yoursf when you dance.

當你跳舞時放輕鬆。

57. release〔rɪ'lis〕(v.i)解放，釋放，解開。

<u>Release</u> the catch and the box will open.

解開釣子，這盒子便打開了。

58. remain〔rɪ'men〕(v.i)依然，繼續。

The city <u>remains</u> the same year after year.

年復一年這城市依然保持原貌。

59. remains〔rɪ'menz〕(n.)殘餘物，殘存者，生還者。

The <u>remains</u> of the meal were fed to the pig.

剩飯殘羹是去餵豬。

60. remember〔rɪ'mɛmbɚ〕(v.t)追憶，牢記，記著。

Do you <u>remember</u> his phone number？

你記得他的電話號碼嗎？

61. remind〔rɪ'maɪnd〕(v.t)提醒，使憶起。

Please <u>remind</u> me to send the letter.

請提醒我要寄信。

62. remove〔rɪ'muv〕(v.t)移動，除去。

He <u>removed</u> the bike on the corner.

他把腳落的腳踏車移開。

63. rent〔rɛnt〕(n.)租金，房租。

We are looking for a room for <u>rent</u>.

我們正在找出租的房間。

64. repair〔rɪ'pɛr〕(v.t)修理，修補。

Workers are <u>repairing</u> the house.

工人正在修理房子。

65. repeat〔rɪ'pit〕(v.t)重複，重做。重說，再述。

History <u>repeats</u> itself again and again.

歷史一再重演。

66. replace〔rɪ'ples〕(v.t)代替，替換，更換。

When one of the players on the team was hunt，

another <u>replaced</u> him.

當球隊中有一人受傷時，另一位便替換他。

67. reply〔rɪ'plaɪ〕(v.t)回答，答覆。

He didn't <u>reply</u> to my question.

他沒有回答我的問題。

68. report〔rɪ'port〕(v.i)報告。

He <u>report</u> what he saw to the police.

他把所看到的報告給警察。

69. reporter〔rɪ'portɚ〕(n.)記者，採訪員。

He is a newspaper <u>reporter</u>.

他是一位新聞記者。

70. republic〔rɪ'pʌblɪk〕(n.)共和國。

The <u>Republic</u> of China is a democracy country.

中華民國是一個民主國家。

71. reputation〔,rɛpjə'teʃən〕(n.)名聲、名譽。

He has a good reputation.

他有好的名聲。

72. request〔rɪ'kwɛst〕(v.t)請求，要求。

The principal requested all the teacher to be present on Friday.

校長要求全體教師星期五都要出席。

73. require〔rɪ'kwaɪr〕(v.t)需要，要求。

We might require your help some day.

我們也許有一天需要你的幫助。

74. rescue〔'rɛskju〕(v.t)解救，救出。

A boy was rescued from the collapsed building.

一位男孩從倒塌的建築物被救出來。

75. research〔'risɝtʃ〕(n.)研究，探索。

His researches have been successful.

他的研究工作很成功。

76. residence〔'rɛzədəns〕(n.)居住，住宅，住處。

This place is his late residence.

這地方是他最近的住處。

77. resident〔'rɛzədənt〕(n.)居民，居住者。

The residents of the suburds took subway to work.

市郊的居民坐地下鐵去上班。

78. resign〔rɪ'zaɪn〕(v.t&v.i)辭職，辭退。

Our printipal has suddenly resigned from his position.

我們的校長突然從他的職位辭職。

79. resignation〔,rɛzɪg'neʃən〕(n.)辭職。

His resignation was accepted.

他的辭職照准了。

80. resource〔rɪ'sors〕(n.)來源。資源。

These area are rich in natural <u>resources</u>.
這些地方天然資源豐富。

81. respect〔rɪ'spɛkt〕(v.t)尊敬，敬重。

We <u>respect</u> anyone who is honest.
我們尊敬任何一位誠實的人。

82. respond〔rɪ'spand〕(v.i)回應，回答。

He <u>respond</u> briefly to the question.
他簡短地回應這個問題。

83. responsibility〔rɪ,spansə'bɪlətɪ〕(n.)責任。

I will take the <u>responsibility</u> for the failure.
我將為這次失敗負起責任。

84. responsible〔rɪ'spansəbl〕(adj.)負責任的。

The pilot is <u>responsible</u> for the passengers safety.
飛機駕駛員應對乘客安全負責。

85. rest〔rɛst〕(n.)其餘之物，其餘之人。

Take what you want and throw the <u>rest</u> away.
把你所要的拿去，把剩下的丟掉。

86. restaurant〔'rɛstərənt〕(n.)飯店，餐館

We ate dinner at a good <u>restaurant</u>.
我們在一家好的餐廳吃晚餐。

87. result〔rɪ'zʌlt〕(n.)結果，成績，成效。

We can't expect a good <u>result</u> without working hard.
沒有努力工作，我們不能期待有好的結果。

88. retail〔'rɪtel〕(n.)零售，零賣。

The <u>retail</u> price of shoes are two hundred dollars.

鞋子的零售價是二佰元。

89. retire〔rɪ'taɪr〕(v.t)，(v.i)退休，隱退。

He <u>retired</u> at the age of sixty five from school.

他在六十五歲時從學校退休。

90. return〔rɪ't3ˋn〕(v.t&v.i)回來，歸還。

My brother will <u>return</u> home this Christmas Eve.

我兄弟今年聖誕夜將會回家。

91. review〔rɪ'vju〕(v.t)溫習，復習。

A good student preview the new lesson before class and <u>review</u> the lesson after class.

好學生上課前先預習新功課，下課後要複習功課。

92. revolution〔,rɛvl'juʃən〕(n.)革命，改革。

The discovery of Penicillin brought about a <u>revolution</u> in the world of medicine.

盤尼西尼的發現為全世界醫藥學帶來大改革。

93. ribbon〔'rɪbən〕(n.)絲帶，緞帶。

Her clothes was tied with pretty <u>ribbon</u>.

他的衣服繫著漂亮的絲帶。

94. rice〔raɪs〕(n.)米。

<u>Rice</u> is an important food to the oriental.

米是東方人的主食。

95. rich〔rɪtʃ〕(adj.)有錢的，富有的。

He is a <u>rich</u> man.

他是一位富有的人。

96. ride〔raɪd〕(v.t)，(v.i)騎，乘。

I like to <u>ride</u> a bicycle along the river in the morning.

我喜歡早上延著河岸騎腳踏車。

97. ridiculous〔rɪ'dɪkjələs〕(adj.)可笑的，荒謬的。

His suggestion is very ridiculous.

他的建議是非常荒謬的。

98. right〔raɪt〕(adj.)好的，對的。

Your opinions are quite right.

你的意見十分正確。

99. ring〔rɪŋ〕(n.)環，圈，指環，戒指。

She is wearing a wedding ring on her finger.

她的手指上正戴著結婚戒指。

100. rise〔raɪz〕(v.i)升起，上升。

The sun rises from the East.

太陽從東方升起。

101. risk〔rɪsk〕(n.)危險。

Don't take the risk of life to cross the river.

別冒生命危險渡河。

102. river〔'rɪvɚ〕(n.)河，江。

There is a big bridge across the river.

這裡有一座大橋跨越河。

103. road〔rod〕(n.)道路，公路。

Is this road to Taipei？

這條路到台北嗎？

104. rob〔rɑb〕(v.t)搶劫；盜取。

Two man robbed a bank this morning.

今天早上兩個人搶了銀行。

105. robber〔'rɑbɚ〕(n.)強盜，盜賊。

The robbers have not been caught yet.

強盜尚未被捉到。

106. robot〔'robət〕(n.)機械人。

The <u>robot</u> can substitute human to do a lot of works.

機械人可以取代人類做很多的工作。

107. rock〔rak〕(n.)岩石，礁。

<u>Rocks</u> and stones were rolling down the hill.

岩石和小石頭正從山上滾下去。

108. rocket〔'rakɪt〕(n.)火箭。

The United States succeeded in launching <u>rocket</u> to the moon.

美國成功發射火箭登陸月球。

109. role〔rol〕(n.)角色。

The leading actress plays an important <u>role</u> in the movie.

在電影中女主角扮演主要的角色。

110. roll〔rol〕(v.t)，(v.i)滾，轉動。

<u>Rolling</u> stone gathers no moss.

滾動的石頭不生苔。（格言，比喻意志不堅定的人不會成功）

111. **romance** 〔ro'mæns〕(n.)愛情故事,羅曼史。
Their <u>romance</u> is full of exciting.
他們的羅曼史充滿了刺激。

112. **room** 〔rum〕(n.)房間,室。
How many <u>rooms</u> are there in this house?
這房子有多少房間?

113. **root** 〔rut〕(n.)根,根莖。根源,原因。
The love of money is the <u>root</u> of all evil.
貪財是一切罪惡的根源。

114. **rope** 〔rop〕(n.)粗繩。
He was tied to the tree with a <u>rope</u>.
他被用繩子綁在樹上。

115. **rose** 〔roz〕(n.)玫瑰,薔薇。
Look at those <u>roses</u> in the garden.
看花園裏那些玫瑰花。

116. **rough** 〔rʌf〕(adj.)粗糙的,不平的,崎嶇的。
He fell on the <u>rough</u> road.

他跌倒在崎嶇不平的路。

117. round〔raund〕(adj.)圓的。旋轉。

It is neither <u>round</u> nor square.

它既不是圓的也不是方的。

118. routine〔ru'tɪn〕(n.)例行公事，慣例。

To take care of patient is the doctors daily <u>routine</u>.

照顧病人是醫師每天的例行事務。

119. royal〔'rɔɪəl〕(adj.)王室的，皇家的。

The prince is the most social of the <u>royal</u> family.

王子是王室家族中最會社交的。

120. rude〔rud〕(adj.)無禮貌的，粗暴的。

Some taxi drivers are very <u>rude</u>.

有些計程車司機非常粗魯。

121. rule〔rul〕(v.t)統治，管理。

President Clinton <u>ruled</u> the country for eight years.

柯林頓總統統治國家八年。

122. rumor〔'rumɚ〕(n.)謠言，流言，傳說。

Ther are <u>rumors</u> in the air that war will break out.

戰爭即將爆發的謠言滿天飛。

123. run〔rʌn〕(v.i&v.t)跑，奔，逃。

I <u>run</u> two miles every morning.

我每天早上跑二哩路。

124. rush〔rʌʃ〕(v.i)，(v.t)衝進，急促，匆忙。

In order to avoid the <u>rush</u> hour，I go to school earlier than the others.

為了避開尖峰時間，我比別人提早到學校。

1. sack〔sæk〕(n.)袋，囊，包。

   He was carrying a <u>sack</u> of flour on his shoulder.

   他正扛著一袋麵粉在他肩上。

2. sacrifice〔'sækrə,faɪs〕(n.)犧牲。

   A war will demand of enormous <u>sacrifices</u> of life and property.

   戰爭將會需要在生命和財產方面做極大的犧牲。

3. sad〔sæd〕(adj.)悲哀的，憂愁的。

   You look <u>sad</u>

   你看起來很悲傷。

4. safe〔sef〕(adj.)安全的，無危險的。

   He was very ill， but the doctor says he's <u>safe</u> now.

   他病得很厲害，但醫師說他現在已經安全了。

5. safety〔'seftɪ〕(n.)安全，平安。

   We are all anxious about your <u>safety</u>.

   我們都很關懷你的安全。

6. sail〔sel〕(v.i)揚帆而行，船行。

   The <u>ship</u> sails for New York on Monday.

   這艘船星期一駛往紐約。

7. sailboat〔'sel,bot〕(n.)帆船。

   There are some <u>sailboats</u> on the bay.

   在港灣有幾艘帆船。

8. sailor〔'selɚ〕(n.)水手，船員，海員。

   Some of <u>sailors</u> was rescued from ocean.

   有些船員被從海上救起。

9. sake〔sek〕(n.)原因，緣故。

   I hope you will do it for my <u>sake</u>.

我希望你為我的緣故而做這事。

10. salad〔'sæləd〕(n.)生菜沙拉，涼拌食品。

Would you like to have some vegetable salad?

你想要吃一些生菜沙拉嗎？

11. salary〔'sælərı〕(n.)薪水，俸給。(salary 與 Wage 為同義字，前者指勞心，後者指勞力之報酬)

What is your salary?

你的薪資多少？

12. sale〔sel〕(n.)銷售，售賣。

This house is not for sale.

這間房子是非賣品。

13. salesman〔'selzmən〕(n.)銷售員，推銷員。

His brother is a good salesman.

他的兄弟是一位好的推銷員。

14. salt〔sɔlt〕(n.)鹽，食鹽。

Will you pass the salt, please?

請你把鹽遞給我好嗎？

15. salute〔sə'lut〕(v.t)向……敬禮，致意。

We salute our national flag.

我們向國旗敬禮。

16. same〔sem〕(adj.)同一的，相同的，同樣的。

I don't like to have the same food everyday.

我不喜歡天天吃同樣的食物。

17. sample〔'sæmpl〕(n.)樣品，樣本。

The salesman showed me samples of cloth for a new suit.

銷售員拿出新西裝布料樣品給我看。

18. sand〔sænd〕(n.)沙。

　　The children are enjoying playing in the <u>sand</u>.

　　小孩子正高興地在沙裏玩著。

19. sandwich〔'sændwɪtʃ〕(n.)三明治，麵包。

　　I ate some <u>sandwichs</u> for lunch.

　　我吃一些三明治當午餐。

20. satellite〔'sætl,aɪt〕(n.)衛星。

　　Space officials said that there were about one hundred <u>satellites</u> in orbit.

　　太空官員說有大約一百個衛星環繞地球軌道。

21. satisfactory〔,sætɪs'fæktərɪ〕(adj.)令人滿意的，滿意的。

　　His answer was not quite <u>satisfactory</u> to me.

　　他的回答並不十分令我滿意。

22. satisfy〔'sætɪs,faɪ〕(v.t)使滿意，使滿足。

　　Nothing <u>satisfies</u> him， he is always complaining.

　　什麼都不能滿足他，他總是會抱怨。

23. Saturday〔'sætɚdɪ〕(n.)星期六。

　　Saturday is the last day of the week.

　　星期六是一週的最後一天。

24. sauce〔sɔs〕(n.)調味汁，醬油。

　　I ate steak with some <u>sauce</u>.

　　我吃著沾著醬汁的牛排。

25. sausage〔'sɔsɪdʒ〕(n.)香腸，臘腸。

　　My mother went to supermarket to buy some <u>sausages</u>.

　　我母親到超市去買些香腸。

26. save〔sev〕(v.t)拯救，救援，節省。

He <u>saved</u> my life.

他救了我的命。

27. say〔se〕(v.t)說，言，表達。

What did you <u>say</u>? I can't hear you.

你說什麼？我聽不見你的話。

28. saying〔'seɪŋ〕(n.)格言，諺語，名言。

It's a common <u>saying</u> that honesty is the best policy.

「誠實是最上之策」是一句很平常的諺語。

29. scale〔skel〕(n.)天秤，秤。

The clerk weighed the gold on the <u>scale</u>.

職員用天秤秤黃金。

30. scandal〔'skændl〕(n.)醜聞，醜行。

The city official is caught in a <u>scandal</u> related to misuse tax money.

市政官員被逮到濫用稅款的醜聞。

31. scar〔skɑr〕(n.)傷痕，疤，痕跡。

The man had a <u>scar</u> on his face.

那個男人臉上有疤。

32. scarcely〔'skɛrslɪ〕(adj.)殆無，幾乎不。

I <u>scarcely</u> saw him at school.

在學校我幾乎沒有看見過他。

33. scene〔sin〕(n.)(戲劇等的)一幕，景，佈景。現場。

The <u>scene</u> of the story changes from beach to downtown.

故事的背景從海邊移到市區。

34. schedule〔'skɛdʒul〕(n.)目錄，時間表。

Airplanes are sure to arrive on <u>schedule</u>.

飛機確定按照時間表準時到達。

35. scholar〔'skɑlɚ〕(n.)學者。

　　Professor Brown is a great <u>scholar</u>.

　　布朗教授是一位優秀的學者。

36. scholarship〔'skɑlɚʃɪp〕(n.)獎學金。

　　He applied for a <u>scholarship</u> of five hundred dollars.

　　他申請一個伍佰元的獎學金。

37. school〔skul〕(n.)學校，校舍。

　　There are many junior high <u>schools</u> in the city.

　　在城市有許多的國中學校。

38. science〔'saɪəns〕(n.)科學。

　　He is interested in natural <u>science</u>.

　　他對自然科學有興趣。

39. scientist〔'saɪəntɪst〕(n.)科學家。

　　Dr. Lee is one of the most famous <u>scientist</u> in the world.

　　李博士是世界上最有名的科學家之一。

40. scissors〔'sɪzɚz〕(n.)剪刀。

　　I bought a pair of <u>scissors</u> from hardware store.

　　我從五金店裏買了一把剪刀。

41. scold〔skold〕(v.t&v.i)責罵，叱責。

　　Mother <u>scolded</u> me for coming home late.

　　母親責備我回家太晚了。

42. scope〔skop〕(n.)範圍，眼界。

　　Economics is a subject beyond the <u>scope</u> of a young
　　student.

　　經濟學是超越年輕學生所能了解的學科。

43. score〔skor〕(n.)（競技之）得分，得點。

　　Our team won the game by the <u>score</u> of five to three.

我隊以五比三的分數贏得比賽。

44. scout〔skaut〕(n.)童子軍。偵察兵，斥候。

There are two boy scouts on the campus.

在校園有兩位男童子軍。

45. scramble〔'skæmbl〕(v.t)攪，炒(蛋)。

What kind of eggs do you like? Scrambled eggs or boiled eggss.

你喜歡怎樣的蛋？煎碎的蛋或水煮蛋。

46. scratch〔skrætʃ〕(v.t)搔，抓。

He scratched his head when the teacher asked him the question.

當老師問他問題時，他搔了搔頭。

47. scream〔skrim〕(v.t&v.i)尖聲叫喊。

She screamed for help when she saw a snake.

當她看到一條蛇時，她尖叫救人。

48. script〔skrɪpt〕(n.)劇本，原稿。

Robert wrote the script for his new movie.

羅伯為他的新片寫劇本。

49. sea〔si〕(n.)海，洋。

Some animals and plants live in the sea.

有些動物和植物生活在海裡。

50. seal〔sil〕(v.t)封緘，蓋印，蓋章。

I sealed the letter with tape.

我用膠帶把信封起來。

51. search〔sɝtʃ〕(v.t)搜查，搜尋。

Police searched the suspect, but nothing was found on him.

警察搜查懸疑犯，但是沒有發現什麼。

52. season〔'sizn〕(n.)季節，季。

How many seasons are there in a year？

一年有幾個季節？

53. seat〔sit〕(n.)座位，席位。

Please to take a seat.

請坐下。

54. second〔'sɛkənd〕(adj.)第二的，二等的。

The library is on the second floor.

圖書館在二樓。

55. secondary〔'sɛkən,dɛrɪ〕(adj.)第二的，從屬的，次要的。

Money is secondary to health.

金錢對健康來說是其次的。

56. secret〔'sikrɪt〕(adj.)秘密的。

There was a secret agreement between the two countries.

在兩國之間有一項秘密協定。

57. secretary〔'sɛkrə,tɛrɪ〕(n.)秘書。

Ms.Anna is my private secretary.

安納小姐是我的私人秘書。

58. section〔'sɛkʃən〕(n.)部份，片斷。

He divid the pizza into eight sections.

他把比薩分成八份。

59. security〔sɪ'kjurətɪ〕(n.)安全，保障。

Having a good job gave him a feeling of security.

有了好的工作讓他有一種安全感。

60. see〔si〕(v.t)看見。了解。

I <u>see</u> a picture on the wall.

我看到牆上有一幅畫。

61. seed〔sid〕(n.)種子。後裔。

The farmer sowed <u>seeds</u> in field.

農夫把種子撒在土裏。

62. seek〔sik〕(v.t)尋求，求得，找尋。

He is always <u>seeking</u> wealth.

他總是在找尋財富。

63. seem〔sim〕(v.i)似乎是，看似，似乎。

I <u>seem</u> to hear someone calling me.

我似乎聽到有人在叫我。

64. seize〔siz〕(v.t)捉住，把握。

The policeman <u>seized</u> the thief.

警察捉住小偷。

65. seldom〔'sɛldəm〕(adv.)很少，不常，罕有。

He is <u>seldom</u> absent from school.

他很少缺席上課。

66. select〔sə'lɛkt〕(v.t)選擇，挑選。

I <u>selected</u> a dictionary for my son.

我選了一本字典給我兒子。

67. selection〔sə'lɛkʃən〕(n.)選擇，挑選，精選品。

This cosmetics are a new <u>selection</u>.

這些化粧品是一種新的精選品。

68. selfish〔'sɛlfɪʃ〕(adj.)自私的，自利的。

He is a <u>selfish</u> man.

他是一個自私的人。

69. sell〔sɛl〕(v.t)售賣，販賣。

Do you <u>sell</u> souvenirs？

你有販賣紀念品嗎？

70. **semester**〔sə'mɛstɚ〕(n.)一學期，半學年。（一年分春秋兩學期）

The Taiwan academic year is a <u>semester</u> system.

台灣的學制是學期制。

71. **seminar**〔'sɛmə,nɑr〕(n.)研討會，專家會議。

Many specialists will attend the <u>seminar</u> this afternoon.

許多專家將會參加下午的研討會。

72. **send**〔sɛnd〕(v.t)派，遣，送，傳遞。

I have <u>sent</u> him several letters.

我已經寄給他好幾封信。

73. **senior**〔'sinjɚ〕(adj.)年長的，上級的，高級的。

David went to the <u>senior</u> high school at Taipei.

大衛在台北讀高中。

74. **sense**〔sɛns〕(n.)感覺，知覺。

He had a good <u>sense</u> of humor.

他很有幽默感。

75. **sensitive**〔'sɛnsətɪv〕(adj.)有感覺的，敏感的。

An artist is <u>sensitive</u> to beauty.

藝術家對於美的感覺很敏感的。

76. **sentence**〔'sɛntəns〕(n.)句子，文句。

Can you read the <u>sentence</u> on the black board？

你會讀在黑板上的句子嗎？

77. **separate**〔'sɛpə,ret〕(v.t)分離，分開。

I try to <u>separate</u> those two boys who are fighting.

我試著要把正在打架的兩位男性拉開。

78. separation〔,sɛpə'reʃən〕(n.)分開，分離。

Separation with family are very unfortunate, but cannot be helped in wartime.

跟家人分離是很不幸的，但在戰時是不能避免的。

79. September〔sɛp'tɛmbɚ〕(n.)九月。

In Taiwan school begins in september

在台灣學校九月份開學。

80. sequel〔'sikwəl〕(n.)繼續，續集，續篇。

Producer is expected to soon start filming a sequel to "007".

製片家正籌拍 007 電影續集。

81. serial〔'sɪrɪəs〕(n.)連續的，連載的。

Currency notes bear serial numbers.

紙鈔上帶有連續的號碼。

82. serious〔'sɪrɪəs〕(adj.)嚴重的，重大的。嚴肅的。

This mistake is very serious.

這項錯誤是非常嚴重。

83. servant〔'sɝvənt〕(n.)僕人，服務員。

I want an honest servant.

我想僱一位誠實的僕人。

84. serve〔sɝv〕(v.t)服務，服役。

He has served at army for two years.

他已在軍中服役兩年了。

85. service〔'sɝvɪs〕(n.)服務。

The food was good but the service was bad.

食物很好，但侍者服務不好。

86. set〔sɛt〕(v.t)安置，安放。

Tom <u>set</u> the box on the table.

湯姆把箱子安放在桌子上。

87. settle〔'sɛtl〕(v.t)安頓，使定居。

When I <u>settle</u> down, I shall invite you to our house.

等我安頓好的時候，我將邀請你到我們家來。

88. settlement〔'sɛtlmənt〕(n.)解決，決定，整理。

They reach a <u>settlement</u> of their troubles.

他們對紛爭終於獲得解決。

89. seven〔'sɛvən〕(n.)七，七個。

There are <u>seven</u> days in a week.

一星期有七天。

90. seventeen〔,sɛvən'tin〕(n.)十七，十七個。

The boat had <u>seventeen</u> passengers on board.

這條船上有十七名乘客。

91. seventy〔'sɛvəntɪ〕(n.)七十，七十個。

The tower was about <u>seventy</u> feet high.

這座塔約有七十呎高。

92. several〔'sɛvərəl〕(adj.)幾個，數個，若干。

I've read that book <u>several</u> times.

我已經讀過那本書幾次了。

93. sew〔so〕(v.t)縫合，縫紉。

My mother is <u>sewing</u> a button on the shirt.

我母親正在把扣子縫到襯衫上。

94. sex〔seks〕(n.)性，性別。

Parent always feel embarrassing to teach children about <u>sex</u>.

父母總是覺得教育小孩有關性事很困擾。

95. shadow〔'ʃædo〕(n.)影子，蔭。

　　I looked at my <u>shadow</u> in the water.

　　我注視著自己映在水中的影子。

96. shake〔ʃek〕(v.t)搖動，震撼。

　　He took off his hat and <u>shook</u> it.

　　他脫下帽子，並且揮動著它。

97. shall〔ʃæl〕(v.aux)將。

　　What <u>shall</u> I do？

　　我該怎麼辦？

98. shallow〔'ʃælo〕(adj.)淺的。

　　The river was so <u>shallow</u> that the children could not swim.

　　河水很淺使得小孩子們無法游泳。

99. shame〔ʃem〕(n.)羞愧，羞恥。

　　<u>Shame</u> on you！Why did you tell a lie？

　　太可恥了！為什麼你要說謊？

100. shampoo〔ʃæm'pu〕(n.)洗髮精，洗髮粉。

　　I washed my hair with new <u>sharmpoo</u>.

　　我用新的洗髮精洗頭。

101. shape〔ʃep〕(n.)形狀，形式。

　　This cookie has the <u>shap</u> of a fish.

　　這餅乾有魚的形狀。

102. share〔ʃer〕(v.t)分配，分享，共有。

　　We <u>share</u> the same apartment.

　　我們共同住一間公寓。

103. sharp〔ʃɑrp〕(adj.)銳利的，劇烈的，猛烈的。

　　This knife is very <u>sharp</u>.

這把小刀非常銳利。

104. shave〔ʃev〕(v.i)剃面，刮鬍子。

Do you <u>shave</u> everyday？

你每天刮鬍子嗎？

105. she〔ʃi〕(pron)她。

<u>She</u> is a beautiful girl.

她是位漂亮女生。

106. sheep〔ʃip〕(n.)羊，綿羊。

<u>Sheep</u> supply us with wool.

綿羊供給我們羊毛。

107. shelf〔ʃɛlf〕(n.)架子。

There are many books on the <u>shelf</u>.

架子上有許多書。

108. shelter〔'ʃɛltɚ〕(n.)庇護所，避難所，庇護。

A tree gives <u>shelter</u> from the sun.

樹下可供庇護免於太陽照。

109. shift〔ʃɪft〕(v.t)移動，變換。

He <u>shifts</u> a burden from one shoulder to the other.

他將重擔從這肩轉到另一肩上。

110. shine〔ʃaɪn〕(v.i)發光，照耀。

The sun was <u>shining</u>.

陽光普照。

111. ship〔ʃɪp〕(n.)船，艦。

We saw several <u>ships</u> as we walked along the shore.

當我沿著岸邊走時，我看見幾艘船。

112. shirt〔ʃɝt〕(n.)襯衣，襯衫。

Jimmy is wearing a yellow <u>shirt</u>.

傑米穿著黃色襯衫。

113. shock〔ʃɑk〕(n.)震驚,激動。震動。

I was <u>shocked</u> to hear that he was missing.
當聽到他失蹤,我非常的震驚。

114. shoe〔ʃu〕(n.)鞋子。

Please take off your <u>shoes</u> when you get into the house.
進入房子前請脫掉鞋子。

115. shoemaker〔'ʃu,mekɚ〕(n.)鞋匠,鞋店。

I had my shoes repaired by a <u>shoemaker</u> near my house.
我把鞋子拿給住家附近的鞋匠修理。

116. shoot〔ʃut〕(v.t)射中,射死。

He <u>shot</u> at a rabbit but missed it.
他朝兔子發射,但沒有命中。

117. shop〔ʃɑp〕(n.)商店,店舖。

My sister goes to the beauty <u>shop</u> once a month.
我妹妹每個月上美容院一次。

118. shopkeeper〔'ʃɑp,kipɚ〕(n.)店長,零售店主人。

The <u>shopkeeper</u> is going to open his shop at nine.
店長將在九點時開店。

119. shore〔ʃor〕(n.)岸。

I walked along the <u>shore</u> of the lake.
我沿著湖岸走。

120. short〔ʃɔrt〕(adj.)短的,矮的。

His father is tall, but he is <u>short</u>.
他父親很高,但他卻很矮。

121. shortage〔'ʃɔrtɪdʒ〕(n.)缺乏,不足。

Food <u>shortages</u> often occur in time of war.

戰爭時期時常發生食物短缺的情形。

122. should〔ʃud〕(v.aux)1.shall 的過去式

2.特殊用法，表示應該。

You <u>should</u> study harder.

你應該好好用功。

123. shoulder〔'ʃoldɚ〕(n.)肩。

Bob carry a box on his <u>shoulder</u>.

鮑伯扛著一個箱子在肩上。

124. shout〔ʃaut〕(v.t)，(v.i)呼喊，叫。

They <u>shout</u> for help.

他們大叫呼救。

125. show〔ʃo〕(v.t)告知，指示，指引。

Can you <u>show</u> me how to get to the bus station？

你可以告訴我怎麼到公車站去嗎？

126. shower〔'ʃauɚ〕(n.)沐浴。陣雨。

Mary takes a <u>shower</u> every evening.

瑪莉每天晚上淋浴。

127. shut〔ʃʌt〕(v.t)關、閉。

He <u>shut</u> his mouth and refused to say anything more.

他閉起嘴，拒絕再說任何話。

128. shy〔ʃaɪ〕(adj.)羞怯的，怕羞的。

He is <u>shy</u> and dislikes parties.

他很害羞，而且不喜歡參加宴會。

129. sick〔sɪk〕(adj.)有疾的，患病的。

David has been <u>sick</u> for two weeks.

大衛已經生病兩個星期了。

130. side〔saɪd〕(n.)，邊，側，面。

    The door is on the right <u>side</u> of the house.
    門是在房子的右邊。

131. sight〔saɪt〕(n.)視力，視覺。

    Mary has good <u>sight</u>.
    瑪莉的視力很好。

132. sightseeing〔'saɪt,siɪŋ〕(n.)觀光，遊覽。

    Most of our time was spent in <u>sightseeing</u>.
    我們大部份時間花在觀光。

133. sign〔saɪn〕(v.t)，(v.i)簽字。

    He forgot to <u>sign</u> his name on the paper.
    他忘了在文件上簽名。

134. signal〔'sɪgnl〕(n.)信號，暗號。

    We must watch traffic <u>signals</u> all the time.
    我們必須隨時注意交通信號。

135. signature〔'sɪgnətʃɚ〕(n.)簽字，簽名。

    His <u>signature</u> was on the letter.
    信上有他的簽字。

136. significant〔sɪg'nɪfəkət〕(adj.)有意義的，重大的。

    Today is a <u>significant</u> date for me.
    今天對我來說是一個重要的日子。

137. silence〔'saɪləns〕(n.)緘默，使閉口無言。

    I don't understand why he keep <u>silence</u>.
    我不了解為什麼他要保持沈默。

138. silent〔'saɪlənt〕(adj.)寂靜的，無聲的，無言的。

    You seem very <u>silent</u> today. What's the matter?
    你今天似乎很沈默，怎麼回事？

139. **silk** 〔sɪlk〕(n.)絲，綢。

I like to wear silk clothes.

我喜歡穿絲質的衣服。

140. **silly** 〔'sɪlɪ〕(adj.)愚蠢的，可笑的。

You were very silly to trust him.

你有夠笨才會相信他。

141. **silver** 〔'sɪlvɚ〕(n.)銀，銀幣。

This spoon is made of silver.

這湯匙是用銀製成的。

142. **similar** 〔'sɪmələ〕(adj.)類似的，同樣的。

The twin sisters are wearing similar clothes.

這對雙胞胎姐妹穿著同樣的衣服。

143. **simple** 〔'sɪmpl〕(adj.)簡單的，簡易的。

It's quite simple，you can do it without any difficulty.

這件工作十分簡單，你可以做成不會有任何困難。

144. **simply** 〔'sɪmplɪ〕(adj.)單地，僅，祇。

He failed simply because he did not study hard.

他失敗，只因他沒有好好用功讀書。

145. **sin** 〔sɪn〕(n.)罪，罪惡(道德，宗教上的)。Crime(法律上之罪)。犯罪。

Lying， stealing， dishonesty are sins.

說謊、偷竊和不誠實都是罪惡。

146. **since** 〔sɪns〕(prep)自……以後，自……以來。

I have known Mary since she was a little girl.

當瑪莉還是小女生時，我就已經認識她了。

147. **sincerely** 〔sɪn'sɪrlɪ〕(adj.)誠懇地，真實地。

I sincerely hope you will succeed.

我衷心希望你會成功。

148. sing〔sɪŋ〕(v.i)歌唱。

Kate like to <u>sing</u> the English song.

凱特喜歡唱英文歌。

149. singer〔'sɪŋɚ〕(n.)歌者，歌手。

Whitney Houston is one of the most popular <u>singers</u> in America.

惠妮休斯頓是美國最著名的歌星之一。

150. single〔'sɪŋgl〕(adj.)單一的，單獨的。單身的。

I would like a single room for two days，please.

我想要住兩天的單人房。

151. sink〔sɪŋk〕(v.i)沈下，沈落。

The ship is <u>sinking</u>.

船正在下沈。

152. sir〔sɝ〕(n.)先生，閣下。

What can I do for you？ <u>Sir</u>.

先生，有何貴事？

153. sister〔'sɪstɚ〕(n.)姐，妹。姐妹。

Susan is my older <u>sister</u>.

蘇珊是我姐姐。

154. sit〔sɪt〕(v.i)坐。

She <u>sat</u> on a chair and read a book.

她坐在椅子上看書。

155. situation〔,sɪtʃu'eʃən〕(n.)情形，情勢，境遇。

The internatonal <u>situation</u> has become more complex.

國際情勢變得更複雜。

156. six〔sɪks〕(n.)六，六個。

He stayed in the United States for <u>six</u> months.
他在美國待了六個月。

157. **sixteen**〔sɪks'tin〕(n.)十六，十六個。

There are <u>sixteen</u> students in the classroom.
教室裡有十六位學生。

158. **sixty**〔'sɪkstɪ〕(n.)六十，六十個。

One hour has <u>sixty</u> minutes.
一小時有六十分鐘。

159. **size**〔saɪz〕(n.)大小，尺寸。

The box is the same <u>size</u> as that.
這箱子的大小和那個箱子一樣。

160. **skate**〔sket〕(v.i)溜冰。

He can <u>skate</u> very well.
他溜冰溜得很好。

161. **skeleton**〔'skɛlətn〕(n.)骨骼，骨架。

This is a sample of human <u>skeleton</u>.
這是一付人體骨骼的樣本。

162. **ski**〔ski〕(v.i)滑雪。

George likes to <u>ski</u> in the winter.
喬治非常喜歡在冬天滑雪。

163. **skill**〔skɪl〕(n.)技巧，技能。

Mary showed us her <u>skill</u> at the piano.
瑪莉向我們展示她彈鋼琴的技巧。

164. **skin**〔skin〕(n.)皮膚。

The boy had a brown <u>skin</u>.
這男孩的皮膚是棕色的。

165. **skinny**〔'skɪni〕(adj.)很瘦的，皮包骨的。

Most of fashion model look <u>skinny</u>.

大部份時裝模特兒看起來很瘦。

166. **skirt**〔sk3˙t〕(n.)裙子。

Jenny is wearing a mini <u>skirt</u>.

珍妮穿著迷妳裙。

167. **sky**〔skaɪ〕(n.)天空。

I saw an airplane flying in the <u>sky</u>.

我看見一架飛機在空中飛過。

168. **skyscraper**〔'skaɪ,skrepɚ〕(n.)摩天大樓。

There are many <u>skyscrapers</u> in New York city.

在紐約市有許多摩天大樓。

169. **sleep**〔slip〕(v.t&v.i)睡覺。

Did you <u>sleep</u> well last night？

你昨晚睡得好嗎？

170. **sleepy**〔'slipi〕(adj.)欲睡的，想睡的。

You look very <u>sleepy</u>.

你看來很想睡的樣子。

171. **slight**〔slaɪt〕(adj.)輕微的，細微的。

The difference is very <u>slight</u>， I can hardly see it.

這差別很小，我幾乎看不出來。

172. **slipper**〔'slipɚ〕(n.)拖鞋，輕便的鞋子。

I have a comfortable bedroom <u>slippers</u>.

我有一雙舒適的寢室用拖鞋。

173. **slow**〔slo〕(adj.)緩慢的，遲緩的。

The old man walked very <u>slow</u>.

老年人走的很慢。

174. **small**〔smɔl〕(adj.)小的，少的。

Jim lives in a <u>small</u> town.

吉姆住在一個小鎮。

175. smart〔smɑrt〕(adj.)1.聰明的，伶俐的。2.時髦的，漂亮的。

Jim is a <u>smart</u> guy. He always knows how to solve the problem.

吉姆是個聰明人，他總是知道如何解決問題。

176. smell〔smɛl〕(v.t)聞，嗅出。

I can't <u>smell</u> it because I have a cold.

我聞不出來，因為我感冒了。

177. smile〔smaɪl〕(v.t)笑容，微笑。(n.)笑容，微笑。

I like Jane because she is always <u>smiling</u>.

我喜歡珍妮因為她總是笑容滿面。

178. smoke〔smok〕(v.t)吸煙，(n.)煙，煙霧。

You can't <u>smoke</u> here.

你不以在此吸煙。

179. smooth〔smuð〕(adj.)光滑的，平滑的。

David was driving along a <u>smooth</u> road.

大衛沿著平滑道路開車兒兜風。

180. snack〔snæk〕(n.)小吃，點心。

I don't eat any <u>snacks</u> before going to bed.

睡覺前我不吃任何點心宵夜的。

181. snake〔snek〕(n.)蛇。

A lot of people are afraid of <u>snake</u>.

許多人害怕蛇。

182. sneak〔snik〕(v.i)潛行，溜出來，溜班。

Can you <u>sneak</u> out for a couple hours for shopping？

你可以溜出來幾個小時逛街嗎？

183. sneeze〔sniz〕(v.i)打噴嚏。(n.)噴嚏。

Jim seems to have a cold. He sneezed and sneezed.
吉姆好像感冒了，他一再的打噴嚏。

184. snow〔sno〕(n.)下雪。

Look at the snow on the mountains. It's beautiful.
看那山上的雪，太美了。

185. so〔so〕(adj.)如此。

He spoke English so quickly that I could not understand him.
他說英語那麼快，以致我聽不懂他在講什麼。

186. soap〔sop〕(n.)肥皂。

I washed my hand with soap and water.
我用肥皂和水洗手。

187. soccer〔'sɑkɚ〕(n.)足球。

Soccer game is played by two teams of eleven players each.
足球賽是分別由十一位選手組成的兩隊舉行。

188. social〔'soʃəl〕(adj.)社會的。社交的。

Our school has many social events.
我們學校有許多的社交活動。

189. society〔sə'saɪətɪ〕(n.)社會，交際，交往。

She works for the Red cross society.
她為紅十字會工作。

190. sock〔sɑk〕(n.)短襪。

I have two pairs of socks made of cotton.
我有兩雙棉織的短襪。

303

191. soft〔sɔft〕(adj.)柔軟的，軟的。

　　I like to sleep on my soft bed.

　　我喜歡睡在我的柔軟床上。

192. soil〔sɔɪl〕(n.)土壤，土地。

　　The farmer fertilize the soil.

　　農夫在土地上施肥。

193. soldier〔'soldʒɚ〕(n.)軍人，士兵。

　　Soldiers must obey their officers.

　　軍人必須服從長官。

194. solid〔'salɪd〕(adj.)固體的，立體的。

　　When water become solid, we call it ice.

　　當水變成固體時，我們稱之為冰。

195. solo〔'solo〕(n.)獨奏，獨唱。

　　Helen played a violin solo at the concert.

　　海倫在音樂會上小提琴獨奏。

196. solution〔sə'ljuʃən〕(n.)解決，解答。

　　The solution of this problem required knowledge.

　　這問題的解決需要靠智慧。

197. solve〔salv〕(v.t)解答，解決。

　　The mystery of UFO was never solved.

　　飛碟的神祕始終未得到解答。

198. some〔sʌm〕(adj.)少許，一些。

　　There are some books on the table.

　　在桌上有一些書。

199. somebody〔'sʌm,badɪ〕(pron)(n.)某人，有人。

　　There's somebody who wants to speak to you.

　　這裡有人想跟你說話。

200. someone〔'sʌm,wʌn〕(pron)某人，有人。

We heard <u>someone</u> crying in the house.

我們聽到有人在屋子裏哭。

201. something〔'sʌmθɪŋ〕(n.)某事，某物。

Please give me <u>something</u> to eat，I'm hungry.

請給我一些吃的東西，我很餓。

202. sometimes〔'sʌm,taɪmz〕(adj.)有時，常常。

<u>Sometimes</u> he does it this way and <u>sometimes</u> he does it that way.

他有時這樣做，有時又那樣做。

203. son〔sʌn〕(n.)兒子。

Mr. Brown has two <u>sons</u> and a daughter.

布朗先生有兩個兒子和一個女兒。

204. song〔sɔŋ〕(n.)歌，曲。

I can sing some English <u>songs</u>.

我會唱一些英文歌。

205. soon〔sun〕(adj.)即刻，不久。

Wait for me，I will come back <u>soon</u>.

等我一下，我很快就回來。

206. sore〔sor〕(adj.)疼痛的，痛的。

Do you have a <u>sore</u> throat？

你有喉嚨痛嗎？

207. sorrow〔'sɑro〕(n.)悲哀，憂愁，可悲之事。

He tried to forget every unhappy and <u>sorrow</u>.

他試著忘掉一切的不快樂和悲哀。

208. sorry〔'sɑrɪ〕(adj.)抱歉，遺憾，惋惜。

I'm <u>sorry</u> to hear that your father is sick.

很難過聽到你父親生病。

209. sort〔sort〕(n.)種類，品等，品質。

You can buy all <u>sorts</u> of goods at a department store.

你可以在百貨公司買到各種不同的物品。

210. soul〔sol〕(n.)靈魂，精神。

He put his <u>soul</u> into his work.

他把他的神放在工作上。

211. sound〔saund〕(n.)聲音。

I heard a strange <u>sound</u> in the kitchen.

我聽到在廚房有奇怪的聲音。

212. soup〔sup〕(n.)湯，羹湯。

What kimd of <u>soup</u> do you like？

你喜歡那一種湯？

213. sour〔saur〕(adj.)酸的，有酸味的。

The milk is <u>sour</u>.

牛乳變酸了。

214. source〔sors〕(n.)來源，泉源。

This news comes from a reliable <u>source</u>.

這則新聞來自一個可靠的來源。

215. south〔sauθ〕(n.)南方，南。

Tainan city is in the <u>south</u> of Taiwan.

台南市在台灣的南部。

216. souvenir〔,suvə'nɪr〕(n.)紀念物，紀念品。

Exwseme, how much this <u>souvenir</u> cost？

請問這紀念品多少錢？

217. space〔spes〕(n.)空間，外太空。

Scientists still don't know how long an astronaut can

live in space.

科學家還不知道太空人可以在太空生活多久。

218. spaghetti〔spə'gɛtɪ〕(n.)通心粉，義大利麵。

I order spaghetti, a salad and coffee for lunch.

我點了義大利麵，沙拉和咖啡當午餐。

219. spark〔spɑrk〕(n.)火花，閃光。

The burning wood threw off sparks.

燃燒的木材爆出火花。

220. speak〔spik〕(v.t)(v.i)說話，說。

She speaks English very well.

她英語說得很好。

221. speaker〔'spikər〕(n.)1.說話者，演說者。2.議會議長。

Dr. Martin Luther was a good speaker.

馬丁路德博士是位好的演說家。

222. special〔'spɛʃəl〕(adj.)特別的，特殊的。

Are there any special news in the papers today？

今天報上有什麼特別的新聞嗎？

223. specialist〔'spɛʃəlɪst〕(n.)專家。

Dr. Brown is an eye specialist.

布朗醫師是一位眼科專家。

224. speech〔spitʃ〕(n.)說話，演說。

He made a very good speech.

他發表一篇很好的演說。

225. speed〔spid〕(n.)迅速，速度。

We are driving at a speed of 50 miles an hour.

我們正以每小時五十哩的速度駕駛車子。

226. spell〔spɛl〕(v.t)拼（某字）之字母。

How do you <u>spell</u> your name？

你的名字怎麼拼法？

227. spend〔spɛnd〕(v.t)耗費，費用。

How do you <u>spend</u> your money？

你如何花錢？

228. spider〔'spaɪdɚ〕(n.)蜘蛛。

<u>Spiders</u> can spin webs to catch insects.

蜘蛛可以織網來捕昆蟲。

229. spirit〔'spɪrɪt〕(n.)精神，靈魂。

He has a noble <u>spirit</u>.

他有高尚的精神。

230. spoil〔spɔɪl〕(v.t)損害，破壞，寵壞。

Our holidays were <u>spoiled</u> by bad weather.

我們的假期被壞天氣給破壞了。

231. sponge〔spʌndʒ〕(n.)海綿，海綿狀之物。

This water bed likes a <u>sponge</u>.

這水床像海綿一樣柔軟。

232. spoon〔spun〕(n.)湯匙，匙狀物。

There are some <u>spoons</u> and forks on the table.

桌子上有一些湯匙和叉子。

233. sport〔sport〕(n.)戶外運動，遊戲。

What kind of <u>sports</u> do you like best？

你最喜歡那一種運動？

234. spread〔sprɛd〕(v.t)塗敷，展開。

I <u>spread</u> some butter and strawberry jam on bread.

我將一些奶油和草莓醬塗抹在麵包上。

235. spring〔sprɪŋ〕(n.)1.春季，2.泉源。

　　March， April and May are the <u>spring</u> season.

　　三月，四月，五月是春季。

236. spy〔spaɪ〕(n.)間諜，斥候。

　　He was a government <u>spy</u>.

　　他是政府的諜報人員。

237. square〔skwɛr〕(n.)正方形，四方。廣場，街區。

　　I hae been to Time <u>Square</u> at New york.

　　我曾經去過紐約的時代廣場。

238. squeeze〔skwiz〕(v.t)壓榨，榨取，緊握。

　　He <u>squeeze</u> my hand.

　　他緊握我的手。

239. stability〔stə'bɪlətɪ〕(n.)穩定，穩固。

　　A concrete wall has more <u>stability</u> than a wooden fence.

　　水泥牆比木柵欄穩固許多。

240. stable〔'stebl〕(adj.)穩定的，堅固的。

　　The world needs a <u>stable</u> peace.

　　世界需要穩固的和平。

241. stadium〔'stediəm〕(n.)運動場(露天多層看台的)。

　　A new baseball <u>stadium</u> was built in Taipei.

　　台北新建了一處棒球運動場。

242. staff〔stæf〕(n.)全體同事，職員。

　　Professor Brown is a member of the teaching <u>staff</u> at this university.

　　布朗教授是這首大學的教職員。

243. stage〔stedʒ〕(n.)舞台，劇場。

The audience screamed when she appeared on the stage.

當她出現在舞台上時，觀眾大聲尖叫。

244. stair〔stɛr〕(n.)樓梯，階梯。

I go up the stone stairs.

我走上石梯。

245. stamp〔stæmp〕(n.)郵票，印花。

I put on a ten dollars stamp on the letter before mailing it.

我在信封上貼上十元的郵票再寄出去。

246. stand〔stænd〕(v.t)(v.i)站立，站住。

Stand up, please.

請站起來。

247. standard〔'stændəd〕(n.)標準，模範。

(adj.)標準的，模範的。

The living standard is very high in New York city.

在紐約市的生活水準很高。

248. stand-by〔'stænd,baɪ〕(n.)待命，後補人員。

I am on stand-by.

我正在待命。

249. star〔stɑr〕(n.)1.小星星。2.明星，名演員。

We saw many stars shining in the sky.

我們看到許多星星在天空閃爍著。

250. stare〔stɛr〕(v.t)凝視，瞪著眼睛看。

Betty stared at the jewelry in the show window.

貝蒂凝視在展示窗的珠寶。

251. start〔stɑrt〕(v.t)(v.i)開始，起身，出發。

When did you <u>start</u> work ?

你何時開始工作的？

252. starvation〔star'veʃən〕(n.)飢餓，餓死。

<u>Starvation</u> caused poor people death.

飢餓導致窮人死亡。

253. starve〔starv〕(v.i)(v.t)飢餓，使飢餓。

I am <u>starving</u>.

我快餓死了。

254. state〔stet〕(v.t)說，陳述。(n.)州。

He <u>stated</u> the facts in detail.

他詳細的陳述事實。

255. statement〔'stetmənt〕(n.)陳述，聲明，聲明書。

Mayor Mar made the following <u>statement</u>.

馬市長發表如下的聲明。

256. station〔'steʃən〕(n.)車站。(火車，電車，汽車等的)。

Exwse me， where is the bus <u>station</u> ?

對不起，請問公車站在那裏？

257. stationery〔'steʃən,ɛrɪ〕(n.)文具，信紙。

I put my <u>stationery</u> goods on my desk.

我把文具放在我的桌子上。

258. statistics〔stə'tɪstɪks〕(n.)統計，統計表。

<u>Statistics</u> show that the number of people conneting to the internet is growing.

統計顯示上網的人數正逐漸增加。

259. statue〔'stætʃu〕(n.)雕像，鑄像。

The <u>statue</u> of Liberty is in New York Bay.

自由女神像是在紐約港內。

260. status〔'stetəs〕(n.)情形，狀態。

    We are all interested in the <u>status</u> of world affairs.
    我們都關心國際事務的情形。

261. stay〔ste〕(v.i)停留，暫留。

    I want to <u>stay</u> at home.
    我要留在家裡。

262. steady〔'stɛdɪ〕(adj.)穩定的，不動搖的。

    What shall I do to make this table <u>steady</u>？
    我該怎麼辦才能使這張桌子穩住？

263. steak〔stek〕(n.)牛排。

    How would you like your <u>steak</u> done？
    你的牛排要煎幾分熟呢？

264. steal〔stil〕(v.t)(v.i)偷，竊取。

    A thief <u>stole</u> some money from my house.
    小偷從我家偷了一些錢。

265. steam〔stim〕(n.)蒸氣，水氣。

    James watt invented the <u>steam</u> engine.
    詹姆士華特發明了蒸汽機。

266. steel〔stil〕(n.)c 鋼，鋼製品，鋼鐵般的堅硬。

    These weapons are made of <u>steel</u>.
    這些武器都是鋼製品。

267. step〔stɛp〕(n.)腳步。

    Watch your <u>step</u>!
    小心走路！

268. stewardess〔'stjuwɚdɪs〕(n.)空中小姐，侍者。

    On the airplane， the <u>stewardess</u> showed me where to
    sit.

在飛機上，空中小姐帶我到座位上。

269. stick〔stɪk〕(n.)手杖，棍，棒。

My grandfather walks with the help of a <u>stick</u>.
我祖父借助手杖走路。

270. still〔stɪl〕(adj.)靜止的，不動的。

Please stand <u>still</u> while I take the photograph.
當我照相時，請靜止勿動。

271. stir〔stɝ〕(v.t)攪和，撥動。

He <u>stirred</u> sugar into his coffee.
他將糖攪和在他的咖啡裏。

272. stomach〔'stʌmək〕(n.)胃，肚子。

I have a pain in my <u>stomach</u> because I eat too much.
我的胃痛，因為我吃太多了。

273. stone〔ston〕(n.)石頭，石材。

He threw a <u>stone</u> into the pond.
他把石頭投進池塘裏。

274. stop〔stɑp〕(v.t)使停止，阻止。

<u>Stop</u> making that noise and concentrate on studing.
停止吵鬧，專心學習。

275. store〔stor〕(n.)商店，百貨店。

The <u>store</u> opens at nine in the morning and closes at
six in the evening.
這家商店九點營業，下午六點打烊。

276. storm〔stɔrm〕(n.)暴風雨，暴風雪。

The thunder <u>storm</u> did a lot of damage.
大雷雨造成很大的損害。

277. story〔'storɪ〕(n.)故事，傳說。

Professor Brown tell us the <u>story</u> of how America was discovered.

布朗教授告訴我們美洲如何被發現的故事。

278. straight〔stret〕(adj.)直的，平直的。

Go <u>Straight</u> until you come to the stop light.

一直走，直到紅綠燈路口。

279. strait〔stret〕(n.)海峽。

Taiwan <u>strait</u> separates Taiwan from Mainland China.

台灣海峽隔開台灣和中國大陸。

280. strange〔'strendʒ〕(adj.)奇怪的，不可思議的。

A <u>strange</u> thing happened in this town.

這個城鎮發生了奇怪的事。

281. strategy〔'strætədʒɪ〕(n.)戰略，策略。

We need to change the marketing <u>strategy</u>.

我們需要改變行銷策略。

282. strawberry〔'strɔ,bɛrɪ〕(n.)草莓。

I spread <u>strawberry</u> jam on the bread.

我塗抹草莓醬在麵包上。

283. street〔strit〕(n.)街道，街。

I live on second <u>street</u>.

我住在第二街。

284. strength〔strɛŋθ〕(n.)力氣，力量。

You should build up your physical <u>strength</u> while you are young.

當你還年輕時應該鍛鍊體力。

285. stress〔strɛs〕(n.)壓力，重壓。

Researchers found that <u>stress</u> causes a lot of diseases.

研究人員發現壓力引起許多的疾病。

286. strict〔strɪkt〕(adj.)嚴格的，嚴密的。

A school must have strict rules.

學校必須有嚴格的校規。

287. strike〔straɪk〕(n.)罷工。

Pilots have been on strike for two weeks.

飛行機師已經罷工兩個星期了。

288. strong〔strɔŋ〕(adj.)強壯的，堅強的。

David is stronger than his brother.

大衛比他的兄弟強壯。

289. structure〔'strʌktʃɚ〕(n.)結構，構造。

The structure of this builing was strong.

這棟大廈的結構很堅固。

290. struggle〔'strʌgl〕(v.i)奮鬥，努力，掙扎。

The poor have to struggle for a living.

窮人必須為生計而奮鬥。

291. student〔'stjudnt〕(n.)學生。

David is a junior high school student.

大衛是一位國中的學生。

292. studio〔'stjudɪo〕(n.)攝影棚，錄音室。

I have visited the movie studio at Hollywood.

我曾拜訪過在好萊塢的電影攝影棚。

293. study〔'stʌdɪ〕(v.t)學習，研究。

We study English at school every day.

我們每天在學校學英文。

294. stuff〔stʌf〕(n.)材料，物品，東西(口語常用)。

What is this stuff？

這是什麼東西？

295. stunt〔stʌnt〕(n.)絕技，驚人的技藝。

Circus riders perform <u>stunts</u> on horse back.

馬戲團的騎師表演馬背上的特技。

296. stupid〔'stjupɪd〕(adj.)愚蠢的，愚笨的。

Don't ask me such a <u>stupid</u> question.

別問我如此愚蠢的問題。

297. style〔staɪl〕(n.)時式，時尚。樣式，格式。

Her dress is out of <u>style</u>.

她的服裝是過時的。

298. subject〔'sʌbdʒɪkt〕(n.)主題，題目。科目。

Which <u>subject</u> do you like best in school？

在學校你最喜歡那一個科目？

299. submarin〔'sʌbmə,rɪn〕(n.)潛水艇。

<u>Submarin</u> is an armed warship that can operate under water.

潛水艇是一種武裝戰鑑可以在水中潛行。

300. submit〔səb'mɪt〕(v.t)提出。

I <u>submit</u> a plan before the meeting.

我在會議之前提出一項計劃。

301. subscribe〔səb'skraɪb〕(v)訂購(雜誌，書籍)。

He <u>subscribes</u> for several newspapers.

他訂閱數種報紙。

302. substance〔'sʌbstəns〕(n.)物質。

Water and ice are the same <u>substance</u> in different forms.

水和冰是不同形式的同一種物質。

303. substitute〔'sʌbstə,tjut〕(v.t)以…代替。

The teacher <u>substitutes</u> experimeut and observation for theories.

老師以實驗和觀察代替理論。

304. suburb〔'sʌbɝb〕(n.)市郊，郊區。

He lives in the <u>suburbs</u> of Taipei.

他住在台北的郊區。

305. subway〔'sʌb,we〕(n.)地下鐵。

There are many bus and <u>subway</u> lines in New York.

在紐約有許多公車和地下鐵的線路。

306. succeed〔sək'sid〕(v.i)成功。

If you study hard, you will <u>succeed</u>.

如果你努力用功，你將會成功。

307. success〔sək'sɛs〕(n.)成功，勝利。

He has great <u>success</u> in his work.

他在工作上獲得極大的成功。

308. such〔sʌtʃ〕(adj.)如此的，這樣的。

I have never read <u>such</u> an interesting story before.

我以前未曾讀過如此有趣的故事。

309. sudden〔'sʌdn〕(adj.)突然的，忽然的。

I was surprised at his <u>sudden</u> sick.

我很驚訝他的突然生病。

310. sue〔sju〕(v.t&v.i)起訴，控告。

Mr.Brown <u>sued</u> David for a debt.

布朗先生因債務而控告大衛。

311. suffer〔'sʌfɚ〕(v.t)蒙受，忍受，受苦。

I <u>suffered</u> from a bad headache.

我因頭痛而受苦。

312. sugar〔'ʃugɚ〕(n.)糖。

I put some <u>sugar</u> and cream in my coffee.

我放些糖和奶精在我的咖啡裏。

313. suggest〔səg'dʒɛst〕(v.t)提議，建議。

I <u>suggest</u> that we meet at the central park.

我建議我們在中央公園集合。

314. suggestion〔səg'dʒɛsʃən〕(n.)建議。

His <u>suggestion</u> about the new plan was accepted by the committee.

他關於新計劃的建議被委員會所接受。

315. suitable〔'sjutəbl〕(adj.)適合的，適宜的。

Do you think this present is <u>suitable</u> for my girl friend.

你認為這個禮物送給我女朋友適合嗎？

316. suitcase〔'sut,kes〕(n.)手提箱，旅行箱。

He put all his things in his <u>suitcase</u>.

他把他所有東西放進手提箱裏。

317. summary〔'sʌmərɪ〕(n.)摘要，概略。

I made a <u>summary</u> after I read a chapter.

我讀完一章以後，我會做摘要。

318. summer〔'sʌmɚ〕(n.)夏天，夏季。

The <u>summer</u> season is very hot in Taiwan.

夏季在台灣很熱。

319. sun〔sʌn〕(n.)太陽，日。

The <u>sun</u> rises in the east.

太陽由東方升起。

320. Sunday〔'sʌndɪ〕(n.)星期日。

We don't go to school on Sunday.

我們星期日不用上學。

321. **sunlight**〔'sʌn,laɪt〕(n.)日光，太陽光。

Sitting in the sunlight too long may be harmful to the skin.

站在日光下太久可能造成皮膚的傷害。

322. **sunrise**〔'sʌn,raɪz〕(n.)日出，日出之時。

We'll start to New York before sunrise tomorrow.

明天日出之前我們將出發前往紐約。

323. **sunset**〔'sʌn,sɛt〕(n.)日落，日沒。

Let's go home before sunset.

日落之前回家吧。

324. **sunshine**〔'sʌn,ʃaɪn〕(n.)日光，陽光照射。

I enjoy warm sunshine at this cold weather.

在這寒冷的天氣，我享受溫暖的陽光。

325. **superior**〔sə'pɪrɪɚ〕(adj.)1.優良的，卓越的。2.(n.)長者，長輩。

David is superior to Tom in English.

大衛在英文方面比湯姆優良。

326. **superman**〔'sjupɚ'mæn〕(n.)超人。

The superman in the movie has a great power.

電影裏的超人有很大的力量。

327. **supermarket**〔,supɚ'mɑrkɪt〕(n.)超級市場。

They are shopping for food in the supermarket.

他們正在超級市場購買食物。

328. **supervisor**〔,sjupɚ'vaɪzɚ〕(n.)管理者，監督者。

He is my supervisor.

他是我的主管。

329. supper〔'sʌpɚ〕(n.)晚餐。

We eat <u>supper</u> at seven.

我們在七點吃晚餐。

330. supply〔sə'plaɪ〕(v.t)供給，供應。

We <u>supplied</u> them with food and water.

我們供應他們食物和飲用水。

331. support〔sə'port〕(v.t)支持，支撐。幫助。

We decided to <u>support</u> the new government.

我們決定支持新政府。

332. suppose〔sə'poz〕(v.t)想像，推測，以為。

You have just come home， I <u>suppose</u>.

我猜你剛回家吧。

333. sure〔ʃur〕(adj.)一定，必定，確定。

Are you <u>sure</u> that he is honest？

你確定他誠實嗎？

334. surface〔'sɝˈfɪs〕(n.)表面，面。

The <u>surface</u> of the book is dirty.

這本書的表面很髒。

335. surgery〔'sɝˈdʒərɪ〕(n.)外科手術。

Malaria can be cured by medicine， but tumor
usually requires <u>surgery</u>.

瘧疾可以用藥物治療，但是，腫瘤通常需要手術切
除。

336. surprise〔sɚˈpraɪ〕(n.)驚奇，驚訝，吃驚。

I was <u>surprised</u> to meet Dvid in New York.

我很驚訝在紐約遇到大衛。

337. surround〔səˈraund〕(v.t)包圍，環繞。

Taiwan is <u>surrounded</u> by the sea.

台灣四周被海環繞。

338. survey〔sɚ've〕(v.t)視察，考察。(n.)問卷調查。

We made a <u>survey</u> about presidential election.

我們做了一項總統大選的問卷調查。

339. survival〔sɚ'vaɪvl〕(n.)殘存，殘存者，殘存物。

New techniques of surgery are greatly increasing
patient's <u>survival</u> rates.

手術的新技術大大提升了病人的存活率。

340. survivor〔sɚ'vaɪvɚ〕(n.)生還者，殘存者。

He is the sole <u>survivor</u> of the shipwreck.

他是船難中唯一的生還者。

341. suspect〔sə'spɛkt〕(v.t&v.i)懷疑，猜疑，猜想。(n.)嫌疑犯。

I <u>suspect</u> him to be a liar.

我懷疑他是一個說謊者。

342. swallow〔'swalo〕(v.t)吞，嚥，忍受。

A snake <u>swallowed</u> an egg.

蛇吞下了一顆蛋。

343. swear〔swɛr〕(v.t)發誓，宣誓。

He <u>swear</u> that he tell the truth.

他發誓他說的是實話。

344. sweat〔swɛt〕(n.)汗，流汗。

He wiped his <u>sweat</u> from his face after work.

工作完後他擦拭臉上的汗水。

345. sweep〔swip〕(v.t&v.i)掃除，掃。

I <u>sweep</u> the floor once a week.

我每個禮拜掃地板一次。

346. sweet〔swit〕(adj.)甜的，甘的。

This fruit is <u>sweet</u>.
這個水果是甜的。

347. swim〔swɪm〕(v.i)游泳。(n.)游泳。

I can <u>swim</u> across the river.
我可以游過這條河。

348. sword〔sord〕(n.)劍，刀。

The ancient soliders fight with the <u>sword</u>.
古代戰士拿劍戰鬥。

349. syllable〔'sɪləbl〕(n.)音節。

The word "A-me-ri-ca" has four <u>syllables</u>.
America 這個字有四個音節。

350. symbol〔'sɪmbl〕(n.)符號，象徵。

White is the <u>symbol</u> of purity.
白色是純潔的象徵。

351. sympathize〔'sɪmpə,θaɪz〕(v.i)同情。

Mary <u>sympathizes</u> with the poor people.
瑪莉同情窮人。

352. sympathy〔,sɪmpəθɪ〕(n.)同情，憐憫。

I feel deep <u>sympathy</u> for your misfortune.
對於你不幸遭遇，我深感同情。

353. symphony〔'sɪmfənɪ〕(n.)交響樂，交響曲。

The <u>symphony</u> orchestra will have a classical music performance tonight.
交響樂團今晚有一場古典音樂演奏會。

354. symposium〔sɪm'pozɪəm〕(n.)座談會，討論會。學術

研討會。

The <u>symposium</u> begins at nine.

研討會九點開始。

355. symptom〔'sɪmptəm〕(n.)徵候，朕兆。

Having a cough and fever is a <u>symptom</u> of sick.

咳嗽和發燒是生病的徵候。

356. synthetic〔sɪm'θɛtɪk〕(adj.)人工製造的。合成的。

This colth is made of <u>synthetic</u> silk.

這塊布是由人造絲做成的。

357. system〔'sɪstəm〕(n.)系統，制度，體系。

Different countries have different <u>systems</u> of education.

不同國家有不同的教育制度。

Turkey is a country.

土耳其是一個國家。

167. turn 〔tɝn〕(v.t)旋轉，轉動。

Turn to the left and you'll see the post office on your right side.

向左轉，你將會看到郵局就在你的右邊。

168. turtle 〔'tɝtl〕(n.)烏龜。

The turtle can live for a long life.

烏龜可以活很久。

169. tutor 〔'tutɚ〕(n.)家庭教師，講師(美國大學)。

She works as a tutor.

她當家教工作。

170. twelfth 〔twɛlfθ〕(adj.)第十二。

1. table〔'tebl〕(n.)1.桌子。2.圖表，一覽表。

   There is a computer on the table.

   桌上有一台電腦。

2. tablecloth〔'tebl,klɔθ〕(n.)桌布，檯布。

   A yellow tablecloth was spread on the table.

   桌上舖著黃色的桌布。

3. tag〔tæg〕(n.)標籤。

   Each coat in the store has a tag with the price marked on it.

   這家店裡的每一件外衣都有註明價碼的標籤。

4. tail〔tel〕(n.)尾，尾狀物，末尾。

   Monkeys have long tails.

   猴子有長的尾巴。

5. tailor〔'telɚ〕(n.)裁縫師，成衣匠。

   His father is a tailor in the town.

   他父親是鎮上的一位裁縫師。

6. take〔tek〕(v.t)，(v.i)取，拿，獲得。

   David take a book in his hand.

   大衛手裏拿著一本書。

7. talk〔tɔk〕(v.t)，(v.i)說話，談話。

   May I talk to you for a minute？

   我可以片刻時間跟你談話嗎？

8. talkative〔'tɔkətɪv〕(adj.)好說話的，多嘴的。

   Mary is a talkative woman.

   瑪麗是一位長舌婦。

9. tall〔tɔl〕(adj.)高的。

   How tall are you？

你身高多少？

10. tank〔tæŋk〕(n.)1.水槽，油槽。2.坦克車，戰車。

    <u>Tanks</u> can travel over rough ground.

    坦克車可以在崎嶇的地面前進。

11. tape〔tep〕(n.)帶子，膠帶。

    I seal the package with this <u>tape</u>.

    我用膠帶把包裹封起來。

12. task〔tæsk〕(n.)工作，任務，課業。

    You have to finish you <u>task</u> in one hour.

    你必須在一小時內完成你的工作。

13. taste〔test〕(v.t)，(v.i)品嘗，嘗味。(n.)味，滋味。

    The soup <u>tastes</u> good.

    這湯汁味道不錯。

14. tax〔teks〕(n.)稅。

    How much income <u>tax</u> did you pay last year？

    你去年繳了多少所得稅呢？

15. taxi〔'tæksɪ〕(n.)出租汽車，計程車。

    I took a <u>taxi</u> to the pirpont.

    我坐計程車到機場。

16. tea〔ti〕(n.)茶，茶葉。

    Would you like a cup of tea？

    你要喝一杯茶嗎？

17. teach〔titʃ〕(v.t)教，教授。

    Mr. Brown <u>teaches</u> us English in school.

    布朗先生在學校教我們英語。

18. teacher〔'titʃɚ〕(n.)教師。

    She wants to be a <u>teacher</u> in the future.

她將來要當老師。

19. team〔tim〕(n.)隊，組。

    Tom join the basketball <u>team</u> in school.

    湯姆在學校參加籃球隊。

20. tear〔tɪr〕(n.)眼淚。(v.t)撕開，撕裂。

    Her eyes were filled with <u>tears</u>.

    她的眼睛充滿了淚水。

21. technician〔tɛk'nɪʃən〕(n.)技術人員，專門技師。

    He is a <u>technician</u> in this field.

    他是這方面領域的技術人員。

22. technique〔tɛk'nik〕(n.)技巧，技術，技藝。

    This muician has perfect <u>technique</u>.

    這位音樂家有極完美的技巧。

23. telegram〔'tɛlə,græm〕(n.)電報，電信。

    I received a <u>telegram</u> from my friend this morning.

    我今天早上收到我朋友的一封電報。

24. telephone〔'tɛlə,fon〕(n.)電話。

    What's your <u>telephone</u> number？

    你的電話號碼幾號？

25. telescope〔'tɛlə,skop〕(n.)望眼鏡。

    We can see the stars by using a <u>telescope</u>.

    我們可以用望眼鏡看星星。

26. television〔'tɛlə,vɪʒən〕(n.)電視(縮寫做 TV)

    We watch <u>television</u> every evening after dinner.

    每天晚上飯後我們看電視。

27. tell〔tɛl〕(v.t)說，講述，告訴。

    Please <u>tell</u> me the truth.

請告訴我真相。

28. temper〔'tɛmpɚ〕(n.)脾氣，心情，性情。

　　The father lost his <u>temper</u> when his son lied to him.
　　當他兒子說謊時，那父親生氣了。

29. temperature〔'tɛmprətʃɚ〕(n.)溫度，體溫。

　　The nurse took the <u>temperature</u> for all the patients.
　　護士為所有的病人量體溫。

30. temple〔'tɛmpl〕(n.)寺廟，神殿。

　　There are many old <u>temples</u> in Mainland China.
　　中國大陸有許多古老的寺廟。

31. temporary〔'tɛmpə,rɛrɪ〕(adj.)暫時的，臨時的。

　　She got a <u>temporary</u> job at bookstore.
　　她在書店找到一份臨時工作。

32. ten〔tɛn〕(n.)十，十個。

　　We each have <u>ten</u> fingers and <u>ten</u> toes.
　　我們每一個人都有十根指頭和十根腳趾頭。

33. tennis〔'tɛnɪs〕(n.)網球。

　　He like to play <u>tennis</u> on Sunday.
　　他喜歡在星期天打網球。

34. tense〔tɛns〕(adj.)拉緊的，緊張的。

　　There was a <u>tense</u> atmosphere in the room.
　　這房間有著緊張的氣氛。

35. tension〔'tɛnʃən〕(n.)緊張，拉緊。

　　Escalating <u>tensions</u> are reported after the accidental
　　shooting of a civilian.
　　由於一名平民遭誤殺，緊張情勢升高。

36. term〔tɝm〕(n.)1.名詞，術語。2.學期。

There are many medical <u>terms</u> in this book.

這本書有許多醫學名稱術語。

37. terminal〔'tɝmənl〕(adj.)終點，盡頭的。

Taipei is a train <u>terminal</u> station.

台北是一個火車終點站。

38. terrible〔'tɛrəbl〕(adj.)可怕的，恐怖的。

Earthquake is very <u>terrible</u> because it caused a lot of damage.

地震非常恐怖因為它導致許多的傷害。

39. terrific〔tə'rɪfɪk〕(adj.)(俗)非常的，太棒了。

It's <u>terrific</u>!

太棒了！

40. territory〔'tɛrə,torɪ〕(n.)領土，領域，地方。

Much <u>territory</u> in Africa is desert.

非洲大部分領土是沙漠。

41. terrorist〔'tɛrərɪst〕(n.)恐怖份子，恐怖主義者。

A plane has been hijacked to Lybia by <u>terrorist</u>.

一架飛機被恐怖份子劫持到利比亞。

42. test〔tɛst〕(n.)測驗，試驗。

Did you do well on the English <u>test</u>？

你英文測驗考得好嗎？

43. testimony〔'tɛstə,monɪ〕(n.)證言，口供。

A witness gave <u>testimony</u> that the accused was drunk.

一個證人供稱被告確是醉了。

44. textbook〔'tɛkst,buk〕(n.)教科書，課本。

Is this <u>textbook</u> yours？

這本教科書是你的嗎？

45. than〔ðæn〕(conj)比較，除…外。

    I like winter better <u>than</u> summer in Taiwan.

    在台灣我比較喜歡冬天甚於夏天。

46. thank〔θæŋk〕(v.t)謝謝，感謝。

    <u>Thank</u> you for your help.

    感謝您的幫忙。

47. that〔ðæt〕(adj.; pron)那個，那。

    What is <u>that</u>？

    那是什麼東西？

48. the〔ðə〕(adj.)定冠詞，這，那。

    There is an airplane in <u>the</u> sky.

    天空中有一架飛機飛著。

49. theater〔'θiətɚ〕(n.)戲院，電影院。

    When we reached the <u>theater</u>, the movie had already
    started.

    當我們抵達戲院時，電影已經開始演了。

50. theft〔θɛft〕(n.)盜竊。偷竊行為。

    He was put in prison for <u>theft</u>.

    他因偷竊被關入獄中。

51. their〔ðɛr〕(pron)他們的。

    The students like <u>their</u> school.

    學生們愛他們的學校。

52. them〔ðɛm〕(pron)they 的受詞。他們，她們。

    David and Peter are my good friends， I love <u>them</u>
    very much.

    大衛和彼得是我好朋友，我很愛他們。

53. theme〔θim〕(n.)題目，主題。

The main <u>theme</u> of meeting is 'Marketing strategy'.

會議的主題是「行銷策略」。

54. **themselves**〔ðəm'sɛlvz〕(pron)他們自己。

Heaven helps those who help <u>themselves</u>.

自助者天恆助之。

55. **then**〔ðɛn〕(adj.)然後，後來。屆時。

I get up at seven and <u>then</u> wash my face and hands.

我七點起床，然後洗臉和洗手。

56. **theory**〔'θiərɪ〕(n.)理論，學說。

It is so in <u>theory</u>， but not in practice.

理論上是如此，但實際上則不然。

57. **therapy**〔'θɛrəpɪ〕(n.)治療，療法。

The doctor suggest the cancerous patient to take radio <u>therapy</u>.

醫師建議癌症病人做鐳射治療。

58. **there**〔ðɛr〕(adj.)在那裏。彼處。

Who is that guy over <u>there</u>？

那邊那個人是誰？

59. **therefore**〔'ðɛr,for〕(adj.)因此，所以。

I was busy， and <u>therefore</u> could not come.

我很忙，所以不能走。

60. **thermometer**〔θə'mɑmətə〕(n.)溫度計，寒暑表。

We measure temperature with a <u>thermometer</u>.

我們用溫度計量體溫。

61. **these**〔ðiz〕(adj.)這<u>些</u>。

These books are mine.

這些書是我的。

62. thesis〔'θisɪs〕(n.)論文，畢業論文，課題。

　　It's hard for students to write a <u>thesis</u>.

　　寫論文對學生來說是困難的。

63. they〔ðe〕(pron)他(她)們，它們。

　　<u>They</u> live in Taipei.

　　他們住在台北。

64. thick〔θɪk〕(adj.)厚的，粗的，濃的。

　　Blood is <u>thicker</u> than water.

　　血濃於水。（格言，表示骨肉親情之強烈感情甚於
　　他人）

65. thief〔θif〕(n.)小偷，賊，竊賊。

　　A <u>thief</u> stole his moneys while he was shopping.

　　當他在購物時，小偷把他的錢偷走了。

66. thin〔θɪn〕(adj.)瘦的，細的，薄的。

　　She is tall and <u>thin</u>.

　　她又高又瘦。

67. thing〔θɪŋ〕(n.)事情，物，東西。

　　That will only make <u>things</u> more complicated.

　　那只有使事情更加複雜。

68. think〔θɪŋk〕(v.i)(v.t)想，考慮。

　　You have to <u>think</u> carefully before you decide.

　　在你決定之前必須仔細想一想。

69. third〔θɝd〕(adj.)第三。

　　I live on the <u>third</u> floor of this building.

　　我住在這棟大廈的三樓。

70. thirsty〔'θɝstɪ〕(adj.)口渴，乾燥的。

　　I am very <u>thirsty</u>, please give me a glass of water.

我很口渴，請給我一杯水。

71. thirteen〔'θɝ'tin〕(n.)十三，十三個。

The west people thinks <u>thirteen</u> is an unlucky number.

西方人認為十三是不吉利的數字。

72. thirteenth〔'θɝ'tinθ〕(adj.)第十三。

This is David's <u>thirteenth</u> birthday.

這是大衛的十三歲生日。

73. thirty〔'θɝtɪ〕三十。

There are <u>thirty</u> students in the classroom.

教室裡有三十名學生。

74. this〔ðɪs〕(adj.)這是，這個。

What does <u>this</u> word mean？

這個字是什麼意思。

75. those〔ðoz〕(adj.)(pron)那些。

Who are <u>those</u> people？

那些人是誰？

76. thought〔θɔt〕(n.)意思，觀念，想法。

Do you understand my <u>thought</u>？

你明瞭我的意思嗎？

77. thousand〔'θauznd〕(n.)千，千個。

There are over a <u>thousand</u> people in the auditorium.

禮堂裡有超過上千人在裡面。

78. threaten〔'θrɛtn〕(v.t)恐嚇，威脅。

"Are you <u>threatening</u> me？" he shouted.

"你在恐嚇我嗎？" 他大吼叫著。

79. three〔θri〕(n.)三，三個。

I have read this book <u>three</u> times.

這本書我已經讀過三次了。

80. throat〔θrot〕(n.)喉嚨，咽喉。

　　　Do you have a sore throat？

　　　你有沒有喉嚨痛？

81. through〔θru〕(prep)經過，通過。

　　　The train is going through a tunnel now.

　　　火車現在正通過隧道。

82. throw〔θro〕(v.t)投，擲，拋。

　　　He throw the ball to me.

　　　他把球拋給我。

83. thumb〔θʌm〕(n.)拇指。

　　　There is a hole in the thumb of his glove.

　　　他手套上的拇指有個洞。

84. thunderstorm〔'θʌndɚ,stɔrm〕(n.)雷雨。

　　　All local airports are closed due to the thunderstorm.

　　　由於大雷雨，當地的機場關閉了。

85. Thursday〔'θɝzdɪ〕(n.)星期四。

　　　Today is Thursday.

　　　今天是星期四。

86. ticket〔'tɪkɪt〕(n.)車票，入場券。

　　　May I have a round-trip ticket to Boston？

　　　請給我一張到波士頓的來回票好嗎？

87. tie〔taɪ〕(v.t)繫，結，綁。

　　　He ties a yellow ribbon round the old tree.

　　　他在老樹上綁上黃絲帶。

88. tiger〔'taɪgɚ〕(n.)老虎。

　　　I saw tigers and lions in the zoo.

我在動物園看到老虎和獅子。

89. tight〔taɪt〕(adj.)緊的，緊密的，緊身的。

The drawer is so tight that I cannot open it.

這抽屜太緊，以致我打不開。

90. time〔taɪm〕(n.)時間。

It's time to go to bed.

睡覺時間到了。

91. timetable〔'taɪm,tebl〕(n.)時刻表（車，船，飛機等）。

He looked up at the timetable in the train station.

他在火車站看著火車時刻表。

92. tip〔tɪp〕(n.)小費，賞錢。

He gave the waiter five dollars for tip.

他給侍者五元當小費。

93. tiptoe〔'tɪp,to〕(n.)趾尖。

He walk on tiptoe in the living room.

他在客廳蹺著腳尖走路。

94. tired〔taɪrd〕(adj.)疲倦的，疲乏的。

You look tired.

你看起來很累的樣子。

95. title〔'taɪtl〕(n.)題目，標題，名稱。

What is the title of that book？

那本書的書名是什麼？

96. to〔tu〕(prep)向，對，至，到達。

I go to school everyday.

我每天到學校上課。

97. toast〔tost〕(n.)烤麵包片，土司。

I ate two slices of <u>toast</u> and two eggs for breakfast.

我早餐吃二片烤麵包和兩個蛋當早餐。

98. tobacco〔tə'bæko〕(n.)煙草，煙絲，煙葉。

American Indians knew how to plant corns and <u>tobaccos</u>.

美國印地安人知道如何種植玉蜀黍和煙草。

99. today〔tə'de〕(n.)今天。

Have you seen <u>today's</u> paper？

你已經看了今天的報紙了嗎？

100. together〔tə'gɛðɚ〕(adj.)一起，共同。同時。

We went out <u>together</u>.

我們一起出去。

101. toilet〔'tɔɪlɪt〕(n.)盥洗室，廁所。

Excuse me， where is the <u>toilet</u>？

對不起，請問廁所在那裏？

102. token〔'tokən〕(n.)代用貨幣。

<u>Tokens</u> are used on the subway.

代用幣共用於坐地下鐵。

103. tomato〔tə'meto〕(n.)番茄。

I like <u>tomatoes</u> very much.

我非常喜歡吃番茄。

104. tomb〔tum〕(n.)墳墓。

The tourist visited an ancient king's <u>tomb</u>.

遊客參觀拜訪古代國王的墓。

105. tomorrow〔tə'mɔro〕(n.)明天。

Never put off till <u>tomorrow</u> what you should do today.

今日事今日畢，不可延擱到明日。

106. tone〔ton〕(n.)聲音，音調，語調。

He spoke in an angry <u>tone</u>.

他用生氣的語調說話。

107. tongue〔tʌŋ〕(n.)舌。

The hot water hurts my <u>tongue</u>.

熱開水燙到我的舌頭。

108. tonight〔tə'naɪt〕(n.)(adj.)今晚。

I have a lot of things to do <u>tonight</u>.

我今晚有很多事要做。

109. too〔tu〕(adj.)也，亦，並且。太，過於。

He is young， clever， and rich， <u>too</u>.

他年輕，聰明，又富有。

110. tool〔tul〕(n.)工具，器具。

I can't fixed the table without <u>tools</u>.

沒有工具，我無法修理桌子。

111. tooth〔tuθ〕(n.)牙齒。複數 teeth。

You should clean your <u>teeth</u> before you go to bed.

你睡覺之前必須刷牙。

112. toothache〔'tuθ,ek〕(n.)牙痛。

I had a <u>toothache</u> last night， so I go to the dentist today.

我昨晚牙痛，所以今天就去看牙醫。

113. toothbrush〔'tuθ,brʌʃ〕(n.)牙刷。

I used <u>toothbrush</u> to clean my teeth.

我用牙刷刷牙。

114. toothpaste〔'tuθ,pest〕(n.)牙膏。

I bought a toothbrush and a <u>toothpaste</u> at the supermarket.

我在超市買了一支牙刷和一條牙膏。

115. top〔tɑp〕(n.)頂端，上端，上部。

　　　He climbs up to the top of mountain.
　　　他爬到山頂上去了。

116. topic〔'tɑpɪk〕(n.)題目，話題。

　　　It's a good topic for a composition.
　　　這是一個好的作文題目。

117. torch〔tɔrtʃ〕(n.)火炬，火把。

　　　The athlete is running with a torch in his hand.
　　　這運動員正手持著火炬在跑。

118. total〔'totl〕(n.)全部，總數。

　　　The total of students is 60 in the classroom.
　　　在教室學生的總數是六十人。

119. touch〔tʌtʃ〕(v.t)觸摸，接觸。

　　　Don't touch anything on the table.
　　　不要碰桌子上的任何東西。

120. touching〔'tʌtʃɪŋ〕(adj.)動人的，引人傷感的。

　　　It is a very touching story.
　　　這是一個很感人的故事。

121. tough〔tʌf〕(adj.)困難的，費力的。強壯的，堅強的。

　　　It's a tough job.
　　　這是一件困難的工作。

122. tour〔tur〕(n.)旅行，周遊。

　　　I'm planning to make a tour of Canada.
　　　我計劃到加拿大旅行。

123. tourist〔'turɪst〕(n.)旅行者，觀光客。

　　　We can see a lot of tourists walking on the treet.

我們看到許多觀光客在街上走。

124. tournament〔'tɝnəmənt〕(n.)比賽，競賽。

A tennis <u>tournament</u> was held here last Sunday.

上星期天在這裡舉行網球比賽。

125. toward〔tord〕(prep)向，對，朝。

He is walking <u>toward</u> the sea.

他正向海邊走去。

126. towel〔'tauəl〕(n.)毛巾，手巾。

I used a bath <u>towel</u> to dry my body.

我用浴巾把身體擦乾。

127. tower〔'tauɚ〕(n.)塔，高樓。

French engineer Alexander designed the famous Eiffel <u>Tower</u>.

法國工程師亞歷山大設計建造著名的愛菲爾鐵塔。

128. town〔taun〕(n.)鎮，市，城。

Would you rather live in <u>town</u> or in the country？

你寧願住在城市還是在鄉間？

129. toy〔tɔɪ〕(n.)玩具。

Children like to play with <u>toys</u>.

孩子們喜歡玩玩具。

130. trace〔tres〕(v.t)追蹤。

The police <u>traced</u> the thief.

警察追蹤小偷。

131. track〔træk〕(n.)足跡，痕跡。

There was a pair of clear car <u>tracks</u> on the road.

路上有兩條清晰的汽車通過的痕跡。

132. trade〔tred〕(v.t)交易，買賣，交換。

The boy traded his knife for a ball.

這男孩用他的刀子換一個球。

133. traditional〔trə'dɪʃənl〕(adj.)傳統的，慣例。

The traditional foods of Thanksgiving are turkey and pumpkin pie in America.

在美國感恩節的傳統食物是火雞肉和南瓜餡餅。

134. traffic〔'træfɪk〕(n.)運輸，交通，通行。

The traffic at Taipei was very busy.

台北的交通很忙碌。

135. train〔tren〕(n.)火車，列車。

When's the next train to Boston？

下一班到波士頓的火車是幾點？

136. tragedy〔'trædʒədɪ〕(n.)悲劇。

Hamlet is a tragedy.

哈姆雷特是一齣悲劇。

137. traitor〔'tretɚ〕(v.t)賣國賊，出賣朋友的人。

The traitor was sentenced to death.

這賣國賊被判死刑。

138. transfer〔træn'sfɚ〕(v.t)移轉，遷移，移動。

The head office has been transferred from Boston to New York.

總公司已經由波士頓移至紐約。

139. translate〔træns'let〕(v.t)翻譯。

He translated the English book into Chinese book.

他把英文書翻譯成中文。

140. translation〔træns'leʃən〕(n.)翻譯品，譯文。

Harry potter series have translations in Taiwan.

哈利波特系列故事在台灣有翻譯本。

141. transmission〔trɑns'mɪʃən〕(n.)傳達，傳送。

Mosquitoes are the only means of <u>transmission</u> of malaria.

蚊子是傳播瘧疾的唯一媒介。

142. transport〔træns'pont〕(v.t)運輸，輸送。

Watermelons are <u>transported</u> from Tainan to Taipei.

西瓜從台南運送到台北。

143. transportation〔,trænspɚ'teʃən〕(n.)運輸，運送，運輸工具。

The train is a good <u>transportation</u>.

火車是好的運輸工具。

144. trap〔træp〕(n.)陷井，圈套，詭計。

The poice set <u>traps</u> to make the thief tell the truth.

警察設圈套讓小偷說實話。

145. travel〔'trævl〕(v.i)旅行，遊歷。

I plan to <u>travel</u> around the world with my wife.

我計劃和我太太一起環遊世界。

146. treasure〔'trɛsɚ〕(n.)財富，財寶，寶藏。

The pirates looked for hidden <u>treasures</u>.

海盜找尋藏匿的寶藏。

147. treat〔trit〕(v.t)對待。

Don't <u>treat</u> me as a child.

別把我當小孩子看待。

148. tree〔tri〕(n.)樹，樹木。

Birds are singing in the <u>tree</u>.

小鳥在樹上唱歌。

149. trend〔trɛnd〕(n.)趨勢，傾向。

It's the <u>trend</u> to learn English well.

學好英語是一種趨勢。

150. trial〔'traɪəl〕(n.)試驗，考驗。

He gave the machine another <u>trial</u> to see if it would work.

他把機械再試驗一次，看它是否能轉動。

151. triangle〔'traɪ,æŋgl〕(n.)三角形。

He draw a <u>triangle</u> on the paper.

他畫個三角形在紙上。

152. trifle〔'traɪfl〕(n.)瑣事，小事，瑣碎的事。

Don't waste your time on <u>trifles</u>.

不要浪費你的時間在瑣碎的事上。

153. trip〔trip〕(n.)旅行，遠足。

I'll take a <u>trip</u> to Tokyo next month.

我下個月要到東京旅行。

154. troop〔trup〕(n.)群，組，多數。軍隊(複數時)。

The <u>troops</u> is moving to the front line.

軍隊正移防到前線。

155. tropic〔'trɑpɪk〕(n.)熱帶，熱帶地方。(複數)

It's hot in the <u>tropics</u>.

熱帶地方是很熱的。

156. trouble〔'trʌbl〕(n.)麻煩，辛苦，困難。

I don't like giving <u>trouble</u> to my friends.

我不喜歡麻煩朋友。

157. trousers〔'trauzɚz〕(n.)褲子。

I bought a pairs of <u>trousers</u> from department store.

我從百貨公司買了一條褲子。

158. truck〔trʌk〕(n.)貨車，卡車。

His car was hit by a truck.
他的汽車被卡車撞到了。

159. true〔tru〕(adj.)確實的，真實的。

The story he told me is true.
他告訴我的故事是真實的。

160. trust〔trʌst〕(v.t)信賴，信任。

I have never trusted what he said.
我未曾相信他所說的。

161. truth〔truθ〕(n.)事實，真實，真相。

I doubt the truth of the rumor.
我懷疑謠言的真實性。

162. try〔traɪ〕(v.t)試作，試驗。

Try this cake and see if you like it.
試嘗一下蛋糕，看你是否喜歡它。

163. Tuesday〔'tjuzdɪ〕(n.)星期二。

Jenny will be back before Tuesday.
珍妮將在星期二前回來。

164. tunnel〔'tʌnl〕(n.)隧道，地道。

The train is going through the tunnel.
火車正經過隧道。

165. turkey〔'tɝkɪ〕(n.)火雞。

We ate turkey at Thanksgiving.
我們在感恩節吃火雞肉。

166. Turkey〔'tɝkɪ〕(n.)土耳其(大寫)，首都為安哥拉 (Ankara)。

December is the <u>twelfth</u> month.
十二月是第十二個月份。

171. twelve〔twɛlv〕(n.)十二。

There are <u>twelve</u> months in a year.
一年有十二個月。

172. twenty〔'twɛntɪ〕(n.)二十。

David is <u>twenty</u> years old.
大衛今年二十歲。

173. twice〔twaɪs〕(adj.)兩次，兩倍。

I played basketball <u>twice</u> a week.
我每星期打二次籃球。

174. two〔tu〕(n.)二，兩個，兩人。

He cuts this apple in <u>two</u>.
他把蘋果切成兩半。

175. type〔taɪp〕(n.)型式，樣式，類型。

I don't like that <u>type</u> of girl.
我不喜歡那種類型的女生。

176. typewriter〔'taɪp,raɪtɚ〕(n.)打字機。

The computer can use as a <u>typewriter</u>.
電腦可像打字機一樣使用。

177. typhoon〔taɪ'fun〕(n.)颱風。

The <u>typhoon</u> season usually begins around June.
颱風季節通常於六月開始。

1. **ugly** 〔'ʌglɪ〕(adj.)醜陋的，難看的。

   Although he looked <u>ugly</u>, he was a good man.

   雖然他看起來很醜，但是他是好人。

2. **umbrella** 〔ʌm'brɛlə〕(n.)傘，雨傘。

   Don't forget your <u>umbrella</u>.

   別忘了你的雨傘。

3. **unable** 〔ʌn'ebl〕(adj.)不能的。

   A little baby is <u>unable</u> to walk and talk.

   小嬰孩是不會走路和說話。

4. **uncle** 〔'ʌŋkl〕(n.)舅父，伯父。

   My <u>uncle</u> is a doctor.

   我舅父是醫師。

5. **under** 〔'ʌndɚ〕(prep)在…之下，在…的下面。

   There is a chair <u>under</u> the table.

   桌子底下有一張椅子。

6. **underclothes** 〔'ʌndɚ,kloðz〕(n.)(pl)內衣。

   He wears <u>underclothes</u> to keep warm.

   他穿內衣保暖。

7. **underground** 〔'ʌndɚ,graund〕(adj.)地下的，秘密的。

   This is the entrance to the <u>underground</u> shopping center.

   這是地下街購物中心的入口。

8. **understand** 〔,ʌndɚ'stænd〕(v.t)瞭解，明白。

   Do you <u>understand</u> what I mean？

   你知道我的意思嗎？

9. **underwear** 〔'ʌndɚ,wɛr〕(n.)內衣，內褲。

   Where is my <u>underwear</u>？

   我的內衣褲在那裏？

10. **uniform** 〔'junə,fɔrm〕(n.)制服。

　　 A man in policeman's <u>uniform</u> came into the room.

　　 有個穿著警察制服的人走進房間。

11. **union** 〔'junjən〕(n.)聯合；結合。

　　 The <u>union</u> of the three small towns into one big city

　　 took place last year.

　　 去年這三個小鎮合併成為一個大城市。

12. **United Nations** 〔ju'naɪtɪd 'neʃənz〕(n.)聯合國。

　　 The <u>United Nations</u> Charter was put into effect on

　　 October 24, 1945.

　　 聯合國憲章是一九四五年十月二十四日生效的。

13. **United States** 〔ju'naɪtɪd stet〕(n.)美國。

　　 They live in the <u>United States</u> of America.

　　 他們住在美國。

14. **universal**〔,junə'vɝsl〕(adj.)宇宙的，全世界的。

   War causes <u>universal</u> misery.

   戰爭引起全世界的災難。

15. **university**〔,junə'vɝsətɪ〕(n.)大學。

   John studied at the Boston <u>university</u>.

   約翰在波士頓大學就讀。

16. **unknow**〔ʌn'non〕(adj.)未知的；不確知的。

   This hot spring is <u>unknow</u> to many people.

   這處溫泉還不大為人所知。

17. **unless**〔ən'lɛs〕(conj)除非；除非在…時候。

   <u>Unless</u> you study harder you will never pass the examination.

   除非你更加用功，你將永遠通不過考試。

18. **until**〔ən'tɪl〕(prep)直到，迄，(conj)直到；在…以前。

The critics didn't start to take notice of his paintings <u>until</u> after he died.

評論家直到他死後才開始注意到的畫作。

19. up 〔ʌp〕(adv.)向上，在上。(prep)向上；在上。

Lift your head <u>up</u>.

把你的頭抬起來。

20. upset 〔ʌp'sɛt〕(v)使煩惱，(n.)煩惱。

The bad news quite <u>upset</u> her.

這項壞消息使她心情很煩惱。

21. upside-down 〔'ʌp,saɪd'daun〕(adj.)顛倒的。

The cup is turned <u>upside-down</u> on the saucer.

杯子倒放在碟子上。

22. up-to-date 〔'ʌptə'det〕(adj.)最新的，現代的，現時的。

This is an <u>up-to-date</u> information.

這是最新的資訊。

23. urban 〔'ɝbən〕(adj.)都市的，住在都市的。

He like to live his <u>urban</u> life style.

他喜歡過他的都會生活型態。

24. urge 〔ɝdʒ〕(v.t)力勸；力請。

He <u>urged</u> her to study English.

他力勸她學英語。

25. urgent 〔'ɝdʒənt〕(adj.)緊急的；急迫的。

Mr. Brown had an <u>urgent</u> phone call from his wife.

布朗先生接到他太太的緊急電話。

26. us 〔ʌs〕(pron)we 的受詞形式。

Will you give <u>us</u> some suggestion？

你可以給我們一些建議嗎？

27. use〔juz〕(v.t)使用；利用。

Do you know how to <u>use</u> dictionary.

你知道怎麼用字典嗎？

28. useful〔'jusfəl〕(adj.)有用的，有益的。

This book was very <u>useful</u> to me.

這本書對我非常有用的。

29. useless〔'juslɪs〕(adj.)無用的，無效的。

He tried all sorts of medicine，but they were all

<u>useless</u>.

他試過各種的藥，但都沒有效。

30. usually〔'juʒuəlɪ〕(adj.)通常，大抵。

He <u>usually</u> goes to bed at ten o'clock.

他通常在十點去睡覺。

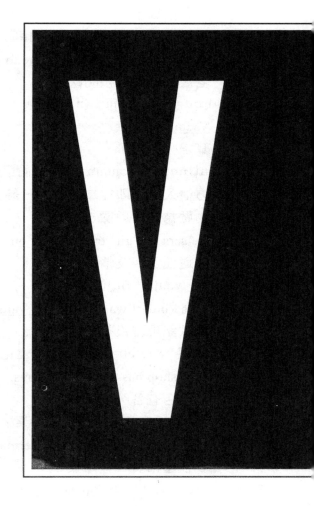

1. **vacancy**〔'vekənsɪ〕(n.)空的(房間或場所)。

This motel have <u>vacancy</u> room.

這汽車旅館還有空房間。

2. **vacation**〔ve'keʃən〕(n.)假期。

The summer <u>vacation</u> is coming soon.

暑假快到了。

3. **vaccine**〔'væksɪn〕(n.)疫苗；預防注射所用之疫苗。

The old man injected <u>vaccine</u> to prevent the disease.

老人施打疫苗預防疾病。

4. **vacuum**〔'vækjuəm〕(n.)真空。

<u>Vacuum</u> cleaner.

真空吸塵器。

5. **Valentine**〔'væləntaɪn〕(n.)華倫泰節。Valentine's day 即西方情人節。即在二月十四日給異性的信，卡片，花 或禮物做為愛情象徵。

He sent her girl friend a gift on <u>Valentine's</u> day.

他送他女朋友情人節禮物。

6. **value**〔'vælju〕(n.)價值。

This kind of watches has no <u>value</u> today.

這款錶現已沒有什麼價值。

7. **variety**〔və'raɪətɪ〕(n.)多樣，變化，種類。

This shop has a <u>variety</u> of toys.

這家店有各種的玩具。

8. **vegetable**〔'vɛdʒətəbl〕(n.)蔬菜。

I buy some <u>vegetable</u> at supermarket.

我在超市買一些蔬菜。

9. **vehicle**〔'vɪəkl〕(n.)車輛，車子。

Smoking is prohibited in public <u>vehicles</u> in the city.

都市的公共汽車禁止吸煙。

10. vender〔'vɛndɚ〕(n.)小販，自動販賣機。

I bought a can of coke from <u>vender</u> at corner on the street.

我在街上轉角的販賣機買了一罐可樂。

11. venture〔'vɛntʃɚ〕(n.)冒險。

A bold <u>venture</u> is often successful.

大膽的冒險往往會成功的。

12. verb〔vɝb〕(n.)文法動詞。動詞是表示動作或狀態的字，在句子中不可或缺的。

"Have"，"like" and "go" are <u>verbs</u>.

Have，like 和 go 等字都是動詞。

13. very〔'vɛrɪ〕(adj.)很，非常。

She is a <u>very</u> pretty girl.

她是一位非常美麗的女孩。

14. victim〔'vɪktɪm〕(n.)受害者，犧牲者。

The number of <u>victims</u> in car accidents is increasing.

車禍意外受害者的數目正在增加。

15. victory〔'vɪktərɪ〕(n.)勝利。

We celebrated our <u>victory</u>.

我們慶祝勝利。

16. video〔vid'ɪo〕(adj.)電腦顯示的，錄影帶的。

New generation likes to play <u>video</u> games.

新世代的人喜歡打電玩。

17. view〔vju〕(n.)景色；景物。看；觀察。

The <u>view</u> from our house is very beautiful.

從我們家看出的景色很美。

18. **viewpoint** 〔'vju,pɔɪnt〕(n.)見地，觀點。

From my <u>viewpoint</u>, he is wrong.

從我的觀點看，他是錯的。

19. **village** 〔'vɪlɪdʒ〕(n.)鄉村，村莊。

I was born in a small <u>village</u> in Tainan.

我在台南的一個小鄉村出生。

20. **violent** 〔'vaɪələnt〕(adj.)暴力的，兇暴的。

A gentleman shouldn't use such <u>violent</u> language.

紳士不應該使用如此粗暴的語言。

21. **violence** 〔'vaɪələns〕(n.)暴力，暴行。

In a democracy. We shouldn't use <u>violence</u> for anything.

民主國家，我們不論什麼事都不可以使用暴力。

22. **violin** 〔,vaɪə'lɪn〕(n.)小提琴。

　　John play the <u>violin</u> very well.

　　約翰小提琴拉得很好。

23. **visa** 〔'vɪzə〕(n.)簽證。

　　You had to get a <u>visa</u> before you take a trip to America.

　　你到美國去旅行之前必須先取得簽證。

24. **visibility** 〔,vɪzə'bɪlətɪ〕(n.)能見度，可見性。

　　In a fog the <u>visibility</u> is very poor.

　　在霧中能見度很差。

25. **visit** 〔'vɪzɪt〕(v.t)拜訪，訪問。

　　When I get to New York, I'll <u>visit</u> the Fine Art Museum.

　　當我到達紐約時，我將會參觀拜訪美術博物館。

26. **vocabulary** 〔və'kæbjə,lɛrɪ〕(n.)單字，字彙。

There are two thousand <u>vocabularies</u> in this dictionary.

這本字典裏有二千個單字。

27. voice〔vɔɪs〕(n.)聲音。

Speak louder, I can't hear your <u>voice</u>.

說大聲一點，我聽不到你的聲音。

28. volcano〔vɑl'keno〕(n.)火山。

There are many active <u>volcanos</u> in Japan.

在日本有許多活火山。

29. volunteer〔,vɑlən'tɪr〕(n.)自願者，義工，

(v.t)自願從事。

Today is Mother's day， Peter <u>volunteers</u> to do all the

housework for her.

今天是母親節，彼得自願幫媽媽做家事。

30. vote〔vot〕(n.)投票，(v)投票選舉。

Not everybody has a <u>vote</u>.

不是每個人都有投票權。

31. vow〔vau〕(n.)誓約，(v.t)(v.i)立誓，誓言。

He <u>vowed</u> that he would be loyal to the Nation.

他立誓要效忠國家。

32. vowel〔'vauəl〕(n.)母音。

A，e，i，o， and u are vowels.

A，e，i，o，u 都是母音。

1. **wait** 〔wet〕(v.i)等待，等候。
   I'll <u>wait</u> for you at the bus station.
   我將在車站等你。

2. **waiter** 〔'wetɚ〕(n.)侍者，侍應生，服務生。
   <u>Waiter</u>, could I see the menu？
   侍者，我可以看一下菜單嗎？

3. **wake** 〔wek〕(v.t)(v.i)醒，醒來。
   What time do you usually <u>wake</u> up？
   你平常幾點醒來？

4. **walk** 〔wɔk〕(v.i)步行，行走。
   David and I <u>walk</u> to school.
   大衛和我一起步行上學。

5. **wall** 〔wɔl〕(n.)牆壁。
   He hangs the picture on the <u>wall</u>.
   他把畫掛在牆壁上。

6. **wallet** 〔'wɑlɪt〕(n.)皮包，皮夾，錢袋。
   I lost my <u>wallet</u> while I was on the bus.
   當我搭乘公車時，丟了皮包。

7. **wander** 〔'wɑndɚ〕(v.i)(v.t)漫步，徘徊，流浪。
   I <u>wander</u> through the park.
   我在公園中徘徊。

8. **wanderer** 〔'wɑndərɚ〕(n.)徬徨者，流浪漢。
   He was a <u>wanderer</u> all his life.
   他的一生浪跡天涯。

9. **want** 〔wɑnt〕(v.t)要，欲得，願。
   What do you <u>want</u> to do？
   你想要做什麼？

10. **war**〔wɔr〕(n.)戰爭。

The president decide to go to <u>war</u> against his enemies.

總統決定向他的敵人開戰。

11. **warehouse**〔'wɛr,haus〕(n.)倉庫。

The <u>warehouse</u> is near the harbor.

倉庫靠近港口。

12. **warm**〔wɔrm〕(adj.)溫暖的，暖的。

This coat will keep you <u>warm</u>.

這件外衣可以幫你保暖。

13. **warn**〔wɔrn〕(v.t)警告，警戒。

I <u>warned</u> him not to go swimming in the river.

我警告他不要在河裏游泳。

14. **was**〔wɑz〕(v)be 動詞的過去式。第一及第三人稱，單數。

I <u>was</u> in Boston last year.

去年我是在波士頓。

15. **wash**〔wɑʃ〕(v.t)洗，清洗。

Mother usually <u>washes</u> the clothes on Sunday.

母親通常在星期日洗衣服。

16. **waste**〔west〕(v.t)浪費，徒耗。

Don't <u>waste</u> your time and money on things that have no importance.

不要浪費你的時間和金錢在不重要的事情上。

17. **watch**〔wɑtʃ〕(v.t)注視，看，注意。(n.)錶。

I <u>watch</u> T. V. after dinner.

我在晚飯後看電視。

18. **water**〔'wɔtɚ〕(n.)水。

Could you please give me a glass of water?

請給我一杯水好嗎？

19. **watermelon** 〔'wɔtɚ,mɛlən〕(n.)西瓜。

I like to eat watermelon in summer.

我喜歡在夏天吃西瓜。

20. **wave** 〔wev〕(v.)揮動（手等）。

The girl waved good-bye to her friends.

那女孩揮手向朋友告別。

21. **wax** 〔wæks〕(n.)臘，蜜臘。

We used wax to smooth the floor.

我們用蠟使地板平滑。

22. **way** 〔we〕(n.)道路，路。

This is the right way to the Museum.

這是到博物館正確的路。

23. **we** 〔wi〕(pron)我們。

We study English at school.

我們在學校學英文。

24. **weak** 〔wik〕(adj.)弱的，虛弱的。

He felt very weak after illness.

他生病後覺得很虛弱。

25. **weakness** 〔'wiknɪs〕(n.)弱，虛弱。弱點，缺點。

Putting things off is one of his weaknesses.

喜歡把事情拖延是他的弱點之一。

26. **wealth** 〔wɛlθ〕(n.)財富，財產。

Health is better than wealth.

健康勝過財富。

27. **wealthy** 〔'wɛlθɪ〕(adj.)富有的，富裕的。

Mr. Brown is a <u>wealthy</u> businessman.

布朗先生是一位富有的企業家。

28. weapon〔'wɛpən〕(n.)武器，兵器。

They used knives as <u>weapons</u>.

他們使用刀子當武器。

29. wear〔'wɛr〕(v.t)穿著，戴著。

Mr. Lee <u>wore</u> a formal dress to the party.

李先生穿著正式服裝參加宴會。

30. weather〔'wɛðə〕(n.)天氣，氣象。

The <u>weather</u> is cloudy today.

今天天氣是陰天。

31. wedding〔'wɛdɪŋ〕(n.)結婚，婚禮。

<u>Wedding</u> ceremony will begin at nine.

結婚典禮將在九點開始。

32. wednesday〔'wɛnzdɪ〕(n.)星期三。

I have English class on <u>Wednesday</u>.

星期三我有英文課。

33. week〔wik〕(n.)星期，週。

There are seven days in a <u>week</u>.

一星期有七天。

34. weekday〔'wik,de〕(n.)平日，星期日以外的任何一天。

I'm busy on <u>weekday</u>.

我平日較忙。

35. weekend〔'wik'ɛnd〕(n.)週末。

I will go to Japan next <u>weekend</u>.

下個週末我要到日本去。

36. weekly〔'wiklɪ〕(adj.)每週的，每週一次的。

"News week" is a <u>weekly</u> magazine.

時事週刊是每週發行一次雜誌。

37. **weight**〔wet〕(n.)重量，體重。

I want to lose <u>weight</u> because I am too fat.

因為我太胖了，所以要減肥。

38. **weird**〔wɪrd〕(adj.)奇異的，不可思議的，怪異的。

It's <u>weird</u> that old house made noise at night.

那間古老房子晚上發出吵雜聲真太怪異了。

39. **welcome**〔'wɛlkəm〕(interj)歡迎。

<u>Welcome</u> to Taiwan!

歡迎到台灣！

40. **welfare**〔'wɛl,fɛr〕(n.)福址，福利。

He devoted his life to <u>walfare</u> work.

他貢獻他的一生給福利事業。

41. **well**〔wɛl〕(adv.)好，很好。

She speaks English very <u>well</u>.

她英文說得很好。

42. **well-done**〔'wɛl'dʌn〕1.(adj.)完全煮熟的。2.做得好的。

I want my steak <u>well-done</u>.

我要全熟的牛排。

43. **went**〔wɛnt〕(v)go 的過去式。

I <u>went</u> to school yesterday.

我昨天到學校去。

44. **were**〔wɝ〕(v)are 動詞過去式，第二人稱單數。

You <u>were</u> hungry， weren't you？

你餓了，不是嗎？

45. **west**〔wɛst〕(n.)西，西方。

The sun sets in the <u>west</u>.

太陽日落西方。

46. west|rn 〔'wɛstɚn〕(adj.)向西方的，西方的。

She likes <u>western</u> life style.

她喜歡西方式的生活方式。

47. wet 〔wɛt〕(adj.)濕的。

Don't touch <u>wet</u> paint.

油漆未乾勿碰觸。

48. what 〔hwɑt〕(pron)什麼。

<u>What</u> do you call this in English？

這東西英語怎麼說？

49. whatever 〔hwɑt'ɛvɚ〕(pron)不論什麼，任何。

<u>What ever</u> you do， do it well.

不論你做什麼事，都要好好地做。

50. wheat 〔hwit〕(n.)小麥。

<u>Wheat</u> is ground into flour.

小麥可以輾成麵粉。

51. wheel 〔hwil〕(n.)輪，車輪。

A car has four <u>wheels</u>.

汽車有四個輪子。

52. wheelchair 〔'hwil'tʃer〕(n.)輪椅。

David sat on the <u>wheelchair</u> because his legs was broke.

大衛坐在輪椅上，因為他的腿斷了。

53. when 〔hwɛn〕(adv.)何時，什麼時候。

<u>When</u> is your birthday？

你的生日是什麼時候？

54. whenever 〔hwɛn'ɛvɚ〕(conj)不論何時。

I will welcome you <u>whenever</u> you like to come.

不論何時你想來，我都會歡迎。

55. where〔hwɛr〕(adv.)何處，在何處。

<u>Where</u> do you live？

你住在那裏？

56. whether〔'hwɛðɚ〕(conj)是否。

I don't know <u>whether</u> he can come or not.

我不知道他是否能來。

57. which〔hwɪtʃ〕(pron)哪一個，何者。

<u>Which</u> one do you like best？

那一個你比較喜歡？

58. while〔hwaɪl〕(conj)當…時候。

Please be serious <u>while</u> I am talking to you.

當我正對你說話時，請你正經一點。

59. whistle〔'hwisl〕(v.i)(v.t)吹口哨，吹口笛，鳴汽笛。

The policeman <u>whistled</u> for the motorcar to stop.

警察吹笛子令汽車停下。

60. white〔hwaɪt〕(adj.)白的，白色的。

I have a <u>white</u> cat.

我有一隻白色的貓。

61. who〔hu〕(pron)誰，何人。

<u>Who</u> is that tall handsome man over there？

在那邊那位高的帥哥是誰？

62. whole〔hol〕(adj.)完全的。

I gave her a <u>whole</u> set of dishes.

我給她一整套的碗盤。

63. whom〔hum〕(pron)who 的受格。誰，什麼人。

<u>Whom</u> do you like best ?

你最喜歡誰？

64. **whose**〔huz〕(pron)who 或 which 的所有格。誰的，誰的東西。

I have a friend <u>whose</u> father is doctor.

我有一位朋友他的父親是醫師。

65. **why**〔hwaɪ〕(adv.)為什麼，何故。

Do you know <u>why</u> he was late ?

你知道他為何遲到嗎？

66. **widow**〔'wɪdo〕(n.)孀婦，寡婦。

Mrs. Smith is a <u>widow</u>. Her husband died ten years ago.

史密斯太太是個寡婦，她丈夫十年前過世了。

67. **width**〔wɪdθ〕(n.)廣，廣闊，廣度。

The <u>width</u> of the river is ten feet.

這條河的寬度是十呎。

68. **wife**〔waɪf〕(n.)妻子，婦。

Husband and <u>wife</u> should respect each other.

夫妻應該互相尊重。

69. **wild**〔waɪld〕(adj.)野的，野生的。

Lions and tigers are <u>wild</u> animals.

獅子和老虎是野生動物。

70. **will**〔wɪl〕(auxiliary v.)表單純未來，將。

He <u>will</u> come tomorrow.

他將在明天來。

71. **win**〔wɪn〕(v.t)贏得，獲得。

We <u>won</u> the basketball game.

我們贏得籃球比賽。

72. wind〔wɪnd〕(n.)風。

A strong <u>wind</u> is blowing from the corner.

一陣強風正從角落吹過來。

73. window〔'wɪndo〕(n.)窗，窗口。

The eyes are the <u>windows</u> of the mind.

眼睛是心靈之窗。

74. wine〔waɪn〕(n.)酒，葡萄酒。

It's good for health to drink a little of <u>wine</u> during the winter.

在冬天喝一點酒有益健康。

75. wing〔wɪŋ〕(n.)翼，翅膀。

The bird spread his <u>wings</u> and flew away.

鳥展開翅膀飛走。

76. winter〔'wɪntɚ〕(n.)冬季，冬天。

The <u>winter</u> in Boston is very cold.

波士頓冬天很冷。

77. **wisdom** 〔'wɪzdəm〕(n.)智慧。明智行為。

He showed great <u>wisdom</u> in what he said and did.

他的言行表現出很大的智慧。

78. **wish** 〔wɪʃ〕(v.t)希望，切望。願。

I <u>wish</u> I had more money.

我希望我有更多的錢。

79. **witch** 〔wɪtʃ〕(n.)巫婆，醜老太婆。

<u>Witch</u> used their magic power to do bad thing.

巫婆利用巫術做壞事。

80. **with** 〔wɪð〕(prep)同，偕，與。

I played tennis <u>with</u> John yesterday.

昨天我和約翰打網球。

81. **withdraw** 〔wɪð'drɔ〕(v.t)撤消，撤回，取回。

> I <u>withdraw</u> a proposal.
>
> 我撤回了一項建議。

82. **without** 〔wɪð'aut〕(prep)沒有，無。

> I can't finish this work <u>without</u> your help.
>
> 沒有你的幫忙，我無法完成這件工作。

83. **witness** 〔'wɪtnɪs〕(n.)證明，證據。

> There is no <u>witness</u> to prove his guilt.
>
> 沒有證據去證明他有罪。

84. **wolf** 〔wulf〕(n.)狼。

> A <u>wolf</u> looks like a dog.
>
> 狼的外形和狗很像。

85. **woman** 〔'wumən〕(n.)女人，婦女。

> Shis is a single <u>woman</u>.
>
> 她是位單身婦女。

86. **wonder** 〔'wʌndɚ〕(v.i)驚愕，驚奇。

> I <u>wondered</u> to see you here.
>
> 我很驚訝在此碰到你。

87. **wonderful** 〔'wʌndɚfəl〕(adj.)非常好的，極好的。

> We had a <u>wonderful</u> time at New York.
>
> 我們在紐約過得很快樂。

88. **wood** 〔wud〕(n.)木，木材。

> This house is made of <u>wood</u>.
>
> 這間房子是木造的。

89. **wooden** 〔wudŋ〕(adj.)木製的。

> We were crossing an old <u>wooden</u> bridge.
>
> 我們正橫越過一座老木造橋。

90. wool〔wul〕(n.)羊毛,毛衣。

　　I wear <u>wool</u> in winter.

　　我在冬天穿羊毛衣。

91. word〔wɝd〕(n.)文字,字。

　　When we speak or write， we put our thought into <u>words</u>.

　　當我們說話或寫作時,我們把思想述之於文字。

92. work〔wɝk〕(n.)工作。

　　I have a lot of <u>work</u> to do this afternoon.

　　今天下午我有很多工作要做。

93. world〔wɝld〕(n.)世界,地球。

　　I want to travel around the <u>world</u> someday.

　　有一天我要去環遊世界。

94. worm〔wɝm〕(n.)蟲。

　　The early bird catches the <u>worm</u>.

　　早起的鳥兒有蟲吃(諺語,比喻做任何事愈早愈好,成功機會愈大)。

95. worry〔'wɝɪ〕(v.t)困擾,使煩惱。

　　Don't <u>worry</u>， Everything will be fine.

　　不要擔心,一些事情都很好的。

96. worse〔wɝs〕(adj.)bad， ill 的比較級。更壞的,更惡烈的。

　　The patient is <u>worse</u> than yesterday.

　　病人情況比昨天更遭。

97. worship〔'wɝʃəp〕(v.t)崇拜,禮拜,敬愛。

　　People <u>worship</u> God.

　　人們敬拜上帝。

98. worst〔wɝst〕(adj.)bad, ill 的最高級。最壞的,最惡
    劣的。

    This is the <u>worst</u> dinner I ever ate.
    這是我吃過最壞的晚餐。

99. worth〔wɝθ〕(adj.)值得,有價值的。

    We studied hard, but it was <u>worth</u> it.
    我們努力用功,但頗為值得。

100. would〔wud〕(v)1. will 的過去式。

    　　　　　　　2.會,打算,想要。

    I <u>would</u> like to have a cup of coffee.
    我想要一杯咖啡。

101. wound〔wund〕(n.)受傷,損傷。

    He had a knife <u>wound</u> in his arm.
    他手臂上有一處刀傷。

102. wrap〔'ræp〕(v.t)包裝,捲,裹。

    Would you <u>wrap</u> it up, please?
    請包裝起來好嗎?

103. wreck〔rɛk〕(n.)失事,失事船,(船的)殘骸。

    The <u>wreck</u> of the liner was never found.
    那艘班輪的殘骸從未被找到。

104. write〔raɪt〕(v.t)(v.i)寫字,書寫。

    He is <u>writing</u> a composition.
    他正在寫一篇作文。

105. wrong〔rɔŋ〕(adj.)不正確的,錯誤的。

    It was <u>wrong</u> to tell a lie.
    說謊是不對的。

1. **Xmas** 〔'krɪsməs〕(n.)聖誕節。

    常把 Christmas 簡寫為 Xmas ，不可寫成 X'mas.

2. **X-ray** 〔'ɛks're〕(n.)X 光線，X 光線照片。

    (v.t)用 X 光線檢查。

    X-rays are used in hospitals.

    X 光線照射通常在醫院使用。

1. year〔jɪr〕(n.)年。

    I plan to visit Tom this year.

    今年我計劃去拜訪湯姆。

2. yell〔jɛl〕(v.i)呼喊，號叫。

    He yelled with pain.

    他因痛而大叫。

3. yellow〔'jɛlo〕(n.)黃色。

    The leaves of the trees turned red and yellow.

    樹葉轉變成紅色和黃色。

4. yes〔jɛs〕(adv.)是的。

    Can you play tennis？　yes, I can play tennis.

    你會打網球嗎？　是的，我會打網球。

5. yesterday〔'jɛstɚdɪ〕(n.)昨天。

    I didn't go to school yesterday.

    我昨天沒有去學校。

6. yet〔jɛt〕(adv.)還，仍。

    He has not come yet.

    他還沒有來。

7. you〔ju〕(prop)你，你們。

    You are a student.

    你是學生。

8. young〔jʌŋ〕(adj.)年輕的，年幼的。

    He is too young to go to school yet.

    他太小，還不能去上學。

9. your〔jur〕(pron)你的。

    I saw your sister at bus stop this morning.

    我今早在公車站看見你妹妹。

10. **yours** 〔jurs〕(pron)你的東西，你們的東西。

　　　Is this book <u>yours</u>?

　　　這是你的書嗎？

11. **yourself** 〔jur'sɛlf〕(pron)你自己。

　　　You have to do it by <u>yourself</u>.

　　　你必須自己去作它。

12. **yourth** 〔juθ〕(n.)青年，少年。青春。

　　　He stuided painting in France in his <u>youth</u>.

　　　他年輕時在法國學畫。

1. Zebra〔'zɪbrə〕(n.)斑馬。

   We saw many <u>Zebras</u> in Africa.

   我們在非洲看見許多斑馬。

2. zero〔'zɪro〕(n.)零，無，最低點。

   Their hopes were reduced to <u>zero</u>.

   他們的希望幻滅了。

3. zipper〔'zɪpɚ〕(n.)拉鍊。

   I pulled up the <u>zipper</u> when I put on my Jacket.

   當我穿上夾克我拉起拉鍊。

4. zoo〔zu〕(n.)動物園。

   There are many animals in the <u>zoo</u>.

   動物園裏有許多動物。

5. zone〔zon〕(n.)地帶，區域。

   Combat <u>zone</u> is a danger place.

   戰鬥區域是危險的地方。

大展出版社有限公司
品冠文化出版社

圖書目錄

地址：台北市北投區（石牌）　　電話：(02) 28236031
　　　致遠一路二段 12 巷 1 號　　　　　　　28236033
郵撥：01669551＜大展＞　　　　　　　　28233123
　　　19346241＜品冠＞　　　　傳真：(02) 28272069

・熱 門 新 知・品冠編號 67

1.	圖解基因與 DNA	（精）	中原英臣主編	230 元
2.	圖解人體的神奇	（精）	米山公啟主編	230 元
3.	圖解腦與心的構造	（精）	永田和哉主編	230 元
4.	圖解科學的神奇	（精）	鳥海光弘主編	230 元
5.	圖解數學的神奇	（精）	柳 谷 晃著	250 元
6.	圖解基因操作	（精）	海老原充主編	230 元
7.	圖解後基因組	（精）	才園哲人著	230 元
8.	圖解再生醫療的構造與未來		才園哲人著	230 元
9.	保護身體的免疫構造		才園哲人著	230 元

・生 活 廣 場・品冠編號 61

1.	366 天誕生星	李芳黛譯	280 元
2.	366 天誕生花與誕生石	李芳黛譯	280 元
3.	科學命相	淺野八郎著	220 元
4.	已知的他界科學	陳蒼杰譯	220 元
5.	開拓未來的他界科學	陳蒼杰譯	220 元
6.	世紀末變態心理犯罪檔案	沈永嘉譯	240 元
7.	366 天開運年鑑	林廷宇編著	230 元
8.	色彩學與你	野村順一著	230 元
9.	科學手相	淺野八郎著	230 元
10.	你也能成為戀愛高手	柯富陽編著	220 元
11.	血型與十二星座	許淑瑛編著	230 元
12.	動物測驗－人性現形	淺野八郎著	200 元
13.	愛情、幸福完全自測	淺野八郎著	200 元
14.	輕鬆攻佔女性	趙奕世編著	230 元
15.	解讀命運密碼	郭宗德著	200 元
16.	由客家了解亞洲	高木桂藏著	220 元

・女醫師系列・品冠編號 62

1.	子宮內膜症	國府田清子著	200 元
2.	子宮肌瘤	黑島淳子著	200 元

3.	上班女性的壓力症候群	池下育子著	200 元
4.	漏尿、尿失禁	中田真木著	200 元
5.	高齡生產	大鷹美子著	200 元
6.	子宮癌	上坊敏子著	200 元
7.	避孕	早乙女智子著	200 元
8.	不孕症	中村春根著	200 元
9.	生理痛與生理不順	堀口雅子著	200 元
10.	更年期	野末悅子著	200 元

・傳統民俗療法・ 品冠編號 63

1.	神奇刀療法	潘文雄著	200 元
2.	神奇拍打療法	安在峰著	200 元
3.	神奇拔罐療法	安在峰著	200 元
4.	神奇艾灸療法	安在峰著	200 元
5.	神奇貼敷療法	安在峰著	200 元
6.	神奇薰洗療法	安在峰著	200 元
7.	神奇耳穴療法	安在峰著	200 元
8.	神奇指針療法	安在峰著	200 元
9.	神奇藥酒療法	安在峰著	200 元
10.	神奇藥茶療法	安在峰著	200 元
11.	神奇推拿療法	張貴荷著	200 元
12.	神奇止痛療法	漆 浩 著	200 元
13.	神奇天然藥食物療法	李琳編著	200 元

・常見病藥膳調養叢書・ 品冠編號 631

1.	脂肪肝四季飲食	蕭守貴著	200 元
2.	高血壓四季飲食	秦玖剛著	200 元
3.	慢性腎炎四季飲食	魏從強著	200 元
4.	高脂血症四季飲食	薛輝著	200 元
5.	慢性胃炎四季飲食	馬秉祥著	200 元
6.	糖尿病四季飲食	王耀獻著	200 元
7.	癌症四季飲食	李忠著	200 元
8.	痛風四季飲食	魯焰主編	200 元
9.	肝炎四季飲食	王虹等著	200 元
10.	肥胖症四季飲食	李偉等著	200 元
11.	膽囊炎、膽石症四季飲食	謝春娥著	200 元

・彩色圖解保健・ 品冠編號 64

1.	瘦身	主婦之友社	300 元
2.	腰痛	主婦之友社	300 元
3.	肩膀痠痛	主婦之友社	300 元

大展好書　好書大展
品嘗好書・　冠群可期